U0589967

# 如何阅读新诗

魏天无 —— 著

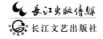
长江出版传媒
长江文艺出版社

**图书在版编目（CIP）数据**

如何阅读新诗 / 魏天无著. -- 武汉 ：长江文艺出
版社，2024.7
ISBN 978-7-5702-3220-8

Ⅰ. ①如… Ⅱ. ①魏… Ⅲ. ①新诗－诗歌研究－中国
Ⅳ. ①I207.25

中国国家版本馆 CIP 数据核字（2023）第 115184 号

如何阅读新诗
RUHE YUEDU XINSHI

───────────────────────────────

责任编辑：谈　骁　　　　　　　　责任校对：毛季慧
封面设计：祁泽娟　　　　　　　　责任印制：邱　莉　　王光兴

───────────────────────────────

出版：长江出版传媒 | 长江文艺出版社
地址：武汉市雄楚大街 268 号　　　　邮编：430070
发行：长江文艺出版社
http://www.cjlap.com
印刷：湖北新华印务有限公司

───────────────────────────────

开本：880 毫米×1230 毫米　　1/32　　印张：10.125
版次：2024 年 7 月第 1 版　　　　2024 年 7 月第 1 次印刷
字数：248 千字

───────────────────────────────

定价：58.00 元

───────────────────────────────

诗歌召唤我们走向生活，鼓起勇气
面对生长的阴影。

——［波兰］亚当·扎加耶夫斯基


……诗歌终究不是词语，而是用来取暖的火，是抛给迷失者的绳索，是饥饿者口袋中的面包，它是必不可少的。

——［美］玛丽·奥利弗


人可以不为诗人，但不可无诗心。此不仅与文学修养有关，与人格修养亦有关系。

——顾　随

# 目录

# 引言：为什么要读诗？

既然我们不再年轻，便不得不用几周的时间
来抵偿错过对方的多年。但也只有这种奇特的
时间扭曲才让我知道我们不再年轻。
二十岁的我有没有在清晨的街头走过，
四肢里流涌着更纯洁的快乐？
有没有从某个窗口探身俯瞰全城
聆听未来
就像此刻全神贯注等你的来电？
而你，你踩着同样的节拍向我走来。
你的眼睛永远明亮，闪动着
初夏蓝眼草的绿色，
那被春天洗涤过的碧绿的野水芹。
二十岁时，没错：我们以为自己将永远活着。
四十五岁时，我想知道我们的大限何在。
我抚摸着你，知道我们不会明天再出生，
以某种方式，我们将会帮助对方活着，
在某个地方，我们必须帮助对方死去。

即使不知道这首诗的作者是谁，是男是女，在什么地方生活，多大年龄了，在什么样的情境下写的这首诗，其中的那个"你"是谁，两人现在的生活怎么样……我相信，任何一位 20 岁上下到 45 岁上下的读者，无论性别，都会从中感受、体验到自己曾经感受、体验，也预知自己将要感受、体验，却没有说出来的东西：爱情？生活？命运？20 岁的你，正打开这本书的你，"有没有在清晨的街头走过，/四肢里流涌着更纯洁的快乐？"45 岁的你，正进入这本书的你，是否已知道"大限何在"，并对你和对方的生活做出了一些调整？无论现在是在哪一个年龄段，如果你是一个热爱亲人和伴侣、眷恋生活和世界的人，内心都会被这样的句子所触动：

> 我抚摸着你，知道我们不会明天再出生，
> 以某种方式，我们将会帮助对方活着，
> 在某个地方，我们必须帮助对方死去。

不过你可能不会有太大的悲伤，哪怕你把自己代入、移位到诗中，感同身受，将心比心。或许你可以想象，当那一刻来临，你和对方的脸上浮现的将会是安静的微笑——想象那一刻，甚至有一点忤逆常情的迷幻之美——之后，活着的一方失去了"帮助"的对象，但在很长一段时间里，会感觉那个人就在自己身边，从未离去——

> 因为永远不在了，她就会
> 更清晰吗？因为她是淡淡蜂蜜的颜色，
> 她的洁白就会更白吗？
> 一缕孤烟，让天空更加明显。
> 一个过世的女人充满整个世界。
> 美智子说："你送给我的玫瑰，它们

花瓣凋落的声音让我一直醒着。"

尽管这位诗人透露了过世者是谁，诗中还是没有大悲大痛。作为一首抒情诗，它反而有一种 W.B.叶芝所说的"可怕的美"：

> 但一切变了，彻底变了：
> 一种可怕的美已经诞生。
> （《一九一六年复活节》，查良铮译）

"可怕的美"诞生于诗中，也诞生于你的心里；或者说，诞生于你的心与诗的情的契合中。

既如此，去读就是了，去感受就行了，去让自我的情感在其间激荡、回旋就好了，还要讲那么多为何读、如何读的废话吗？

如果上面两首完整的诗确实触动了你，让你对诗多了一点兴趣，那不妨这样想：从无以计数的中外抒情诗中选出它们，这种选择就包含有选诗者对什么是好诗的判断，这种判断来自他的阅读经验，也来自他对现代诗的状况和趋势的了解，虽然还是很有限。此外，如果你已经有了读诗的充足理由，不管这些理由是什么，你尽可以跳过下文，进入第一节；如果还没有，或者觉得你的理由还不足以说服自己，也不妨听一听作者将要说的一些看似冠冕堂皇的理由，是否能让你接受，让你认可写这样一本解读诗歌方法的书确有必要。

文学是语言的艺术，它能带给我们的，也就是语言将要带给我们的。语言哲学家维特根斯坦说，人是用语言来与世界打交道的，"语言之外别无他物"，"语言的边界就是世界的边界"。而诗的语言，按照诺贝尔文学奖得主、美籍苏联诗人约瑟夫·布罗茨基的说法，是"语言的最高形式"。

如果上述说法比较高深而又专业，那么，普通人去读诗，一定会有各自更具体、更实在的理由。

首先，诗将使我们日益粗粝的情感、心灵，变得敏感、细腻、丰富。

1967 年秋，有"作家中的作家"美誉的阿根廷现代诗人、作家博尔赫斯，应邀在哈佛开授诺顿讲座。第二讲中，他举了西方最古老的一个隐喻，即把眼睛比喻成星星，或者相反。据说这个隐喻是柏拉图所写，希腊文的大意是：

> 我希望化为夜晚，这样我才能用数千双眼睛看着你入睡。

博尔赫斯说："我们在这一句话里感受到了温柔的爱意；感受到希望由许多个角度同时注视挚爱的人的希望。我们感受到了文字背后的温柔。"如果不是他的引用，我们可能不会意识到这句话里竟然有如此古老的隐喻。同样，如果不是他的点拨，我们不会想到，有多久我们没感到来自挚爱者的温柔爱意；那些正处在爱河中的恋人，是否想到该如何言传你们彼此的脉脉含情。

1979 年 7 月，后来被称为朦胧诗最具代表性的三位诗人之一的顾城，在上海到北京的火车上遇到了谢烨，两人攀谈了起来。作家王安忆对两人这一程经历的回忆是非常传神和动人的：

> 在北上的火车的硬座车厢，顾城是坐票，谢烨是站票，正好站在顾城身边，看他画速写消磨漫长的旅途。……火车上，顾城画了一路，谢烨就看了一路。这还不足以让谢烨产生好奇心，令她忍俊不禁的是最后，画完了，顾城忘了将钢笔戴上笔帽，直接插进白衬衣前襟的口袋，于是，墨水洇开来，越来越大。这一个墨水渍带有隐喻性，我说过，他们的事，都是隐

喻！墨水就这么洇开，一个小小的，小得不能再小，好比乐句里的动机音符，壮大起来，最后震耳欲聋。童话不就是这么开始的吗？（《蝉蜕》）

火车到站分手时，顾城给谢烨留了地址，两人从此交往起来。顾城给谢烨的最早的一封情书里，描述了两人结识的过程（括号里的楷体字是本书作者的批注）：

晚上，所有的人都睡了，你在我旁边没有睡，我们是怎么开始谈话的，我已经不记得了，只记得你用清楚的北京话回答（以上为实写；必要的铺垫），眼睛又大又美（写人先写眼睛：传统的表现手法），深深的像是梦幻的鱼群（诗的语言现身。"远距"的喻体和本体被"暴力"扭结。而喻体"梦幻的鱼群"本身就是个隐喻，它的灵动感、神秘感消解了之前"眼睛又大又美"这种表述的俗气、老套），鼻线和嘴角有一种金属的光辉（出自作为画家的顾城的眼光，也是老式绿皮车厢里昏暗灯光带来的人脸的轮廓效果），我不知道该说些什么，就给你念起诗（折射的是那个时代的图景。年轻的读者，请勿模仿），又说起电影又说起遥远的小时候的事（以上亦为实写）。你看着我，回答我，每走一步都有回声（转为虚写，兼有双关：我说的每句话都得到回应；情感的每次融洽都被感触到）。我完全忘记了刚刚几个小时之前我们还很陌生，甚至连一个礼貌的招呼都不能打。现在却能听着你的声音，穿过薄薄的世界（"薄薄的"，两个平声字加一个轻声字，念起来有一种柔情，一种呵护的冲动；又暗寓两人间的那层"窗户纸"）走进你的声音，你的目光，走着却又不断回到此刻，我还在看你颈后的最淡的头发（读者诸君，很快你会忘记这封情书，但你一定会记得这个细节。它可能勾起了你对青春年少时懵懂情感的回忆）。

顾城被誉为"童话诗人""寓言诗人"，其时已成名，只是谢烨尚不知情（她后来对好友说，直到嫁给顾城，也不清楚什么是诗，顾城是谁），因此我们完全可以把这封情书当作诗来读。这封情书饱蘸深情，但并没有今天常见的煽情——情若可煽，只因太浅；情到深处，皆是平淡。就像几年后，处于热恋中的顾城写的诗《门前》：

> 我多么希望，有一个门口
> 早晨，阳光照在草上
>
> 我们站着
> 扶着自己的门扇
> 门很低，但太阳是明亮的
>
> 草在结它的种子
> 风在摇它的叶子
> 我们站着，不说话
> 就十分美好
>
> 有门，不用开开
> 是我们的，就十分美好

多么美好的生活，像是在深深的梦幻里，也像是在桃花源中。在这首诗中，"多么希望"的心声是借由纯粹的写实手法传递的，描绘的是一幅简单、美好、与天地万物共在的日常生活；但是我们都能理解，不仅在顾城所处的年代，而且在当下，越是简单、美好的生活，越是可望而不可即的。这就是数年后海子在《面朝大海，春暖花开》中所渴望的生活："从明天起，做一个幸福的人/喂马，劈柴，周游世界/从明天起，关心粮食和蔬菜/我有一所房子，面朝大海，春暖花开"。与其把海子的这首诗当成诗人要从高高的云端重返日常生活的表白，毋宁说，他始终忠诚于自我的感觉，一直在追寻某种"更高现实"。塞黑诗人亚历山大·里斯托维奇说："不是诗人使他周围的世界变得有诗意，而是他周围的世界使他成为诗人。"而成为诗人的先决条件，借用诺贝尔文学奖得主、美国犹太裔作家索尔·贝娄的说法，是要相信感觉，相信生命力，"当感觉变得虚伪时，那些伟大的理想也将软弱无力。只有感觉能让我们抵达更高现实的概念"。

可以说，顾城、海子都是相信感觉和生命力的诗人，他们在诗中描绘的是"更高现实"，扎根于这种现实与日常生活，或者，与早已消失不见的日常生活的对比之中。今天的你还在、还要写情书吗？或者，像海子所渴望的，"和每一个亲人通信"了吗？你能用你掌握的语言，去传递只有你感受到、体会到的独一份的情感吗？"当我们说到爱时，词语还能否（或如何）保持其精确与活力？"（张逸旻）美国当代诗人艾伦·巴斯在《小小国度》一诗里写道：

所有的语言里，有没有一个词，意为选择做一个幸福的人？

而我们包在自己锯末屑一样的内心里的冰块，描写它的语言又在哪里？

什么样的说法，可以唤起初夏熬果酱时

弥漫在空气中的杏子的味道？

……

昨晚你说你喜欢我的眉毛。
你说从前并没有真正留意到它们。
什么样的语词可以把这种新鲜感
和此前错过的遗憾揉和在一起。

又怎么解释，连抚摸对我们俩的意义都不一样，
即使是在这个由我们的床所构成的小小国度里，
即使是使用只有我们两人将其作为母语的语言。

（唐小兵　译）

倘若你也有过类似经历，觉得自己的语言确实贫乏，那是你感觉到了自己的情感的不够充足，因为情感是在语言中"映射"出来的，哪怕你不写下来。美国比较文学学者、批评家、翻译理论家乔治·斯坦纳发现，德语、英语中的语汇数量在急剧减少，"因为能够由语词给出必要而充分阐述的现实的数量在锐减"。又说：

　　为了迎合大众文化和大众传播的要求，今日的语言承担起越来越俗气的任务。除了一知半解、粗疏简化、琐屑不堪，事实上，还有什么能够感染那些被大众民主召唤进市场的半文盲大众呢？只有用越来越简陋破败的语言，大多数那样的交流才有效。只受过半瓶醋教育的人掌握了经济和政治权力，结果是言词的财富和尊严锐减。当语言从道德生活和感情生活的根部斩断，当语言随着陈词滥调、未经省察的定义和残余的语词而

僵化，政治暴行与谎言将会改变一门语言。

我们不可能去承担如此重大的保护语言的职责，但恐怕也没有人愿意使用"简陋破败"的语言传情达意。那么我们的建议是，远离大众媒介，去读文学吧，去更多地读诗吧。

其次，诗以语言介入生活，并改变我们的生活观。

圣卢西亚诗人德瑞克·沃尔科特在《遗嘱附言》一诗中写道："To change your language you must change your life."（"要改变语言，必须首先改变你的生活。"）沃尔科特被认为是 20 世纪加勒比海最优秀的英语诗人，1992 年荣获诺贝尔文学奖。他被布罗茨基称赞为"我们面前的巨人""今日英语文学中最好的诗人"。沃尔科特这句诗的意思是，许多诗人在语言上纠结不已，却没想到生活的改变才是语言改变的活水，生活观的改变导致语言观的改变。这是他这首诗的语境。单就这一句诗而言，考虑到我们的现实语境，或许可以反过来说：要改变生活，先得改变我们的语言。因为语言是我们观察、探究、理解生活，并与他人交流、对话的最重要的方式；没有语言，我们甚至不能说出"生活"这个词，当然也无法像海子所说，"给每一条河每一座山取一个温暖的名字"，将原本陌生的、与我们没有关联的万事万物拥入怀中，与之共在。布罗茨基相信，"艺术，特别是文学，并非人类发展的副产品，而恰恰相反。如果说有什么东西使我们有别于动物王国的其他代表，那便是语言，也就是文学，其中包括诗歌。诗歌作为语言的最高形式，说句唐突一点的话，它就是我们这一种类的目标"。轻视语言，或者对自己使用的语言缺乏反省意识，而去追求生活的丰富多彩，去要求生活的无限可能性，相当于舍本逐末。诗人对语言魔力不可救药的着迷，做着各种各样令旁人不可理喻的语言实验，其真实、严肃的意图，是想在语言之中探索人性，呈现世界的真相，拓展生活的可能性。

就像美国当代诗人杰克·吉尔伯特在《超越快乐》中所写：

> ……诗歌记录
>
> 感情、快乐和激情，但最好的则搜寻出
>
> 那些超越快乐的、过程之外的。
>
> 激情并不像热情能够接近的东西
>
> 那么重要。诗引导我们一部分一部分地
>
> 去发现一个世界，正如照片打断了连续性，
>
> 给我们时间看每样事物的独立与充足。
>
> 诗从我们向前的无穷流动中选取一部分
>
> 去用心了解它的优点。
>
> （柳向阳　译）

诗通常被认为是激情的产物，其实那只是某一类诗人的某一类诗，比如浪漫主义诗人的诗。即便如此，在吉尔伯特看来，激情也不像热情那么重要。诗人对于诗的热情——通常是持久的，激情则不然——来自他的发现，即诗可以引导他、当然也可以引导读诗者"去发现一个世界"。每首诗都是一个片段，也都是一个"独立与充足"的世界，在其中，被选取、被凝视的事物获得了不可取代的存在价值。

　　从另一个角度说，在疾速变化的时代、迅捷消失的时间里，诗让我们偶尔停下来，看一看、想一想我们置身其中的生活，到底是怎么回事。本书开篇所举的第一首诗就具有这样的作用。它是一首情诗，出自美国当代诗人、散文家艾德丽安·里奇。她被誉为"20世纪下半叶读者最广泛、影响最大的诗人之一"，一生获奖无数。其代表作是《二十一首情诗》，我们选的是其中的第三首（唐小兵译）。开篇所举的第二首诗出自杰克·吉尔伯特，诗题仿佛是镌刻

在逝者墓碑上的姓名和生卒年：《野上美智子（1946—1982）》（柳向阳译）。诗中，是一缕孤烟的出现让天空显示了自己的存在，也是至亲者的谢世，让活着的人感觉到这个世界的意义；花瓣凋落是生命逝去的象征，却让人保持活着的清醒状态——有与无、实与虚、梦与觉的哲学意味交织其间。

诗不大可能改变我们的生活，却极可能改变我们对生活的感受和看法；或者说，诗提醒我们换一种眼光、换一个视角去感受、认识、理解生活。诗就像吉尔伯特诗中的那缕孤烟，遇风即散，却在短暂的时间里让我们意识到天空——生活——原来是如此这般。野上美智子因癌症病逝时年仅 36 岁，她与吉尔伯特的婚姻持续了 11 年。她的如玫瑰花般的凋谢，让诗人的生活凸显巨大的空缺，使他难以释怀。但在他一系列怀念美智子的诗里，并没有悲伤和哀鸣的渲染。他并不是要隐藏什么，或者要在写作中实现什么主张，是因为生活就是如此；而就是如此的生活，也需要诗人反复的书写，在书写中留下生活的哪怕不完整、不完美的影像，以对抗遗忘。正因为世界是残缺或屡遭损毁的，波兰当代诗人亚当·扎加耶夫斯基才有了"尝试去赞美"（《尝试赞美这残缺的世界》，又译《试着赞美这遭损毁的世界》）的念头。他认为，诗"不仅是要表达我生命里一些具体的时刻，它也要对更为深刻的事物、形态或态度做出反应"。而继歌德之后最伟大的德语诗人里尔克，则直言诗人的义务和职责是赞美：

> 啊，诗人，你说，你做什么？——我赞美。
> 但是那死亡和奇诡
> 你怎样担当，怎样承受？——我赞美。
> 但是那无名的、失名的事物，
> 诗人，你到底怎样呼唤？——我赞美。

> 你何处得的权力，在每样衣冠内，
>
> 在每个面具下都是真实？——我赞美。
>
> 怎么狂暴和寂静都像风雷
>
> 与星光似的认识你？——因为我赞美。
>
> （里尔克《啊，诗人，你说，你做什么……》，冯至译）

赞美自然不是要掩饰"死亡和奇诡"等，而是接受、容纳世上的一切，并因此意识到身为其中一员的责任。这样的诗人和这样的诗，会潜移默化地影响读诗人的生活态度和人生信念。

再次，诗能培育我们的想象力，以应对在后工业化社会常有的时空迷失感。

文学艺术的创造离不开想象力，诗在其中最为显著，可以视为想象力的代名词。诺贝尔文学奖得主，墨西哥现代诗人、散文家奥克塔维奥·帕斯说："诗是因为想象力而说出的一种语言。"德语诗人保罗·策兰的《逆光》里有一则札记："那是春天，树木飞向它们的鸟。"这句话就是一句诗，足以说明诗歌语言与日常用语的不同，以及想象之于诗性语言的重要性。它把一个"不可能的世界"呈现在我们眼前，但对诗人来说，却又是真实的"现实"。吉尔伯特断言"诗是一种谎言"，这既是出于必要，也是因为"真实只有这样才能说出"。他引经据典地写道："德加说：他不画/他看到的，他所画的/要能让人们看到/他拥有的事物。"（《诗是一种谎言》，柳向阳译）在策兰的那句诗面前，那些描绘春天景象的语汇，诸如草长莺飞、鸟语花香、春意盎然、生机勃勃、莺歌燕舞、欣欣向荣之类，都显得黯然失色，陈陈相因。但我们不要误以为想象与现实无关，扎加耶夫斯基说，"想象是一种关于现实的知觉"，总是对现实做出反应——诗人描绘的不是现实，而是对现实的"反应"；在顾城、海子的诗中，诗人抒写的不是日常生活，而是对日常生活的

"感觉"。

因此，诗会矫正我们将想象与现实分割开来的成见，读诗的人因此才会不断警醒并突破自我的成见。想象是利用人类头脑中存储的已有信息，去构筑新的形象的心理活动。但在诗中，想象往往被当作表现手段或技巧，我们并未深究它何以如此重要。加拿大的诺思洛普·弗莱，是 20 世纪最为杰出的文学理论家和文化批评家之一。他认为，每个民族都有母语，在发达或文明社会里，母语会演变为"文学"，人们被教导用于文学的是想象。文学不属于你在社会里为了拥有一席之地而必须知道的事情，每个孩子都知道，文学将把他导向与最实用的事情所不同的方向（这是今天诗所遭遇的最尴尬的事情，却是它无可取代的价值所在）。弗莱让我们设想自己因海难被困在一座孤岛上，在谋求生存并适应环境的过程中，你会意识到实际生存的世界与你想要生存的世界存在差异。你想要的世界是一个人的世界（human world），而不是一个客观世界；它是一个家，而不是一种环境；它不是你所见的世界，而是你由所见而建造出的世界。因此——

> 想象是建构人类经验的可能模型的力量。在想象的世界里，任何在想象中拥有可能的事情都会存在，但没有什么会真实发生。如果事情发生，那它就将离开想象的世界，进入行动的世界。

> ……艺术起源于我们建造的世界，而不是我们所见的世界。它起源于想象，随后向普通经验靠近；也就是说，它试图让自己尽可能地令人信服、易于辨识。

简单地说，文学属于人建造的而不是看到的世界；它属于人的家园，而不是人的生存环境。文学的世界是一个由直接经验构成的具体的人的世界。诗人的工作"不是描述自然，而是向你呈现一个完全由人的心智所吸纳和拥有的世界"。

经常读诗的人，他的想象力会得到丰富和拓展。这并不是为了逃避现实，而是要在现实中寻找自己的、适于生存的家园，尽可能减少自我的迷失。在后工业化社会里，人的时空感已发生巨大变化。我们常常不知身在何处，心归何方，想象力将帮助我们建造属于自己的世界，所谓"心安是家"。古典诗词当然也有如此功效，甚至对有些读者来说，效力更强；但新诗离我们的现实更切近，其中的想象也更容易被认同和转化。诺贝尔文学奖得主、英国现代诗人 W.H.奥登的名句"如果爱不能相等，/让我成为爱得更多的一个"，就出现在诗人仰望星辰的想象之中，却又带着强烈的现实意义：

> 仰望那些星辰，我很清楚
> 为了它们的眷顾，我可以走向地狱，
> 但在这冷漠的大地上
> 我们不得不对人或兽怀着恐惧。
>
> 我们如何指望群星为我们燃烧
> 带着那我们不能回报的激情？
> 如果爱不能相等，
> 让我成为爱得更多的一个。
>
> 我想我正是那些毫不在意的
> 星辰的爱慕者，
> 我不能，此刻看着它们，说
> 我整天都在思念一个人。

如果所有的星辰都消失或死去，

我得学会去看一个空洞的天空

并感受它那绝对黑暗的庄严，

尽管这得使我先适应一会儿。

（W.H.奥登《爱得更多的一个》，王家新译）

最后，诗能培育人的怀疑精神，拒绝将世界和他人符号化、同一化。

布罗茨基认为："艺术是抗拒不完美现实的一种方式，亦为创造替代现实的一种尝试，这种替代现实拥有各种即便不能被完全理解、亦能被充分想象的完美征兆。"美国当代作家、批评家，被誉为"美国公众的良心"的苏珊·桑塔格，把对抗视为文学的基本功能，其任务是"对各种占支配地位的虔诚提出质疑、做出抗辩"，认为文学是对话，是回应。对话与回应意味着差异的存在，也意味着与忽视或试图抹平差异的控制力量抗衡，"文学是一座有细微差别和相反意见的屋子，而不是简化的声音的屋子。作家的职责是使人们不轻易听信于精神抢掠者。作家的职责是让我们看到世界本来的样子，充满各种不同的要求、部分和经验。"诗是极富个性的艺术，每首诗的声音都是独一无二的。这一方面让我们感到陌生与新奇，另一方面提醒我们，这个世界是由多重声音、视线、感觉交织而成的，生活不只有一条道路，现实也不是某种刻板模式。我们不一定写诗，也不想做诗人，但不妨像诗人那样做一个热情拥抱生活、赞美生活的人，去拥抱那值得拥抱的，去赞美那值得赞美的。在这个意义上，布罗茨基在诺贝尔文学奖受奖演说中的话，值得信任：

我代表那些由于你们的工作，今天和明天将要阅读诗歌的人们感谢你们。我的美国同胞,一位伟人,曾经说过:我不能断言人将永远是胜利者。今天站在这个大厅里,我仍然相信他的话是正确的。但是,我敢断言,一个阅读诗歌的人比不阅读诗歌的人更难战胜。

说到如何读诗,本书各节提供了一些可供参考的方法。在进入专题讨论前,先提三点建议。

一是把诗当作诗来读。也就是,不要把诗当作分行的散文来读;也就是,最好不要一拿到诗,就直奔主题、思想、内容、意义而去。诗不会拒绝这样的分析,但抒情诗基本、首要的功能是表情,不是表义。诗如何表情,某一种表情方式给它带来了什么,换一种表情方式效果会如何……我们提倡以诗的方式倾听诗的声音,与之展开对话和交流。本书各节会不断强调这一点,并努力让你的目光从既定的读诗"轨道"上稍稍偏离一点,不再"直直地"去读,而是"斜斜地"去读。如果我们说余光中先生的《乡愁》表达的是乡愁,是身在宝岛台湾而思念祖国母亲的游子的特定乡愁,别人是无法反驳的;但我们是否确定自己在讲诗,而且是"这一首"诗——余先生终其一生写了一百首左右以乡愁为"主题"的诗,这一首《乡愁》的特点在哪里,为什么有这样的特点,又说明了什么……诺贝尔文学奖得主,现代诗人、理论家、批评家、教育家T.S.艾略特说,某些诗的意义,就如同窃贼扔给看护狗的"一块美味的肉",好让它保持安静。诗的"某种意义",或许可以让读者安静下来,却虚晃一枪,无法使他们明白诗的真谛。艾略特的传记作者约翰·沃森说:"像哲学家一样思考,像厨娘一样说话,做得好的就是诗人。"——当然,能够把哲学家和厨娘融为"一体"的诗人,极其罕见。

二是始终不离开语境。我们需要理解语境的不同层级,而在不同风格、类型的诗人和诗中,不同层级的语境的价值也是不同的,要结合具体文本具体分析。对不是专门研究诗的读者来说，在微观语境——上下文——中理解诗，尤为重要。脱离语境导致的最大问题，是解读者自说自话，甚或用自己既存的观念、想法去替代、抹除文本中异己的东西。德国哲学解释学家伽达默尔希望读者在文本面前"敞开自己"，去接受异己的东西的撞击。一首好诗，也确实像卡夫卡所言，如同一把冰镐，敲碎我们内心的冰海。

三是从诗的独特表现方式入手去品味其意蕴。这可以看作第一点的操作路径。我们并不反对分析诗的主题、思想之类，本书也常常谈及它们；但我们提倡的是从诗歌文体不同于散文文体的地方入手，把注意力集中在诸如分行与跨行、声音与调质、节奏与韵律、物象与喻象的运用等方面，再来谈诗的意蕴内涵。一位读诗者要转变自己既定的阅读习惯和解读方式，是非常困难的，但也是值得一试的。

四是具备整体意识。强调不脱离语境已涉及整体意识，不过，语境是文本客观存在的，微观语境由不同层级的语言结构形成；整体意识说的是，读诗者要善于把从文本中得来的各种印象、感受、认知，挂起钩来，以整合、凝聚成对文本的总体判断。有经验的阅读者，从一个文本中获取的信息量，会高于经验匮乏的阅读者；比较成熟的阅读者，则会对纷至沓来的、零散、即兴的印象和感觉，进行统合，在各个点之间建立起联系。本书的每一节，都可以看作进入诗歌文本的一种途径，每一种途径都会放大由此而得到的对于诗的感受、判断，并因此会忽略或掩盖由其他途径所得的，这在文本解读中是正常现象。分节是出于讲解的便利，可以在每个点上讲得更细致一些，但要注意各节以及每一节内的各个点，是彼此联系和呼应的。一首好诗往往具有英美新批评派所言"综合的诗"的特点，表述的是"复杂的经验"。在《巴黎评论》的访谈中，美国当代批评界领军人物海伦·文德勒，解释了她的诗歌细读法和批评实践的原则："你必须以非常清晰的方式为你的假设提供证据；你的方程式必须是均衡的；左侧必须与右侧保持平衡。一件事必须导致下一件事，所有事情加起来必须成为一个整体。我认为这在文学中也是一件极其自然的事情。我强烈认为，你所说的任何话都应该有文本的证据支持，这样你就可以在归纳和证据之间遵循一个恒定的循环。"文德勒的细读被赞誉为具有"铁血战士般的战斗力"，她被视为"力量型的诗歌读者"。我们当然很难达到她的水准，但她在解诗上的专业态度和敬业精神，值得敬仰和学习。

西方浪漫主义文论认为诗是一门感性艺术，极为推崇诗的创造中的灵感、激情、天才、无拘无束，坚持作品的"有机论"。这种观念影响深远。很多诗人、读者主张，最好的读诗方式是感受它，体验它，而不是把它当作上了麻醉药的病人，放在手术台上解剖。不过，广义上的现代诗，很难再用感性/理性这样对立的语汇去描述，客观、冷静、克制成为现代诗的美学追求；怪异的物象/喻象、戏剧性场景、人物独白、用典、引文、反讽、戏仿等手法，比比皆是。"解剖"在诗歌解读中如同在诗中，不过是个隐喻。英国学者、批评家玛卓丽·布尔顿在《诗歌解剖》一书中说，"真正伟大的诗很可能是那种意象既有直接而强大的情感力量，又能经得住理性分析的诗"。我们并不能说本书所选的诗都具有这样的特质，但我们尽量选择那些值得一读，也值得反复品味，并有可能给读诗者留下一点经验或启发的诗。

没有什么"绝对的律令"要求一个人去读诗，但读诗者会在其中遇到一些伟大、高傲、谦卑或有趣的灵魂。

那就让我们开始吧。

# 分行与跨行

　　分行，是新诗区别于古典诗词最显著的外在标志之一，来自域外诗歌的影响。现在读早期白话诗，比如被称为"白话新诗第一人"的胡适的《蝴蝶》，在文本外观上还可以隐约看到，不分行的古典诗与分行的新体诗之间的粘连：

　　　　两个黄蝴蝶，双双飞上天。

　　　　　不知为什么，一个忽飞还。

　　　　剩下那一个，孤单怪可怜；

　　　　　也无心上天，天上太孤单。

　　　　　　　　　　　　（五年八月二十三日。）

这首诗初刊《新青年》第2卷第6期（1917年2月），繁体竖排，为《白话诗八首》之一，原题《朋友》。题记说："此诗天怜为韵，还单为韵，故用西诗写法，高低一格以别之。"收入《尝试集》，亦为繁体竖排，与古书相类，只是加了新式标点。除去句式整齐、每句均为五言这些古典诗的痕迹（胡适自序中说，"这些诗的大缺点就是仍用五言七言的句法。句法太整齐了，就不合语言的自然，不能不有截长补短的毛病，不能不时时牺牲白话的字和白话的文法，来迁就五七言的句法"），分行上并没有太多讲究，也还顾虑不到分行对诗的效果可能产生的作用。但用"西诗写法"，第二、四行缩进一字格，视觉上就与古典诗拉开距离。现今的一些简体字版《尝试集》或新诗选集，不太注意它的格式，包括很多人在自媒体上，习惯将新诗每一行居中排列，都是没有意识到，一首新诗的视觉外观（在纸面或电脑屏幕上呈现的排列方式），对我们理解一首诗是有影响的，有时这种影响值得特别注意。这是我们讲分行时要说到的一个因素。

当然，也有一些不分行的诗（散文诗另论）。一段不分行的精短文字，如何叫诗？这其中并没有一个精确的判断标准，言人人殊。不过这时需要认真考虑写作者的看法：如果他当成诗在写，或者，报刊放在诗歌栏目里发，读者自然会把它当作诗来阅读、接受。简单地说，在判断一段不分行的文字是否为诗，或者更广义的，在判断一个文本是不是属于文学，除了考察文本内部诸要素，还要注意文本外部的种种因素，比如创作者的主要身份、传播载体，以及这个载体（诗歌/文学报刊或非诗歌/文学报刊）设定的主要受众，等等。诗或文学这样的概念，不是静止不变的；指认一段文字属于或不属于诗或文学，是多种因素合力的结果，很难讲是完全由其"自身"决定的。

诗人王家新早期诗集《游动悬崖》中，就有不少不分行的诗。由于这是一本诗集，诗人也没有特意提到他写的是散文诗，所以，把它们与诗集中其他文本一样当作诗来读，不会有特别的异样感。诗人昌耀的《昌耀的诗》中，也有类似情况。他在后记中专门谈到诗的分行，认为自己是一个"大诗歌观"的主张者和实行者，"我并不排斥分行，只是想留予分行以更多珍惜与真实感。就是说，务使压缩的文字更具情韵与诗的张力。随着岁月的递增，对世事的洞明、了悟，激情每会呈沉潜趋势，写作也会变得理由不足——固然内质涵容并不一定变得更单薄。在这种情况下，写作'不分行'的文字会是诗人更为方便、乐意的选择"。这恐怕代表了许多有类似创作状况的诗人的想法。当然，相对于分行，这一类毕竟是少数，新诗的主流是分行。读者看到分行的、参差不齐的文字，会很自然地当作新诗来接受。这其中比较有意思的现象，是介于分行与不分行之间，又不完全是散文诗的体式。比如昌耀的《呼喊的河流》：

**呼喊的河流，你是**

一棵大树主干对半剖开的那一片：流动的木纹细密黄灿灿，仿佛还包裹着树脂的幽息，我一定是感觉到这种触痛了，所以，你才使我深深感动吗？

**生活，就是一台在这样的河岸**

由着不敢懈怠的众人同在一匹奔马肩背完成许多高难动作的马戏，惊险、刺激而多辛劳。

**但是永在前方**

**像黑夜里燃烧的野火痛苦地被我召唤**

而又不可被我寻找到的或是耶和华从被造者胸腔夺去的那一根肋骨？也是我的肋骨，所以呼喊着自己另一半的河流才使我深深地感动么？

**所以河流的呼喊才使我深深感动么？**

笔者特意加黑的字体属于常规分行，其他属于未分行的、接近散文的句式；除去"但是永在前方"一句，未分行部分是由分行的语句跨行形成的。这种视觉效应上的强烈对比，显示的是诗歌语速、节奏的快与慢，是停顿（冥思）与宣泄而出（情感）的交错，是一个人在生活的激流中辗转反侧（诗的主体部分）与戛然而止（"但是永在前方"），又无法终止（"像……而又……所以"）的纠结；

也不妨说，其中有诗人置身生活洪流中的柔与刚、冰与火的复杂难言的情感冲突。如果注意到诗题"呼喊的河流"，结合全诗以河流、河岸为书写对象，在文本视觉上，我们可能会感觉加黑字体如同稳固的、夯实的河岸，未分行的语句则有如疾速流动的河流的旋涡，在发出低沉的叫喊。

　　不时地你会听到有读者抱怨，现在的诗人仅有的本事就是不断敲回车键，把好端端的一段文字分了行，就骗人说是诗。这种埋怨表达的是对许多诗作的不满，完全可以理解。因为确实有为数不少的写诗者对诗缺乏敬畏之心，视同小玩意、小把戏，缺乏写作者应有的良知与操守。但抱怨一多、牢骚太盛，就会出现一棍子打翻一船人、不分青红皂白的情况。尽管分行的不一定是诗，不分行的不一定不是诗，但如前所说，分行确实是诗歌文体在视觉外观上，区别于叙事性文体的显著标志。面对分行的和不分行的文字，读者在接受心理上是有差异的。法国华裔艺术家、诗人、批评家熊秉明先生说："分行写，散文就成了诗么？我们当然不会幼稚地点头，但是这样的话是可以说的，分行时，作者是认为他写的是诗，是希望读者当作诗去读。"分行，有可能促使读者把它当作诗来接受，并产生与阅读叙事性文体不一样的接受期待。也就是说，在对待什么是诗的问题上，读者头脑中已形成的文学惯例，同样值得重视，并且可以为写作者所利用。如果深究下去，一位读者——什么样的读者？极其喜爱诗的，偶尔接触诗的？因某次"诗歌事件"而心生好奇的？——眼中的"好端端的文字"，一位诗人或许压根提不起兴趣。诗人需要的是"好端端的文字"吗？那可能就不会有白话新诗的诞生，也就不会有文学史上一波又一波的语言和文体的写作实验。更何况，分行造成原有文字节奏、韵律的改变，很可能赋予一段平常的文字以不平常的意味。

　　2011年11月2日，刚开通微博不久的笔者发出第四条微博：

　　下午上课去早了，在文院旁树丛中闲逛。鸟鸣。待补植的花草躺在复垦的泥土上。美院学生三三两两在远处写生。两个附小的女孩趴在花坛边写作业，看不清面容。片刻，忽听一女孩大叫："yáosījié，你是猪！"无人回应。恍惚觉得我曾置身这场景，彼时彼刻，一模一样，真真切切。

青年诗人大头鸭鸭@了笔者说："帮你加了下回车键，觉得你那段博文是首好诗呢。"并且加了一个标题叫《恍惚的下午》：

　　　　下午上课去早了
　　　　在文院旁树丛中闲逛
　　　　鸟鸣。待补植的花草
　　　　躺在复垦的泥土上
　　　　美院学生三三两两在远处写生

　　　　两个附小的女孩趴在花坛边写作业
　　　　看不清面容。片刻
　　　　忽听一女孩大叫：
　　　　"yáosījié，你是猪！"无人回应

　　　　恍惚觉得我曾置身这场景
　　　　彼时彼刻，一模一样，真真切切

一读之下，恍惚间也觉得与原博的味道好像不一样。当然，这是朋友间在微博上互动的游戏之作，当不得真。但下面这段分行的文字是不是诗，争议则非常大：

昨天在

七号公路上

一辆汽车

以时速一百公里行驶

撞上一棵

法国梧桐

车内四人

全部

丧生

这是美国文学理论家、结构主义批评家乔纳森·卡勒，在其《结构主义诗学》第八章《抒情诗的诗学》中所举例子，来自法国叙事学家热奈特。笔者只是微调了分行方式。如果不分行，原文是这样的：

昨天在七号公路上，一辆汽车以时速一百公里行驶，撞上一棵法国梧桐。车内四人全部丧生。

很显然，这是一则交通事故的消息。那么，一则消息可以通过分行方式变成一首诗吗？它算是一首诗吗？诗可以是这样的吗？所有这些疑窦，可以归为一个简单问题：你心目中的诗究竟是什么样的？

十几年来，在文学院大一新生文学文本解读课堂上，笔者将这首"诗"与其他五六首隐去诗人姓名的诗混在一起，请学生选出哪一首最像诗，哪一首最不像诗。每届学生中，都有人——可能有些叛逆地——认为上面那则分行处理的消息最像诗，更多的学生则予以否定。相比之下，下面这首看上去有些奇怪的"诗"，学生的认可度就高了很多：

> 我吃了
>
> 放在
>
> 冰箱里的
>
> 梅子
>
> 它们
>
> 大概是你
>
> 留着
>
> 早餐吃的
>
> 请原谅
>
> 它们太可口了
>
> 那么甜
>
> 又那么凉

这首诗后来在中国广为人知，是因为当代学者、文学理论家、批评家童庆炳先生，在他主编的高校文科教材《文学理论教程》中举了这个例子。这首诗的作者是美国现代诗人、小说家威廉·卡洛斯·威廉斯，他的职业是儿科医生。威廉斯 1906 年从宾夕法尼亚大学取得医学博士学位后，前往德国莱比锡大学进修，三年后回到故乡行医，直到 1951 年退休。写诗仅仅是他的业余爱好，如同另一位美国现代诗人史蒂文斯。撰写了三卷本《20 世纪美国诗歌史》的学者、翻译家张子清先生说，威廉斯"把 70% 的时间花在助产和医治婴儿上，30% 的时间用在创作上"。他曾为一百多万病人治病，接生了两千多个婴儿，同时还是当代美国最多产的作家、诗人之一。他的诗对美国现代诗的影响非常大，获得过普利策奖。这首诗的题目中译为《便条》，原文如下：

**THIS IS JUST TO SAY**

i have eaten

the plums

that were in

the icebox

and which

you were probably

saving

for breakfast

forgive me

they were delicious

so sweet

so cold


实际上，你可以把它看成一个冰箱贴，留给室友或家人的便条。由于它有鲜明的意象，生动的味觉感受，浓郁的日常生活气息，虽然形式上有些"怪异"，读者排斥的心理没有那么强烈，推崇口语写作的当代诗人则把它当作"口语诗"的典范。有一次，《纽约邮报》记者采访威廉斯，举了他的另一首诗：

两只野鸡

两只野鸭

一只从太平洋里

捞出来二十四小时的大螃蟹

和两条来自丹麦的

鲜活急冻

鳟鱼……

然后这位记者说："这听起来就像一份时尚的副食购物单。"威廉斯回答："这就是一份时尚的副食购物单。""那——它是诗吗？"记者有些犹豫。威廉斯回答："如果你忽略实用的意思，有节奏地处理它，它就会形成一个不规则的模式。在我看来，它就是诗。"忽略文字的实用信息，以诗的方式处理它，它就会"变成"一首诗——同样的意见，英国当代最负盛名的马克思主义文学批评家、理论家特雷·伊格尔顿，在《二十世纪西方文学理论》导言中也表述过。日常语言交际是有规则的，诗通常会打破语言规则，无论它用不用口语；但在用口语的情况下，这一点比较难以察觉。威廉斯被推举为意象派诗典范之作的《红色手推车》（*The Red Wheelbarrow*），广为人知，有许多中译本。另一首《在墙之间》读过的人则不多：

**在墙之间**

医院的

寸草

不生的

后径

遍地是

炉渣

里面闪烁着

　　绿色

　　玻璃瓶的
　　碎片

　　有读者可能已看出端倪：这首诗实际上是诗人对一句话的拆分与重组——"在寸草不生的医院后径的墙之间是杂有绿色玻璃瓶破碎片的炉渣"。中译者张子清按照中文表述习惯来翻译，诗的题目是诗的有机组成部分。照一些读者的想法，一段"好端端的文字"是不能借由敲回车键变为诗，似乎文是文，诗是诗，那么，把一句好端端的话拆解为一首诗，对他们来说就更加难以想象了；但这样的诗确实存在。当然，你也无妨固执己见，就不认它是"诗"。但如果你是一个固执己见的人，就要允许有诗人固执己见。

　　从文学史角度看，威廉斯如此推崇使用英语口语、俚语或俗语，是为了对抗像庞德、T.S.艾略特这样佶屈聱牙、晦涩难懂的诗人。1918 年，威廉斯在一部散文诗集《序曲》中说："我他妈的想写什么就写什么，我他妈的想什么时候写就什么时候写，我他妈的想怎么写就怎么写……" 20 世纪 30 年代初，艾略特被哈佛大学聘为诗歌教授，回美国做讲座。庞德写信给威廉斯，要他热烈欢迎艾略特的到来。威廉斯大为光火，回信说："在我欢迎艾略特来美国之前，让他见鬼去吧！"

　　在"像"与"不像"、"是"与"不是"的判断里，包含的是判断者对诗的认知，尽管这些认知谈不上学理性和系统性，只是一种直觉。但任何人阅读上的直觉反应，仰仗的都是他头脑里的文学/诗歌惯例，这些惯例更多地来自他的文学阅读：文学惯例是在阅读被公认为"文学作品"，尤其是已有定评的经典中建立起来的，与一位读者文学理论知识的多少，确实没有太大关系。作为从事文学和文学理论教学的教师，笔者有自己的文学/诗歌趣味，不会要求也不可能要求极具个性的学生，与任课教师的趣味相似或一致。在各抒己见、众声喧哗中，笔者希望学生能时刻意识到：文学是复杂难测的"人工制品"。这包含有几层意思。首先，一个文本有复杂的内部要素构成。本书正是从这些要素出发讲解诗的欣赏和解读。其次，环绕文本而存在的"外部"因素也是错综复杂的，包括形形色色的接受者，文本的生产环境，其传播、流通的渠道、方式等等。作为接受者，我们的年龄和阅历，某时某刻的心境，甚至所处的某种特定环境，都有可能对我们阅读的文本产生不同程度的影响；同一个文本在不同的心态、情境中阅读，也会不同，甚至大不一样。在写作受到严密监视、高度禁锢的环境中，与写作自由、开放的环境中产生的文本，也会很不一样。而一段分行的文字，出现在班级手抄报、墙报上与刊发在诗歌报刊上，后者被认同为诗的可能性更大。再次，作者署名，也会自觉不自觉地影响到读者对"是不是诗""是不是好诗"的判断。假设——仅仅是假设——在卡勒所举例子中，署上"T.S.艾略特"或"鲍勃·迪伦"的大名，会发生什么样的情形呢？再假设：教师随便找一篇散文，告诉学生这是权威专家最新发现的张爱玲的佚文，会对学生的阅读产生影响吗？《便条》的作者威廉斯，被公认为影响了美国当代诗歌的少数几位诗人之一；也有许多评论家认为，他和庞德是对美国当代诗影响最大的诗人——如果大家了解了诗人的这些情况，会不会对诗有另一番解读呢？

简言之，文学或诗不是一个不言而喻的语言实体，而是处于时时变化之中；没有哪一个个体或群体，有力量阻止它的变化。简单地看待和处理文学或诗，很多时候只是因为我们的阅读面太窄。通常情况下，阅读面越窄的人，越容易固执己见，剑走偏锋，也越容易受时尚观念影响，被牵着鼻子走。

　　当然，这并不是说关于文学或诗，没有什么共识可言。本书将要展开的各个方面，实际上就是我们对什么是新诗的一些共识的探讨。只是要注意，这些共识也是会逐渐发生变化的，不然王国维、陈寅恪先生就不会说"一时代有一时代之文学"了。

　　为了进一步讨论一段分行的文字是不是诗，不妨再举一个例子：

　　　　总有另一片天空，
　　　　永远晴朗平静，
　　　　总有另一道阳光，
　　　　虽然彼处幽暗；
　　　　别介意凋谢的森林，奥斯汀，
　　　　别介意沉寂的原野——

　　　　这里有片树林，
　　　　林中树叶常青；
　　　　这里有灿烂的花园，
　　　　风霜从不降临；

　　　　在不曾凋零的花丛里
　　　　我听见蜜蜂嘤嘤；
　　　　请吧，我的兄长，
　　　　到我的花园游赏！（袁秋婷　译）

这首诗的作者是美国现代诗人艾米莉·狄金森。前几年，由于诗人余秀华被评论家誉为"中国的狄金森"，狄金森的名字和作品为更多的中国读者所熟悉。读完这首诗，大家有什么感受呢？会不会认为这是一首很不错的诗呢？其中有一个又一个意象，有韵律和脚韵，更有对兄长的深情厚谊。其实，这是她写给哥哥的一封信的结语，被美国新一代华人作家、在读者中"圈粉"无数、有"鬼才"之誉的李炜，重新排列成一首十四行诗，收在他的新书《永恒之间：一部与时间作对的西方诗歌史》中。李炜说，狄金森最好的书信，其实和诗歌差别不大，有时甚至押韵。"她似乎提起笔来，就会听见音乐。唯一需要做的，不过是找出这些段落，再排成诗行。"

故此，通过分行，一段"好端端的文字"是否就"华丽转身"为一首诗，不能一概而论。我们既可以轻易找出反面例证，也可以举出如上的、难以反驳的例子，甚至可以做更多的试验。比如，"是光诗歌"公益机构创始人康瑜，在云南支教的学校尝试开设"四季诗歌课程"之前，捡到一张没有署名的便条，上面歪歪扭扭地写着：

> 我愿和你自由地好着，像风和风，云和云。

我们可以把这句话试着分行为：

> 我愿和你自由地好着，
> 像风和风，云和云。

也可以分行为：

> 我愿和你
> 自由地好着，
> 像风和
> 风，

> 云和
>
> 云。

还可以有其他排列方式。康瑜和我们都不知道这张便条出自何人之手，可能是一位学生，但无疑是一位有诗心和诗情的人。如果做出不同的分行，默读或朗读时的语调、节奏，其中所展示出的写作者形象等，是否有所不同呢？

还是那句话：文学是复杂难测的"人工制品"，诗亦如是。但它们是可以言说的：言说那难以言说的，是诗歌欣赏与解读的乐趣所在，正如诗人一直在言说大千世界、芸芸众生那难以言说的一切。

那么，分行给诗带来了什么呢？

首先，分行使我们换一种眼光看文本，并会按照读诗的惯例，调整自己默读或朗读的语调、节奏；把一段分行的文本当作诗接受下来，意味着我们头脑里储存的有关诗的知识的激活。至于说它是不是好诗或你喜欢的诗，是读过之后的事情，另一个话题。这种情形下，那些一眼看上去似乎没有必要分行的诗，应当作为一个问题提出来：它为什么要这样做？而不是轻易地予以否定。比如，朦胧诗最具代表性的三位诗人中，北岛、舒婷是比较讲究诗的分行处理的。舒婷《神女峰》的第一节：

> 在向你挥舞的各色花帕中
>
> 是谁的手突然收回
>
> 紧紧捂住了自己的眼睛
>
> 当人们四散而去，谁
>
> 还站在船尾
>
> 衣裙漫飞，如翻涌不息的云

　　　　江涛
　　　　　高一声
　　　　　　低一声

收尾三行的排列，在模拟江涛高低起伏的形态，已有一点图像诗（又称具象诗）的味道。而顾城的许多抒情短诗，似乎并不十分在意诗行的排列。声名远播、很可能进入新诗经典行列的《一代人》只有两行：

　　　　黑夜给了我黑色的眼睛，
　　　　我却用它寻找光明。

这首诗不分行是完全可以的，也不影响诗意传达。但分行之后，有两重意味被加重了：一个是对比，即"黑夜""黑色的眼睛"与"光明"：上下之间，它们似乎在对视，在打量，也在较量。另一个是转折。不分行情况下，转折意味同样存在，语句重心同样落在后一句，但需要考虑的是，诗人真的是要把语句的重心，全部押在"光明"上，以此凸显"光明"、希望、未来、前景……之于"一代人"的重要性吗？恐怕未必。分行之后，在前述对比意味的渗透中，我们似乎感到对比双方的力量都在得到增强，而不只是"光明"；诗中抒情者的矛盾、尴尬心态很容易为我们辨识和理解，但无助、彷徨、愤懑的心境，则只有在分行情况下，会笼罩全诗。

　　如果暂且从这首诗的创作时间（1979 年 4 月）和背景中跳脱，顺便清洗一下沉淀在我们头脑里的关于"黑夜"和"光明"的"先存之见"——认为"黑夜"是恐怖、窒息、无法忍受的，相应地，认为"光明"是值得每个人追求和拥抱的——换位思考一下，历经劫难的年轻诗人，会不会产生这样的心理意识：黑夜才是他的安慰所在；黑夜之后突如其来的"光明"，反而让他无所适从，无法迈开脚步呢？不妨读一下在"是光诗歌"林文采老师指导下的14岁孩子的诗：

### 黑　夜
李玲（14岁，八年级）

我信奉黑夜，
因为它能覆盖一切，
就像是爱。

把黑夜等同于爱并且信奉，这才是孩子的纯净眼光。而顾城也被誉为"童话诗人"。在《一代人》中，顾城自然不会把黑夜等同于爱，那于情于理都说不通；但是，漫长、深重、无边无际的黑夜——只有这样的黑夜才"给了"诗人一双"黑色的眼睛"，这双眼睛此时能够辨识出什么是光明，它在哪里，又如何去寻找吗？如果回答是否定的，那他该怎么办呢？是踟蹰不前，等着"黑色的眼睛"重新变回明亮的眼睛，还是被响应时代召唤、渴求光明的众人裹挟着、推搡着，跟跟跄跄地向前奔跑，或是其他呢？

同样，大家耳熟能详的余光中的《乡愁》，分行中规中矩，没有任何花哨的地方：

小时候
乡愁是一枚小小的邮票
我在这头
母亲在那头

长大后
乡愁是一张窄窄的船票
我在这头
新娘在那头

后来啊
乡愁是一方矮矮的坟墓
我在外头
母亲在里头

而现在
乡愁是一湾浅浅的海峡
我在这头
大陆在那头

或许问题正在于：这种中规中矩、没有任何波澜起伏的诗行，折射出的是乡愁已贯穿诗人的一生，成为其日常生活情感的一部分，变成了常态——当然是不正常的“常态”——所以诗人的语调才如此平静，分行才如此常规。

其次，分行是一种有意的语言文字处理，因此会放大、凸显诗人想要放大、凸显的东西，也就需要加以特别注意。顾城的另一首名作《远和近》：

你
一会看我
一会看云

> 我觉得
>
> 你看我时很远
>
> 你看云时很近

通常被认为是表达了特定年代，人与人之间的相互陌生、隔阂、戒惧，乃至相互疏离，而人与自然（云）之间的关系反而更加亲近、和谐，故而有一种深刻的反讽。这种从社会历史角度出发的解读自然没有问题，也值得重视，但却忽略了诗的具体情形，其中就包括其分行排列形式："你"和"我觉得"其实没有必要单独占行；既然如此，就要考虑诗人如此做的用意：一方面是对两者的突出、强调，另一方面在结构上，单列成行的两者在诗行的构建上形成呼应，暗示了"你"在"我"的感觉中独一无二的位置。因此，"你""我"并不是任意两个人的关系，而是一对恋人。

早期朦胧诗人黄翔 1962 年写了一首诗《独唱》，在当时是惊世骇俗的：

> 我是谁
>
> 我是瀑布的孤魂
>
> 一首永久离群索居的
>
> 诗
>
> 我的漂泊的歌声是梦的
>
> 游踪
>
> 我的唯一的听众
>
> 是沉寂

其中的"诗"字单占一行，显然有特别用意：这首"诗"就是一个"独唱"，决不会加入众人的合唱；这首"诗"呈现在读者眼前的，就是一个大写的"人"，遗世而独立。诗人的离群索居不仅是"永久"的，而且是他的主动选择。

黄翔的这首诗不长，但有三处跨行，"诗"是其中的第一处，紧接着的两句四行都有跨行处理。现代诗人、翻译家、学者卞之琳先生说，跨行（enjambment）是外来说法，指"行断意续"。通俗地说，就是一个完整的句子被切分成两行（当然也可以是多行）。中国古典诗词就有类似的例子，如"可怜无定河边骨/犹是春闺梦里人"，"蓦然回首/那人却在/灯火阑珊处"，只是用旧式标点，圈点断而已，没有这样的明确说法。跨行有时是出于凑韵的需要，但多数时候是为了更好地表情达意。黄翔《独唱》中的"诗""游踪""是沉寂"，并不是为了押韵，但都造成了较长时间的停顿；停顿即强调，要求引起注意。此外可以感觉到，这三处有意的跨行，彼此间有了某种影影绰绰的关联："诗"——"游踪"——"沉寂"。这位在特殊历史环境中坚执于"独唱"的诗人，确实"游踪"不定，最终也确实"沉寂"了。

我们来看昌耀的《冰河期》：

> 那年头黄河的涛声被寒云紧锁，
> 巨人沉默了。白头的日子。我们千唤
> 不得一应。
>
> 在白头的日子我看见岸边的水手削制桨叶了，
> 如在温习他们黄金般的吆喝。

全诗长短句交错，最长的一句"在白头……"长达19字（但比前引《呼喊的河流》中"而又不可被我寻找到的或是耶和华从被造者胸腔夺去的那一根肋骨"一句，少了10字），最短的句子5字。

而且，诗人在第一节第二行有意用句读"。"截短语句（在句中，句号的停顿时间长于顿号、逗号、分号、冒号、破折号等），但总体节奏趋于平缓（语句长短交错是为了避免单调，也使节奏摇曳起来）。首节最后使用了跨行。不妨比较一下：

> ……我们千唤
> 不得一应。

与

> 我们千唤不得一应。

不难体会，在"千唤"之后截断，留下一片空白，使得"唤"的反复、艰辛，"唤"中的祈盼、渴求，变得更为惊心动魄，更令人牵肠挂肚；也使得"不得一应"中的沮丧乃至绝望，更加触目惊心。而全诗最后出现的"吆喝"，可视为对此遥远的、无意间的"一应"，在诗人已变得冰冷、坚硬的心头。也因此，用"黄金般"来修饰"吆喝"，既是刻意为之（通感手法），也是水到渠成的神来之笔。

读者也许会发现，这首诗两节五行，并不齐整。诗人完全可以在次节使用相同方式，"制作"一处跨行，来使两节显得相对齐整（全为三行）。比如可以这样：

> 在白头的日子我看见
> 岸边的水手削制桨叶了，
> 如在温习他们黄金般的吆喝。

或者：

> 在白头的日子我看见岸边的水手削制桨叶了，
> 如在温习他们
> 黄金般的吆喝。

这也是新诗中通常会看到的。因此，这应该是诗人有意为之：跨行处理是有意的，保持句子的完整也是有意的。问题是：诗人为什么不在次节做类似的跨行处理呢？大家可以结合全诗情感、意蕴，先思考一下。

新诗的跨行，不限于一节诗内，也有跨节出现的。例如学者、翻译家，"九叶诗人"之一的郑敏先生的《荷花——观张大千氏画》：

> 这一朵，用它仿佛永不会凋零
> 的杯，盛满了开花的快乐才立
> 在那里像耸直的山峰
> 载着人们忘言的永恒
>
> 那一卷，不急于舒展的稚叶
> 在纯净的心里保藏了期望
> 才穿过水上的朦胧，望着世界
> 拒绝也穿上陈旧而褪色的衣裳
>
> 但，什么才是那真正的主题
> 在这一场痛苦的演奏里？这弯着的
> 一枝荷梗，把花朵深深垂向

你们的根里，不是说风的催打

雨的痕迹，却因为它从创造者的

手里承受了更多的"生"，这严肃的负担。

不仅在每一节中都有跨行，"把花朵深深垂向//你们的根里"的跨行分属两节。这里也没有脚韵的考虑，但首先，这是一首十四行诗；其次，这种跨节的跨行深化了"深深垂向"的意旨，也在读者脑海中唤起花朵"深深垂向"的具体而微的形象。

上面的分析，以及预先提出的几个问题，是希望大家能把诗的分行与跨行处理，与叙事性文体相区别，并且要把诗行何以如此，与诗人的创作意图、诗中书写的对象或题材、诗想要传递的情感与意蕴联系在一起，而不仅仅把它们看作诗歌文体的视觉外观，当作诗的形式之形式。如果我们这样去做，可能会从诗中发现一些新的东西，甚至可能对诗的意味的理解更深一层，对诗人的意图更为会心而获得愉悦。文学的欣赏和理解，按照学者徐复观先生的说法，是"追体验"的过程，"体验是指作者创作时的心灵活动状态。读者对作品要一步一步地追到作者这种心灵活动状态，才算真正说得上欣赏"。虽说英美新批评派有"意图谬误"（intentional fallacy，又译意图谬见）之说，亦即阅读者可能把从文本中接受的意图，当作诗人的创作意图（是为"谬误"），但无论如何，好的诗歌还是能够以各种方式显示诗人的意图，至少是他的意图指向。这种意图指向，与诗人写作时不同的分行和跨行方式相关联。

有些诗在分行与跨行上走得比较远，带有语言实验的性质。例如，袁可嘉先生在《外国现代派作品选》前言中，举出了美国现代诗人艾·肯明斯的《太阳下山》的直译：

刺痛

   金色的蜂群

   在教堂尖塔上

   银色的

       歌唱祷词那

   巨大的钟声与玫瑰一同震响

   那淫荡的肥胖的钟声

而一阵大

  风

  正把

  那

   海

   卷进

   梦

   ——中

夕阳西下，远近教堂的钟声齐鸣，诗人在视觉、听觉上受到刺激，由此产生"交感"——各种感官、感觉混沌一片，通感手法的介入在所难免（把夕阳的光线比作"金色的蜂群"，带来"刺痛"感；"巨大的钟声与玫瑰一同震响"；用"肥胖"修饰钟声等）。全诗几乎没有一行是完整的句子，跨行横贯到底。尤其后半截，几近词语的碎片，在风中翻飞。我们只能推测，由频繁跨行而来的排列形式，可能表示钟声的忽高忽低，忽远忽近；后半截从"风"开始，暗示钟声的持续不断；尾行插入破折号，寓意钟声并未结束。这种实验一般读者很难接受，也让人太费脑筋。不过，诗人将夕阳的光芒比作"金色的蜂群"，极具想象力。

    分行与跨行发展到极致，就会出现图像诗（具象诗）。也就是，用文字排列组合的方式，来模拟所描写的事物形态。它与常规的分行、跨行方式差异很大，不过可视为其中特殊的一类。如果运用得当，能增添诗的趣味，使字词的含义与其排列的"（视觉）形象"相统一。倘若为图像而图像，则成了文字游戏，聊备一格而已。

熊秉明先生曾撰文分析台湾现代派诗人林亨泰的诗《风景（其二）》：

防风林　的

外边　还有

防风林　的

外边　还有

防风林　的

外边　还有


然而海　以及波的罗列

然而海　以及波的罗列


林亨泰属于台湾从日文到中文写作，被誉为"跨越语言的一代"的诗人、诗评家，他的诗很难解读。熊先生从存在主义哲学观出发，认为诗人"以语言的结构形式写出了他所观照的世界的结构形式；诗的结构形式吻合于这一世界的结构形式"。我们关注的是，它的排列形式所直观再现的事物形态。学者、文艺理论家、批评家王先霈先生在《文学文本细读讲演录》里介绍熊先生对这首诗的细读，说："这首诗没有用标点，但有隔断，前六行三言、一言、二言的周而复始，如同波浪的起伏，又像风拂林梢激起的律动，是传递式；后两行是踏步式。前面是悬着的、不稳定的，后两句是坚实地站立的。"这就有了图像诗的特点。此外，最后两行的复沓手法，也是在模拟海波的来而复去，去而复还，周而复始。

前面提及的美国现代诗人肯明斯，自幼喜爱绘画和文学，就读哈佛大学后，对现代艺术，尤其是立体主义、未来主义颇感兴趣，并尝试引用到诗歌创作中。张子清介绍，肯明斯习惯于用荒诞派戏剧的奇想、立体派画家的眼光，把诗行中的单词拆拆拼拼，把词性改来换去，使得一般读者摸不着头脑，出版社也都拒绝出版他的诗集。成名后，他在诗集《不谢》（*No Thanks*）的献辞里，列出曾经拒绝过他的十几家出版社的名字，排列成酒杯形状，似乎是一个祝酒的酒杯。肯明斯还有一首描写落叶的名诗《l（a》，在具象上走得更远：


l（a


le
　af
fa
ll


s）
one
l


iness


诗行括号里的字是"一叶落"（a leaf falls）的拆解，跨越两节；括号外的字是"孤独"或"寂寞"（loneliness），跨越三节。这已不是中文语境中的跨行，而是英文字母的"强拆"，以达到拟声、状形和造境（孤独）的三重目的。只是我们不知道肯明斯的创作意图是否达到，能够达到多少。

然而，我们可以承认，在所有文体中，诗是最桀骜不驯的，也是最愿意突破既定模式的。这不仅仅体现在分行与跨行问题上。在诗的面前，我们最好还是放弃"绝对论"——只许这样不许那样——的念头，对各种探索和实验宽容以待。

# 声音与调质

有一段时间，小区电梯内的屏幕上循环播放城市形象公益广告。一位前著名男歌手用沙哑的嗓音，深情演绎一首赞美城市人文与自然景观的歌。但有一句词，每次都很努力地去听，也听不清楚。好奇之下搜索网络，才明白他唱的是——

　　　此时风起是知音

于是很惭愧辜负了它的美意。

回头一想，不完全是男歌手吐词不清，也不是听者耳力有碍，恐怕是这句歌词的字音非常怪异：七个字中，居然有五个发"i"音。单调与否不说，接连而下的齐齿呼，给歌者的吐字和听者的耳朵，带来不小的摩擦感。而且这种舌前和舌尖后元音，发出即停，给人的感觉是气短、气馁，而不是气息畅达。至于整句话想表达什么，更费人思量。

文学文本是一系列声音的组合，然后才有意义的浮现，这是美国学者、批评家韦勒克与沃伦《文学理论》中的论断。作为形式主义文论家、新批评派干将，他们希望读者多去关注文本的声音元素。美国当代诗人玛丽·奥利弗在其《诗歌手册》中，也强调

"声音各不相同。声音至关重要"。她以英文为例道：

> "Hurry up！（快！）"听起来或感觉起来和它的反义词 "Slow down！（放慢！）"完全不同，"Hurry up！"带着行动的摩擦，跳跃到最后的重击。"Slow down！"从舌头倾吐而出，平坦如两只碟子。……一块"rock（岩石）"不是一块"stone（石头）"。

> 那么，岩石（rock）和石头（stone）之间的差别是什么？两个词都是用了元音字母 o（在 rock 中发短音，在 stone 中发长音），都是单音节词，有相似的结尾。Stone 这个单词的开头有一个哑音字母，然后被一个元音字母柔化了。Rock 以哑音字母 k 结尾，k "突然屏住了呼吸"，在声音的边缘有一颗沉默的种子，它虽然简单，却是确定的，无法被否定的，它不同于 stone 结尾的 one。在我的意念之眼中，我看到了石头气息柔和的圆满，以及岩石突兀的、有棱角的边缘。

奥利弗举的并不是诗，而是诗中可能用到的日常语言。声音在诗中确实至关重要，但更重要的是，诗唤醒了我们对语词声音的关注。说起来，这倒也符合人类语言诞生的过程：先有含混不清的发音，经过漫长演变历程逐渐有了文字，由具象而抽象，而后有了约定俗成的语义。各民族文学，也都是从诗开始的。说诗唤醒我们去关注语词的声音，是因为现今读者面对一个由语言实体构成的文本（绝大多数是书面的），更习惯也更擅长从语义层面去解析，容易忽略语词声音的美妙、奇妙，也就不会自觉地从声音出发，渐次接近文本丰富的、在不确定性中有某种确定性的韵味。实际操作中，就会演变成把一首诗当成不分行的散文来解读，声音、调质，以及节奏、韵律等，成了文本可有可无、也无关大局的点缀。

但这样说显然有失公正：面对古典诗词，读者会很自然地考虑声音元素，尤其近体诗，有谨严的格律规范。但拿到一首新诗，就觉得呕哑嘲哳不成样，哪里去寻声音之美？古典诗词中可举的经典例证实在太多，像千古流传的李清照的"寻寻觅觅，冷冷清清，凄凄惨惨戚戚"中叠字的运用，声调与情感的完美协调，加上"觅""凄""戚"的句中韵，令人叹为观止。柳永《八声甘州》开篇："对潇潇暮雨洒江天，一番洗清秋。"学者、诗人周汝昌先生是这样赏析的：

> 上来二句一韵，已有"雨"字，"洒"字，有"洗"字，三个上声，但一循声高诵，已觉振爽异常！素秋清矣，再加净洗，清至极处——而此中多少凄冷之感亦暗暗生焉。

周先生从字词声调开始，进入对文本情感和意蕴的感叹，"此中多少凄冷之感亦暗暗生焉"。对他来说，这是很自然、很常规的古典诗词赏析方式。他的老师顾随先生正是这样解说古诗词的。比如，顾先生论及唐代唯美派诗人之一韩偓的《幽窗》中"手香江橘嫩，齿软越梅酸"，说这两句"一念便好，盖不仅说'香'是香，便连'江'字、'橘'字亦刺激嗅觉，甚至'手'字亦为鼻音。'齿软越梅酸'，不得了，牙倒了，盖多为齿音，刺激牙"。周先生深受老师的熏陶，以自身"振爽异常"的诵读感觉，与柳永词中"凄冷之感"相比照：前者越强，后者越深。这是词人艺术匠心所致。周先生说"暗暗生焉"，也就是，词中的情感固然与其描写的景致相连，但也与字词声音与众不同的运用分不开。后者会在不经意的阅读中，从不经意的读者的感觉中溜走；读者与词人会意当无问题，会心就很难了。

中国古典诗词如此，东方其他国家的古典诗也很注重声音元素。学者、翻译家黄宝生先生评论冯至先生《十四行集》，标题是"在梵语诗学的烛照下"。他说，梵语诗学家将诗歌修辞称作"庄严"（alaṅkāra）。婆摩诃《诗庄严论》说："诗是音和义的结合。"故此，庄严也分成"音庄严"和"义庄严"。前者是指能产生特殊声音效果的修辞手法，如谐音、双关等；后者是指能产生曲折意义效果的修辞手法，如明喻、隐喻、奇想、夸张等，以形成诗歌语言曲折优美的表达方式，区别于日常生活语言。

从《诗经》收录诗歌算起，古典诗历经约三千年的发展；即便近体诗，也有上千年的历史。而白话新诗的历史不过百年。用古典诗的声韵要求新诗，新诗只有落荒而逃。然而，这不是说新诗就不追求、不讲究声音之美，就完全脱离了汉语诗歌博大精深的传统。至少，读者对闻一多先生提出的"三美"中的音乐美还有印象；徐志摩、戴望舒等诗人音色优美的诗，常在我们的记忆里回旋。这些诗人大都兼具翻译家身份，一方面从古典诗中汲取精华，一方面在域外诗中吸收养分。西方现代主义诗歌开创者之一、法国象征主义诗人马拉美在《诗的危机》中说："我说：'一朵花！'我的声音便让花的外形被遗忘，除此之外，某种异于一切花萼的东西，一种美妙的理念本身，便音乐般地响起，那是在所有花束中都无法觅得的东西。"诗人的声音能够让读者忘却他所描写的事物外形，超越具象而进入事物的核心，进入世界的奥秘。尊他为"诗歌父亲"的瓦雷里，深受这种"美妙的理念"的影响，倡导"纯诗"说。而在持续不断的反对声浪中，瓦雷里希望大家重视诗的音乐性的初心，也就无法得到诚恳的回应。20世纪30年代，他的中国弟子梁宗岱译介他时，说明了音乐之于"纯诗"的重要性：

　　　　所谓纯诗，便是摒除一切客观写景，叙事，说理以至感伤的情调，而纯粹凭借那构成它底形体的原素——音乐和色彩——产生一种符咒式的暗示力，以唤起我们感官与想象的感应，而超度我们的灵魂到一种神游物表的光明极乐的境域。

稍后，朱光潜先生谈新诗时也认为：

> 散文之外何以要有诗？依我想，理由还是在内容与形式的不可分性……或则说，语言的音乐化。情感的最直接的表现是声音节奏，而文字意义反在其次。文字意义所不能表现的情调常可以用声音节奏表现出来。诗与散文如果有分别，那分别就基于这个事实。

朱先生把语言的音乐化，当成区分诗与散文的事实——并无其他事实存在。这于今天的读者，似乎难以想象：古典诗这样说尚可接受，新诗呢？诗是主情的艺术，表情是诗的基本的也是首要的功能，表义并不是——它是散文的基本功能（我们说的是基本，不是唯一）。新诗既为诗，也不例外。我们须注意朱先生这段话里的两个要点：一是语言的音乐化是实现内容与形式不可分的途径，这两者在诗中应是浑融一体的；二是声音节奏里蕴含的情感，是文字意义所无能为力的。把诗当作不分行的散文来读，无形中抹去了诗的存在。

上述第二点，可举《诗经·郑风·将仲子》首章为例：

> 将仲子兮，无逾我里，无折我树杞。岂敢爱之，畏我父母。仲可怀也，父母之言，亦可畏也。

诗通篇出自女孩口吻，她倾诉的对象是特定的，语气也就具有特定性；又因语气的特定性，带来情感表达上的缠绵悱恻而又果敢坚定。语气的特定性，特别表现在"将"和"兮"上：一个是表开端的发声词，一个是表句尾结束的发声词，都重在传递声气而没有文字意义。"兮"在《诗经》中使用频繁，一般是补缀音节的不足，便于歌咏；这里则与"将"字首尾呼应，别有一种说话者的情绪、意味在其中。女孩不用"仲子"直呼对方，用"将仲子兮"起头，表明说话的对象不是一般的男孩，也不是其他人。所以，她的口吻中带有缠绵悱恻、亦喜亦忧、似怨非怨的情感。这就是在用声音、节奏来传递实义的字词所不能传达的情调。这种对象、语气、情感的特定性，转译白话文时就可能被牺牲掉。来看下面这段今译：

> 求求你小二哥呀，别爬我家大门楼呀，别弄折了杞树头呀。树倒不算什么，爹妈见了可要吼呀。小二哥，你的心思我也有呀，只怕爹妈骂得丑呀。

这段白话译文出自余冠英先生之手，是公认的最能传达原诗神韵的译文，特别是对首句呼告——把不在眼前的人和事，当作在眼前说话的表现手法——的译法，生动贴切传递出女孩的缠绵多情。相形之下，"仲子仲子说与你"或"求求您仲哥儿呀"的今译，则逊色不少。

本节谈声音与调质，节奏与韵律下节讨论。声音与调质在欣赏、解读中，很难截然分开，只是侧重点不太一样：声音是微观的，一般指单个字词的发音；调质则是由一系列声音构成的音调的高、中、低及其混合，如高中调、中低调等，是对声音的整体感受。无论声音还是调质，都需要与语境，与全诗抒情脉络、意图、方式等相连。

诗人曾卓先生的名作《有赠》写于 1961 年，问世以来深受读者喜爱，有著名男女艺术家朗诵的多种版本流传。以下是诗的节选：

> 我是从感情的沙漠上来的旅客，
> 我饥渴，劳累，困顿。
> 我远远地就看到你窗前的光亮，
> 它在招引我——我的生命的灯。
>
> 我轻轻地叩门，如同心跳。
> 你为我开门。
> 你默默地凝望着我，
> (那闪耀着的是泪光么?)
>
> ……
>
> 一捧水就可以解救我的口渴，
> 一口酒就使我醉了，
> 一点温暖就使我全身灼热，
> 那么，我有力量承担你如此的好意和温情么?
>
> 我全身颤栗，当你的手轻轻地握着我的，
> 我忍不住啜泣，当你的眼泪滴在我的手背。
> 你愿这样握着我的手走向人生的长途么?
> 你敢这样握着我的手穿过蔑视的人群么?
> ……

王先霈先生回忆，他曾两次听曾先生朗诵这首诗，觉得最动听的，还是诗人自己的朗诵：

> 这首诗是押韵的，前面几节，顿、灯、门、轻、印，押韵比较严格，比较明显。到了中间，不一定每两句都落在韵脚上，打散了一些。再后，在韵脚后面加了语气词："温情么"，"人群么"，那语气词是轻声。"你敢这样握着我的手穿过蔑视的人群么？"缓缓吐出的轻轻的询问，是在巨大横逆、骇人灾难之中出自肺腑的对于知心的感激，带着些儿担心，带着若干歉疚的披肝沥胆的誓言，很深沉，很复杂。如果把"么"改成"吗"，诗意就会大大损失。朗诵者轻缓的声音，听者心里会觉得如同雷霆之响。

王先生自然不是在回味曾先生的朗诵技艺，而是将目光落在了"么"上，品味出系于此字上的细微又丰厚的情感。"么"与"吗"都属于句末表疑问的语助词，都无实义，也都是轻声字，但"me"与"ma"的发音还是有极其微妙的差异，一个下沉，一个略略抬起，因此不能对换。也许，诗人写作时涌动的情感和长期积淀的写作经验，让他写到这里时很自然地用了"么"，并没有想太多——想太多了反而不会有这样自然天成的诗——但作为欣赏者，不能把所有文本都看成是自然而然、理所当然的，那样就失去阅读的意义，也失去与文本，进而与诗人交流、对话的契机。所谓"作者未必然，读者未必不然"。把单个字词的声音，与全诗情感的波动起伏关联起来，这样做需要一双慧眼，也需要一颗慧心。

保罗·策兰说，诗是"给悉心倾听者的礼物"，我们要有一双善于倾听的耳朵。类似曾卓先生诗的例子，其他诗人哪里还有吗？不妨回到昌耀的《冰河期》：

那年头黄河的涛声被寒云紧锁，

巨人沉默了。白头的日子。我们千唤

不得一应。

在白头的日子我看见岸边的水手削制桨叶了，

如在温习他们黄金般的吆喝。

经由王先霈先生上面的细读示例，大家这时可能注意到，《冰河期》重复用了一模一样的语助词"了"，但由于分处不同的小语境，就有了意味上的微小不同：首节的"了"，处在"紧锁"、"沉默"、千唤不应的压抑乃至令人窒息的氛围中，故其声调会沉下去，仿佛一声无奈的叹息。次节中，由于从水手顺应节气的举动中，"我"（注意首节与次节抒情人称的转换："我们" —— "我"。何以要转换?）猜度到了河流即将解冻的讯息，春天近在咫尺，因而我们这些读者在默读或朗诵时，"了"字会有轻轻的上扬。这首诗在情感上，尽管不太适合用先抑后扬来概括——这显得太刻意——但前后两节确实存在很微妙的转折。这种转折其实也是周汝昌先生所言的"暗暗生焉"，需要从语词声音的角度，细细品味。

美国当代学者、批评家 M.H.艾布拉姆斯认为，诗有四个维度："首先是视觉维度，它提示你要将面前的印刷文本当作一首诗歌，而不是散文来读。……第二是当词语被读诵时发出的声音；或当其被默读时，在读者意识中被想象出来的声音。第三是最为重要的一维，即你听到的词语的意义。第四维度——几乎在诗歌讨论中被完全忽略的一维，是将构成一首诗歌的众多词语的语音发出的行为。"他所说的第二、第四维度，分别指语词被想象出来的声音和实际发音行为本身，都属于声音的范畴。魏天真认为，"诗是声音的雕像""诗的读者和其他读者不一样，毋宁说是在倾听。读者倾听诗歌中的声音，他关注的是谁在说话，对谁说，说话的语调和语气是怎样的，并由此判断发出声音的人的立场和态度，由此理解诗人为什么这样写，为什么发出这样的声音"。这是对读诗者的希望，也是对如何读诗的提示。好的诗人，能很自然地在文本中发出意味深长的声音。这是因为，他们本人就是世界、他人、自我忠诚的倾听者和描摹者；他们唯恐自己用语言所描摹的，不能精确地"还原"所听到的。也是因为，尽管不一定是"纯诗"的拥趸，他们不会怀疑诗有不可替代也不可抹消的存在理由，而声音是其中至关重要的元素——诗的意义，是你听到的语词的意义；如若没有在诗的面前竖起耳朵，不注意也不善于倾听，你从中获得的意义也会大打折扣。英国诗人、小说家，曾在一战服役，后担任牛津大学诗歌教授的罗伯特·格雷夫斯，在回忆录《向一切告别》中，提到与他同时期创作的诗人，如沃尔特·德拉梅尔、W.H.戴维斯、T.S.艾略特、西特韦三姐弟等。他说：

> 我喜欢戴维斯，因为他来自南威尔士，而且他怕黑；我还听说，有一回他列出一份诗人的名单，然后将名字一一勾掉，因为他认为他们并非真正的诗人——最后只留下两个名字，他和我的名字！他非常嫉妒德拉梅尔，还买了一把手枪，总是在家里的楼梯平台上拿着它瞄准德拉梅尔的相片，开枪射击。但我也喜欢颇具绅士风度的德拉梅尔，以及他倾注于诗作上的显见的辛勤努力——我总是对同侪诗人的写作技巧颇感兴趣。我曾经问他，下面的诗句是不是殚精竭虑几个小时才写出来的：

> 啊，没有人知道
> 经过多少个疯狂的世纪，

那朵玫瑰飘荡而回……

而最后他仍不满意。德拉梅尔悲伤地承认，他写到"rose"（玫瑰）与"roves"（飘荡）这个韵脚之后，只能就此中止，因为似乎没有哪一个与"roves"押韵的单词拥有充分的张力了。

沃尔特·德拉梅尔不满意自己的诗，不是因为他无法通过语言来传达意义，而是无法找到一个既与"roves"押韵，又充满张力的单词；他关切的是单词的音韵，他的悲伤源于苦苦求索而终不可得。另一位英国现代诗人狄兰·托马斯回忆，当初写诗源于对词语的热爱。同我们的孩童时代一样，他最早读到的诗是童谣：

我偏爱的是童谣里的词，只是词而已，至于那些词代表什么、象征什么或意味着什么都是无关紧要的；重要的是我第一次听到这些词的声音，从遥远的、不甚了解却生活在我的世界里的大人嘴唇上发出的声音。词语，就我而言，就如同钟声传达的音符、乐器奏出的乐声、风声、雨声、海浪声、送奶车发出的嘎吱声、鹅卵石上传来的马蹄声、枝条儿敲打窗棂的声响，也许就像天生的聋子奇迹般地找到了听觉。……我留意那些词语命名和描述行为时在我的耳朵里构成的声音形态；我留意那些词语投射到我双眸时的音色。

他被人称为"疯狂的狄兰"，天生一顽童。他很早就预感活不长，自称要创造一个"紧迫的狄兰"，一个有着自我毁灭激情的诗人。他明知晓酗酒会导致肉体的溃败，堕入无尽的黑暗，但依然纵情燃烧自己的生命，留下了许多带有毁灭激情的诗章。2014年，《盗梦空间》导演克里斯托弗·诺兰在新片《星际穿越》中，特意选用狄兰的《不要温顺地走进那个良宵》一诗贯穿全片，引发一众粉丝的好评和好奇：

Do not go gentle into that good night,
Old age should burn and rave at close of day;
Rage, rage against the dying of the light.

Though wise men at their end know dark is right,
Because their words had forked no lightning they
Do not go gentle into that good night.

不要温和地走进那个良夜，
老年应当在日暮时燃烧咆哮；
怒斥，怒斥光明的消逝。

虽然智慧的人临终时懂得黑暗有理，
因为他们的话没有迸发出闪电，他们
也并不温和地走进那个良夜。(巫宁坤　译)

这首诗写于诗人父亲病危期间，诗人诚挚地希望老人不要"温和地走进那个良夜"，而要"怒斥"，要"燃烧咆哮"，以决绝的语调和态度，对抗死亡。读者默读或口诵"gentle"和"rage, rage against"，明显会有声调处理上的差异，以显示强烈的对比。自称"一名犹太人，一名俄语诗人，一名英语散文家"的布罗茨基，对俄罗斯白银时代著名诗人曼德尔施塔姆诗歌的英译本非常不满，其中的主要原因，是他认为译本未能有效地传达出诗人的声音。在他心中，曼德尔施塔姆是一位"最高意义上的形式的诗人"，对这位诗人来说，"一首诗开始于声响，开始于他自己所说的'发声的形式模块'。没有这一概念，就会把他的想象的最精确的演示降格为一种刺激性的阅读"。布罗茨基引用曼德尔施塔姆《第四篇散文》中的自述："在俄国，只有我一人借助声音工作，而周围全都是些涂鸦。"对于"涂鸦"——忽视声音，缺乏个人的发声模式——的诗人，我们自然可以弃之不顾，但对深信诗是一种独特、优雅、细腻的声音的诗人，我们要善于倾听，予以尊重。布罗茨基在谈及俄罗斯另一位杰出诗人茨维塔耶娃时说："茨维塔耶娃的确是俄罗斯最真诚的诗人，但是这种真诚，首先，是声音的真实性，就像人们因疼痛而发出叫声。这种疼痛是个人化的，然而这声尖叫却与任何一个个体之间都存在距离。"他认为，疼痛是传记性的，呼喊是非个人性的。缘于疼痛的尖叫是个人独有的切肤体验，深入骨髓，是属于诗的；呼喊则为群氓所喜好，是擦去个人印记之后的集体的振臂高呼，与诗了无干系。

当代中国诗人中有不少具有自己的声音与调质的成熟诗人，李南是其中一位不十分引人注意者。第一次读到她的短诗《夜宿三坡镇》，一下子就被吸引住了：

> 我睡得那么沉，在深草遮掩的乡村旅店
> 仿佛昏死了半个世纪。
> 只有偶尔的火车声
> 朝着百里峡方向渐渐消失。
> 凌晨四点，公鸡开始打鸣
> 星星推窗而入——
> 我睡得还是那么深啊
> 我的苍老梦见了我的年轻……

但笔者始终没有想明白为什么会这样：是最后一句人生如梦的怅然若失，或羁旅伤怀的萦绕不散吗？反复阅读之后感觉，最后一句诗的好处，是把"老"和"轻"这两个字的声调调性发挥到了极致。而且很可能，在"老"字的下降又上升、略有曲折意味的过程之后，"轻"字宕开的平声，已将读者由"老"字而来的伤怀稀释了，让人真切感受到，只有一颗"苍老"的心才会真正拥有的平和、安静。回过头去再看，播撒在诗里的"沉""深""昏""晨"（皆押韵），然后又一个"深"（如果像第一句那样继续使用"沉"呢？效果有不同吗?)，连绵成这首诗沉稳、从容不迫的调质。倒数第三行"星星推窗而入"的"入"字的短促入声，被再一次出现的平声的"深"字，稳稳托住。

诗人、作家张执浩有一首深情缅怀母亲的诗《如果根茎能说话》：

如果根茎能说话

它会先说黑暗，再说光明

它会告诉你：黑暗中没有国家

光明中不分你我

这里是潮湿的，那里干燥

蚯蚓穿过一座孤坟大概需要半生

而蚂蚁爬上树顶只是为了一片叶芽

如果根茎能说话

它会说地下比地上好

死去的母亲仍然活着

今年她十一岁了

十一年来我只见过一次她

如果根茎继续说

它会说到我小时候曾坐在树下

拿一把铲子，对着地球

轻轻地挖

多年来，笔者和历届文学院学生在课堂上一起讨论过这首诗。学生们完全理解诗人为什么说"死去的母亲仍然活着/今年她十一岁了"，也推测诗人是在梦中与母亲相见（也有一些学生说是在葬礼上见了母亲最后一面）。至于为什么"十一年来我只见过一次她"，单看这一首诗，就有些不得其解。这就需要诗外材料来参证。笔者很早听诗人讲过一件事。母亲身患癌症病重的时候，他把母亲从荆门乡下接到武汉来治疗。母亲的身体日渐消瘦，他每次都背着越来越轻的母亲，一步一步地进出医院和家里。直到有一天，母亲附在他的耳边轻声说，儿啊，你对我这么好，我死了，你怕是梦不见我了。我不想来吓你。——母亲信守了她的诺言，十一年来都没有走进儿子的梦里。她怕儿子担惊受怕，怕儿子以为她在阳间还有什么事情放不下，或者让儿子以为她有什么托付而又不肯说出，而又忐忑不安。不过，笔者这里并不想全面分析《如果根茎能说话》的情感和手法，重点仍然在声音和调质。在诗人近四十年的写作中，这首诗罕见地有脚韵。而且，除个别地方外，是比较规整的隔行押韵。所押脚韵是"a"，音韵上属开口呼，很难说有什么特别用意，只是让人感到约略带有孩童般的稚气，仿佛根茎真的能开口说话，母亲真的只有十一岁，而"我"也真的穿梭回了孩提时代。不过，诗在情感抒发与声音形成的调质上，处于一种来回摇摆的状态：从语义及其负载的情感来说，是沉痛、怅惘、忧伤的；从脚韵来说，是平淡、坦然、顺其自然的。就好比座钟钟摆的两个点，诗在意义/情感与脚韵之间循环往复；两点之间既相互映衬，也具有某种相互消解的效果。从声音与意义融合的角度说，收尾处的"轻轻"一词，淡化了这首悼亡诗可能会激发出的悲伤情绪；而"挖"字的平声，让已趋淡化的悲伤，终归平静。

如果从百年新诗的探索期，选择一些自觉从理论和实践两方面，探讨和实验新格律的诗人诗作来解读，恐怕除了用他们的诗来验证其理论或观念，剩下的就是从学理上讨论其实验的得与失。这不是本书要谈的话题。倘若从近旁诗人的当下诗作中选一首，尽管他并没有明确的主张，也不太可能在写作之前把一切"规划"得一清二楚，但一旦我们有了把声音、调质作为诗与散文至关重要的区分的意识，就会发现一些饶有兴味的解读点，也就能更好地理解"这一首"诗的独特之处何在。比如，诗人剑男的《山雨欲来》：

> 我行走在丘陵，两座山之间有什么
>
> **孤单**地悬着？天慢慢暗下来
>
> 接着又是哪里来的光晕辉映着它们的<u>肩膀</u>？
>
> 那些**匍匐**在它脚下的村庄**卑微**地
>
> 点起**幽暗**的灯火，生命压得多么低
>
> 像**黄昏**的宁静压住的，快喘不过气
>
> 又像早前的一阵乌云，笼住人生惯有的**灰暗**
>
> 但好在天已慢慢升高，透出如黎明的<u>光亮</u>
>
> 这多年来，这是我第一次看见被**孤寂压**低的村庄
>
> 第一次看见它的**屈辱**，在被雨水
>
> 洗涮之前有着黎明的<u>模样</u>

笔者用黑体字标识出来的词语，在语义与情感指向上都趋向一致。它们播撒在诗行间，像是本雅明所说的词语"<u>星丛</u>"，却极其晦暗，联手为诗笼罩上"山雨欲来"的沉闷、压抑，乃至令人"喘不过

气"的感受。奇怪的是,这首诗也有脚韵,我们用下画线标识;更奇特的是,它押的是"ang"韵,习惯上称为江阳辙,多见于传统戏曲。脚韵很响亮,但很稀少,仅有四处。不妨把这些黑体词语想象为"山雨欲来"前,笼罩在两座山间,笼罩在山间村庄人民头顶的团团乌云;而那些响亮、昂扬的脚韵,则像是穿透云层的一缕缕光亮,稀少但无比珍贵,值得用心呵护。所以,这首诗在给人沉重压抑感的同时,也给了人希望、光明,如黎明一般,却是微弱、有限的。顺带的一个值得思考、与脚韵相关的问题:为什么这首诗会用传统戏曲中常见的、说起来非常老套的韵部?这与全诗的抒情方法、书写对象,与全诗营造的意境,有关联吗?

《山雨欲来》在声音与调质上,是低沉的也是昂扬的,是"压住"了的也是"破空"而去的,似乎是诗人在又一次离开故乡村庄,在"最后一瞥"中剪不断理还乱的心绪的折射。当然,我们考察一首诗的声音、调质,不会止于脚韵,毕竟大多数新诗并不押韵,诗人们也不会为凑韵而"以韵害义"。在古典诗词中,我们熟知叠字叠词、联绵词造成的音韵效果,也了解行间韵(句中韵)的存在,需要的只是调动自身储存的文学知识与阅读经验,根据新诗文本的具体情况,加以灵活运用。《山雨欲来》在整体音调上是很舒服的,有一种说不清道不明的韵味。除了脚韵的平常又特别,我们会发现诗中较多地使用了叠韵联绵词,如"匍匐""卑微""宁静""光亮""屈辱",也有双声联绵词如"黄昏"。此外,它也有行间韵,只是很少引起读者的注意。如起首三行:

> 我行走在丘陵,两座山之间有什么
>
> 孤单地悬着?天慢慢暗下来
>
> 接着又是哪里来的光晕辉映着它们的肩膀?

第一行"山"与"间"的"an"韵，延续到第二行的"单""悬""慢慢""暗"，再跨到第三行的"肩"。这不可能是诗人的有意为之，只能说他有十分出色的语感。

朦胧诗人顾城去国之后所写的《墓床》（1988），是笔者非常喜欢的一首诗：

> 我知道永逝降临，并不悲伤
> 松林中安放着我的愿望
> 下边有海，远看像水池
> 一点点跟我的是下午的阳光
>
> 人时已尽，人世很长
> 我在中间应当休息
> 走过的人说树枝低了
> 走过的人说树枝在长

每一年给学生讲顾城都以这首诗结束，每一次在课堂上读的时候，都会感觉自己的声音会变，特别是到"一点点跟我的是下午的阳光"，而且总是要把它断成两句。总之是很莫名的感觉。这首诗与剑男的《山雨欲来》一样押的是江阳辙，但如前所述，剑男诗中押响亮的脚韵，是在暗示希望、光明虽然模糊、微弱，但从未磨灭；而顾城的这首诗押此脚韵则显得很奇怪，包括标题"墓床"一词的音色，与此一意象本身似乎不协调。而实际上，当我们进入艾布拉姆斯所言的"第四维度"，真正读起来，《墓床》的音色、调质是低回的，"并不悲伤"。这是不是它独特的魅力所在呢？在笔者与魏天真的一次对话中，她详细描述了自己感受和体验这首诗的过程：

记得顾城弃世那会儿，他们夫妇作品结集的那本书的封底印着顾城的《墓床》，当时我喜欢它也许就因为它很上口，后来又怀疑它不是诗人的原创，因为它如此深邃，特别跟他那些一再宣称自己是个孩子的诗相比，是如此的圆熟、完美。直到十几年之后，某一天我走进了小区的柏树甬道，突然发现过去浅绿稀疏的树苗变得墨黑浓密，路两边的树枝相接成荫了，树枝弯腰下垂……顿时心惊，原来顾城的诗句是一个实写、一个记录："走过的人说树枝低了／走过的人说树枝在长"。从此每当我走过这短短的甬道，都提着心，仿佛生怕惊动地下的安眠者；而当我下意识躲开头顶的树枝时，也在意识到恐怕正有一只无形的手从这里那里伸出来跟过路的开开玩笑。这种极其个人化的、甚至十分荒谬的接受体验使我再次咀嚼这首诗，认识到正是诗的形式赋予了个体经验、小情小绪以普遍性的意义，使其对个别事件的描摹产生了超越性、启示性——这便是形式的后果，"上口"不足其什一。我们现在不妨再读一遍，诗的开头再现诗人的心态、情态，"我知道永逝降临，并不悲伤／松林中安放着我的愿望"，第二联的"主体"成了墓中人，墓中人的眼光看向松林外的远处、前方、下面的大海——"像水池"。有些读者也许会做进一步反应，替墓中人觉得那大海也像一面镜子。第三联似乎回到抒写者诗人的当下心境，这时他既与墓中人神思交融、身形合一，又是尘世人与墓中人之间的过渡，"人时已尽，人世很长／我在中间应当休息"。结尾自然地纯然地做了墓中人，躺在里头漫不经心地听取尘世间的只言片语。随着声音的变换、视角的腾挪，简短的字句织就了一个无限的文本世界，诗人和读者、诗人与自己、诗人与墓中人在其间对话交流。当读者像"下午的阳光"那样一点点跟着诗人、墓中人的视野，会看到眼前的景象、色彩、距离在变化，声音的大小、强弱、厚薄在变化；当读者回到阅读/倾听的状态时，则感受到讲述者那种始终如一的沉静中透着倦怠的语气，这不变的语气与变化的一切所织就的通道，既短且长，既流转又稳定，不很敞亮也不很幽暗，是此世也是彼世。每一个读者都可以怀着不同的经验以自己的方式走进这个通道。

一首好诗的"形式的后果"，并不止于"上口"，亦即声调、语气的和谐、顺畅，而是与诗人的心态、情态，与物象的纷至沓来，与抒情视域的转换关联一体；但最终还是要回到阅读时的那个初始问题：这首诗何以会如此"上口"，表明了什么？魏天真的细读展示了这一过程。

我们可以说，意义——无论怎样理解这个词的所指——仍然是诗歌最重要的维度，但对意义的理解和把握应当从形式开始，并且始终不离形式。甚至可以说，一首诗展示给我们的只有文本的"形式"，所谓意义或者主题思想，是含蕴在此"形式"之中的，声音、调质是其中非常重要的元素。

我们一方面要讲诗的声音与调质，跟它传递的情感、营造的氛围、建构的意境之间的关联；另一方面要注意，诗的声调具有独立存在的意义和价值，这是诗与散文文体的区别所在。通常来说，一首诗的音调应该是顺畅、和谐、优雅的。很显然，波德莱尔不会因为在《恶之花》中写到脓疮，而让诗的音调难以卒读，难以入耳。

# 节奏与韵律

这多年来，这是我第一次看见被孤寂压低的村庄
第一次看见它的屈辱，在被雨水
洗涮之前有着黎明的模样

不论是否有朗读诗的经验、技巧，凭语感，我们就能感觉到剑男《山雨欲来》的结尾，通过分行与跨行带来的节奏变化，由此形成与全诗相调谐的韵律：在时快时慢之间，诗人跟随自己的呼吸，在无以倾诉的隐痛之中，在雨水如根根荆棘般射进皮肤和心脏之时，传递某种不可摧毁的倔强。完全可以把里尔克的名言用在我们对这首诗的感受上："有谁在谈胜利呢？忍耐就是一切。"（出自里尔克《为沃尔夫伯爵封·卡尔克洛伊特而作》，绿原译。《里尔克》一书译者魏育青译为："有何胜利可言？挺住意味着一切。"）下面我们用竖线表示语词推进的节奏，每一根竖线表示一个音组（顿）：

这|多年来，这是|我|第一次|看见|被孤寂|压低的|村庄
第一次|看见|它的|屈辱，在|被雨水
洗涮|之前|有着|黎明的|模样

音组是分析新诗节奏的术语，音组的不同组合形成语句别样的节奏。

声音与调质，主要讲语词声音及其声调的高低错落，是它们带给有"内听之耳"的读者以特殊的感受，包括愉悦。节奏与韵律，主要说的是建立在声调基础上，语言行进速度的快与慢、急促与缓和、有意的停顿和转向，以及由此形成的语言的秩序感。节奏与韵律之间的关系，以及这两者是否存有根本区别，如何区别，学界观点并不一致。不过一般认为，节奏（rhythm）与秩序，与持续的时间、间隔和重复密切相连。柏拉图《会饮篇》说"节奏起于快慢"；《法篇》又说，"运动中的秩序称作节奏，声音中的秩序 —— 锐音和抑音之混合——称作音调"。法国语言学家埃米尔·本维尼斯特，从词源学角度考察过节奏一词的源头及其意涵的演变：

> "节奏"概念是影响人类大部分活动的观念之一。在我们意识到持续的时间和重复支配着人类行为的时候，以及在超出人类的范围之外，我们将节奏投射到事物和事件当中的时候，节奏甚至可以用来区分人类行为的不同类型，无论是个体行为还是集体行为。这种人与自然在时间之下的巨大统一，以其间隔和重复，作为使用这个词语本身的条件。

文学来源于生活，本维尼斯特所谈作为人类活动观念的节奏，正好启示我们，文学的节奏，是人类日常行为在文字世界里的投射。好比早期诗如《诗经》里的"风诗"，大多来自人们日常生活、劳作中的歌咏，其节奏也就自然模拟生活与劳作的节奏。在古汉语中，节奏一词有多重义项。作为双音节词语运用，在《荀子》中出现得较早，主要是指国家治理的礼节制度与法律规定，即"礼义节奏"，也指古代乐舞艺术中行止动静的呈现方式。清代刘熙载《艺概》

中，谈到五、七言诗形式上的区别时说："但论句中自然之节奏，则七言可以上四字作一顿，五言可以上二字作一顿耳。"这与我们现今解读诗时所用节奏概念，非常接近，也是新诗格律探讨中，出现"顿"的提法的依据之一。朱光潜先生的《诗论》，约有一半篇幅在讨论中国诗歌的节奏、声韵和声律。他认为，节奏是宇宙自然间的一个基本规律，自然的节奏产生于彼此异质元素的相互接续、呼应、交错；艺术是对自然的写照，节奏是一切艺术的灵魂。

百年中国新诗有没有形成自己的体式？无论对此予以肯定还是否定，其间必然包含对新诗节奏与韵律的考量。可以说，每一位在新诗史上留下值得后人反复阅读诗篇的诗人，其写作都会触及这一问题，也都曾尝试在中国古典诗与西方现代诗之间，找到某种适宜方法。尤其在激烈、亢奋的"诗界革命"之后，那些在新诗诗体建构上有自觉意识的诗人，更是如此。如前所述，他们往往身兼翻译家、学者身份，精通一门乃至数门外语。

例如，以《断章》为大家铭记在心的卞之琳，认为中国字是单音字，但中国语言却不是单音语言。故此，是顿（音组）而不是脚韵、平仄等，成为新诗格律的中心。他在诗集《雕虫纪历（1930—1958）》（增订版）自序里说：

我们说诗要写得大体整齐（包括匀称），也就可以说一首诗念起来能显出内在的像音乐一样的节拍和节奏。我们用汉语说话，最多场合是说出二三个单音字作一"顿"也，少则可以到一个字（一字"顿"也可以归附到上边或下边两个二字"顿"当中的一个而合成一个三字"顿"），多则可以到四个字（四字"顿"就必然有一个"的""了""吗"之类的收尾"虚字"，不然就自然会分成二二或一三或三一两个"顿"）。这是汉语的基本内在规律，客观规律。一句话，可以因人而

异，因时而异，说得慢说得快，拉长缩短，那是主观运用，甚
至一篇社论的几句话也可以通过音乐家之手，谱成一首歌，那
是外在加工。所以用汉语白话写诗，基本格律因素，像我国旧
体诗或民歌一样，和多数外国语格律诗类似，主要不在于脚韵
的安排而在于这个"顿"或称"音组"的处理。

卞先生有长年写作和翻译的经验，又梳理、考察各家各说，将新诗
格律定位在顿（音组），也就是节奏和节拍上。他在不同时期的写
作中做过不少的实验。1953 年，为响应新诗向民间歌谣学习的号
召，他写了《采菱》（诗中竖线为笔者所加，以便分析。下同）：

> 莲塘 | 团团 | 菱塘圆，
> 采莲 | 过后 | 采菱天，
> 红盆 | 朝着 | 绿云飘，
> 绿叶 | 翻开 | 红菱跳。
>
> "采菱 | 勿过 | 九月九，"
> 十只 | 木盆 | 廿只手，
> 看谁 | 采菱 | 先采齐，
> 绿杨村里 | 夺红旗。

诗颇具古风古意，起句也运用了古诗的即景起兴。每行七字，整齐
划一，形似旧体七言诗，也形似当时常见的"方块诗"或"豆腐
干诗"。不过，后者的问题不在诗句的匀称整齐，在强求每行字数
一样而忽略顿。卞诗首节均为三个顿，也都采用二二三的节奏，有
脚韵（两行一韵）。第二节前三行完全相同，最后一行则变为两个
顿，节奏换为四三，整齐之中寓变化，避免了呆板。全诗均以三字

顿收尾。按卞先生看法，诗若以二字顿收尾占统治地位，调子就倾向于说话式（相当于旧说"诵调"）；若以三字顿收尾占优势地位，调子就倾向于歌唱式（相当于旧说"吟调"）。《采菱》属于歌唱式，不仅古风十足，而且生动再现了江南百姓边劳作边吟唱的场景，令人联想到"风诗"里的诸多篇章；不仅从抒情题材/对象上，也从节奏、韵律和情调上，继承了"风诗"以降的民歌传统。与此同时，卞先生提出，新诗一行如全用两个以上的三字顿，节奏就急促；一行如全用二字顿，节奏就徐缓；一行如用三二字顿相间，节奏就从容。再看《采菱》，以二二三字顿为主体，节奏舒缓、悠扬。最后一行转为四三字顿，节奏遽然加快，传达的是自豪、喜悦的情感：喜上眉梢之时，人们的言行举止会变得欢快、活泼。

当然，类似《采菱》这样的诗，只是卞先生在新诗格律上的摸索和实验，生命力长久与否，有待时间检验。20 世纪 80 年代后，卞先生重拾搁置已久的诗笔，读者从中嗅到丝丝缕缕久违的熟悉味道。如写于 1982 年的《纽海文游私第荒园》（诗尾序号为笔者所加，以便分析）：

凭借了 | 红叶的 | 掩映，　（一）

小山包 | 圆鼓鼓 | 笑迎；　（二）

红蓼 | 随金风 | 萧疏，　（三）

甘泉 | 待新承 | 玉露……　（四）

该就是 | 故园的 | 梦境，　（五）

远隔了 | 分外 | 相近？　（六）

旧时 | 亲切的 | 风物，　（七）

距离 | 加深了 | 眷顾。　（八）

诗以七字句为主，兼用三个八字句，诗行相对匀称、整齐。全诗八

行，一二行为三三二字顿，三四行则变为二三二字顿。五六行如果
按照齐整的规律（因为一二行、三四行与七八行，每两行的字数与
顿完全一致），按照每两行表达一个完整语义（从标点符号即可见
出），应全部为三二二字顿（第六行即是），但第五行"该就是｜
故园的｜梦境"却是三三二字顿。诗人完全可以删去其中"的"
字，对语义表达没有任何影响。故此，这只能看作有意为之，以打
破过于齐整的节奏。最后两行回复到三四行的二三二字顿。"红蓼
随金风萧疏，／甘泉待新承玉露"两句用典很自然，吻合"荒园"
予人的氛围和感慨。"梦境""旧时""风物""距离"等语汇，不
由得令人联想到卞诗的早期情调。全诗两句一韵，并交替用韵（一
二与五六句韵同，三四与七八句韵同），都用二字顿收尾，属于说
话式调子。"疏"与"露"、"物"与"顾"，属于姑苏辙，均为入
声，声出即收，给人以无语凝噎之感。

20 世纪 90 年代以来，郑敏先生对新诗与传统问题展开深入反
思，主张新诗向古典诗词学习。她思考的是，如何将古典汉语的特
性，包括象征力、音乐性、灵活的组织能力、新颖的搭配能力，吸
收到新诗诗语中。她特别提到古典词的节奏值得参考，这种节奏是
由字群的错落有致形成的。她举柳永《雨霖铃》为例加以说明：

　　　寒蝉凄切，对长亭晚，骤雨初歇。都门帐饮无绪，留恋
　　处、兰舟催发。执手相看泪眼，竟无语凝噎。念去去、千里烟
　　波，暮霭沉沉楚天阔。　多情自古伤离别。更那堪冷落清秋
　　节！今宵酒醒何处？杨柳岸、晓风残月。此去经年，应是良辰
　　好景虚设。便纵有千种风情，更与何人说？

它的字群排列为：22，13，22。222，3、22。222，32。3、22，
223。223。323！222？3、22。22，2222。322，23？郑先生发现徐

志摩的诗《偶然》，在字群组合上深受词的影响：

> 我是天空里的一片云，
> 偶尔投影在你的波心——
> 你不必讶异，
> 更无须欢喜——
> 在转瞬间消灭了踪影。
>
> 你我相逢在黑夜的海上，
> 你有你的，我有我的，方向；
> 你记得也好，
> 最好你忘掉
> 在这交会时互放的光亮！

它的节奏框架是：2223（第一行。以下类推）/2223/32/32/1332//2233/22222/32/23/2332。她认为，这样的字群组合避免了诗的散文化，使诗行间增加了凝聚力。她所说的字群，相当于闻一多先生所提的音尺或音步（metric foot），卞之琳先生所讲的顿或音组，都是基于汉语的内在规律划分的。它们的错落有致形成一首诗特有的节奏和韵律。

　　或许不少当代诗人，尤其年轻诗人会认为，倘若像徐志摩这样写诗，节奏、韵律是悠扬、优雅、动听的，适宜诵读和口耳相传，也有利于谱曲，增加一重诗的传播力和影响力，但恐怕这类诗很难传达现代人的复杂情愫；美则美矣，却美得单薄、脆弱。不过话说回来，当代诗最遭人诟病的地方，是不上口，也就不上心，读完即忘，甚至很多诗人都无法记住自己刚刚写的诗。这是个两难境地，不是始于今日，却是今日诗人不得不面对的。或许，作为读者，我们不必像前述那样，每读一首诗都去数字数，标出它的顿或字群。卞、郑二位先生只是告诉我们，一首诗的节奏、韵律让人觉得悦耳、美妙、和谐，是有其语言组合的依据的，这个依据来自汉语的客观规律，不是随心所欲的。前辈诗人、学者对文本的细读分析，教给我们的是进入诗的内部的方法。下面来看诗人余笑忠的短诗《目击道存》：

> 阳台的铁栏杆上有一坨鸟粪
> 我没有动手将它清理掉，出于
> 对飞翔的生灵的敬意
> 我甚至愿意
> 把它看成
> 铁锈上的一朵花

读者读完后，可能会很自然地把头尾两行连在一起，在两个核心意象上建立联系，产生惊异感或喜悦感。它确实可以看作一首精致的意象诗。倘若仿照英美意象派鼻祖庞德的《在一个地铁车站》的写法，可以越过中间四行，把它变身为两行：

> 阳台的铁栏杆上有一坨鸟粪
> 铁锈上的一朵花

虽然简约至极，也抓住了诗的核心，但已不是余笑忠的诗，没有了属于他的节奏：一种缓缓的推进和与之相适应的低沉嗓音；也没有了"出于"之处的停顿。借用卞先生关于顿的分析方法，我们会发现，《目击道存》由每行五个顿（"阳台的 | 铁栏杆上 | 有 | 一坨 | 鸟粪"），经由四个顿（"对 | 飞翔的 | 生灵的 | 敬意"），过

渡到三个顿（"我 | 甚至 | 愿意"）和两个顿（"把它 | 看成"），再转回三个顿（"铁锈上的 | 一朵 | 花"）。各行诗句大体由长渐短，似要尽快揭开"谜底"。但是，诗人并没有刻意凸显花的意象，否则，他可以让"一朵花"甚或"花"字单占一行：

> 阳台的铁栏杆上有一坨鸟粪
> 铁锈上的一朵
> 花

尽管如此，收尾句（"铁锈上的 | 一朵 | 花"）由四字一顿，变为二字一顿，再变为一字一顿，语句重心昭然若揭，又不着痕迹。同时，收尾句并未因每顿字数的减少而造成节奏的加快，反而给人以渐行渐缓的感受；默读或诵读时，节奏会自然放慢。全诗除末行外，均以二字顿收尾，是卞先生所说的说话式调子。这种调子，与它描写的是日常生活的偶见相吻合：写日常生活，最合适的调子很可能是说话式调子。

趁此机会，不妨回顾一下余光中《乡愁》的节奏。全诗每节除第一行外，均以二字顿收尾（"邮票""船票""坟墓"，以及重复的"这头""那头"），属说话式调子。这头、那头是"这一头""那一头"的省略，口语常见，不必特别去说；但不妨反过来想一想，如果不省略，二字顿变为三字顿，节奏会一样吗？《乡愁》表达的是诗人日常生活中已成常态的日常情感，不是在某一特定时间、特殊环境中，因某种原因触发的愁绪，这样说是考量了各种因素的。也因此，在诵读时，建议按口语发音，将"这""那"读作 zhèi 和 nèi。

再来看诗人胡弦的《平武读山记》，系组诗《群峰录》之一。这是诗人开始创作他称其为"新山水诗"以来，被谈论得比较多的一首。诗写于"5·12"汶川大地震后数年，诗人来到处于同一地震带、遭受重大灾难的平武县：

> 我爱这一再崩溃的山河，爱危崖
> 如爱乱世。
> 岩层倾斜，我爱这
> 犹被盛怒掌控的队列。
>
> ……回声中，大地
> 猛然拱起。我爱那断裂在空中的力，
> 以及它捕获的
> 关于伤痕和星辰的记忆。
>
> 我爱绝顶，也爱那从绝顶
> 滚落的巨石一如它
> 爱着深渊：一颗失败的心，余生至死，
> 爱着沉沉灾难。

震后两个月，笔者曾到达地震中心区。搭乘大巴途经平武县时，沿途道路损毁严重，救灾部队临时架起路桥，山上仍不时有巨石滚落，令人胆战心惊。这首诗的起句"我爱"带着不容置疑、不容分说的语调，如同一块巨石轰鸣着从断崖落下；之后的反复出现，强化了爱的主旋律。在节奏、韵律上，诗中二字顿占据绝对优势，间以一字顿和三字顿。如首节和末节：

> 我爱这 | 一再 | 崩溃的 | 山河，| 爱这 | 危崖
> 如爱 | 乱世。

岩层 | 倾斜， | 我爱这
犹被 | 盛怒 | 掌控的 | 队列。
……
我爱 | 绝顶， | 也爱 | 那从 | 绝顶
滚落的 | 巨石 | 一如 | 它
爱着 | 深渊： | 一颗 | 失败的 | 心， | 余生 | 至死，
爱着 | 沉沉 | 灾难。

虽说诗行长短有别，交错推进，节奏却稳重不乱，每一句仿佛掷地有声，毫无犹豫。前引卞先生观点说，一行如全用两个以上的三字顿，节奏就急促；全用二字顿，节奏就徐缓；用三、二字顿相间，节奏就从容。后两种情况在这首诗里都有体现，而以第二种为主。也就是说，尽管开篇的"我爱"带着巨石滚落般的激情乃至豪情，实际上，诗人通过顿的安排，整体的节奏是徐缓的。我们常说的诗的张力，是要落实到语言上的。

多数时候，我们对一首诗的节奏、韵律的感知，是直觉的、浑融一体的，是一种整体感知；而且对于诗，不同于对待散文，我们会天然地赋予它完整、和谐的节奏、韵律，因为每个人的生活、工作都带有节奏、韵律，我们的呼吸也是。我们可能不会像上面那样，去对文字内部做"技术"分析；我们感受到了，只是说不清楚。节奏、韵律在诗中，也包括在某些精短的抒情散文中，有独立存在的价值，这是汉语在字词搭配、组合中获得的恒久魅力。同时，我们需要在阅读时，将节奏、韵律的形式，与诗的情绪情感、意味意蕴联系起来考虑。读诗者的目光和感觉，应当像瓦雷里所说的座钟钟摆，在广义的"声音"和宽泛的"意义"之间来回摆动。考虑到诗与散文在文体上的区分，较为恰当的方式是从形式入手，达及所谓"内容"；再由"内容"，反观形式的重要性。这种读诗

和解诗的方式，实际也像瓦雷里式的钟摆。在钟摆不断摆过两点之间的区域时，你就会发现在单纯强调一个点时所没有意识到的东西。这种读诗、解诗的方式，前面举例时已触及，但没有完全展开。下面来看余笑忠另一首备受赞誉的短诗《凝神》：

> 这一刻我想起我的母亲，我想起年轻的她
> 把我放进摇篮里
>
> 那是劳作的间隙
> 她轻轻摇晃我，她一遍遍哼着我的奶名
>
> 我看到
> 我的母亲对着那些兴冲冲地喊她出去的人
> 又是摇头，又是摆手

在直观和直觉上，这首诗通过分行、跨行处理，呈现语句长短交错，且长句、短句对比异常鲜明的视觉外观。末节最长的句子"我的母亲对着那些兴冲冲地喊她出去的人"有 18 字，如果算上跨行——上行"我看到"——共计 21 字。短句则只有 4 字。特别是我们不可能不注意到，这个 18 字的句式，与尾行"又是摇头，又是摆手"的 4 字重复句式，两者之间形成的强烈对比。这只可能是诗人有意、有心为之，他要求读者注意。因而，很自然地我们会问：如此之短的句子，想要表明（母亲的）什么？

尽管句子长的长、短的短，而且似乎长短的比例有点失常，但总体上我们感觉，长句是诗的主心骨或压舱石。经由句中逗点的隔开，以及跨行（首节一二行和末节一二行）形成的较长诗行，与未经隔断、没有跨行的长句，再加上短句，共同造就全诗既摇曳生

姿，又趋向舒缓的节奏，仿佛令读诗者回想起婴儿时，躺在摇篮中被母亲轻轻摇晃的遥远又温暖的情景。尽管理智告诉每一位读者，这不可能，然而，诗是理智的产儿，还是情感的胎生？那么，诗人为什么"精心"安排如此舒缓的、令人舒适的节奏呢？这就要回到诗所描写的场景："她轻轻摇晃我，她一遍遍哼着我的奶名"。——诗需要一种与母亲"轻轻摇晃""哼着奶名"相适应的节奏，所以不可能是快速、急促的，但也不能是毫无变化、一味的缓慢，那恐怕只会让读者昏昏欲睡。

如果这样的解读还不能令人信服，甚至可能让有些读者认为有过度阐释的嫌疑，不妨再回到文本中去仔细察看一番。首节两句，可否更改为：

> 这一刻我想起我的母亲
> 把我放进摇篮里

从语义表达上说，并无影响，只不过，由于我们读过全诗知道了原貌，感觉上有些突兀而已；也可能察觉节奏有点不对劲：首行加上"我想起年轻的她"，是要让节奏舒缓下来，再使用跨行（"把我放进摇篮里"）就非常自然，否则，上下行的"转折"会很剧烈。此外，加上这半句，也显示了"我"逐渐进入"凝神"的过程——所谓凝神，意指精神凝定不浮散，不可能一蹴而就。所以，加上后半句，一方面是出于整体节奏的考虑，一方面是呼应诗题，也就开启了后面梦幻般的、超现实的场景。显示凝神的过程之所以重要，是因为唯有凝神，你才能在你婴儿的记忆里，唤醒年轻母亲完整而真实的影像；源于凝神，母亲才会在劳作的间隙，向那些兴冲冲喊她出去的人，"又是摇头，又是摆手"；正因凝神，诗人才得以脱离赞颂母爱的千篇一律、浮皮潦草的诗文，让读者得以进入某个超现实场景。没有人会怀疑这个超现实场景的真实性，这是艺术真实；但不排除有较真的读者会追问，一个躺在摇篮里的婴儿怎么会"看到"，就算看到了又怎么可能会记住这一切呢？我们可以用一句话回答：把不可能的变为可能的，是诗也是诗人的使命和职责。其实，如果留心到诗里的"我"既是同一个"我"，又并非完全如此，疑问就会消失。

回到收尾的两行长短对比如此鲜明的诗句。两个句式重复的4字句，凸显出"摇头""摆手"的动作细节——捕捉特定场景中人物的动作细节，是余笑忠写作手法的特点之一——节奏上也遽然提速，显示的是年轻母亲的果断和决绝。在"劳作的间隙"，一定是有很好玩的事情，同伴们才会喊母亲出去，但母亲没有丝毫犹豫和动摇：她只是在做身为母亲该做的事。故此，若用伟大、崇高、牺牲、奉献、无私这些词语，去概括这首诗里的"年轻的她"，会显得有些大而无当。因为，每首诗都有它对生活的观察和描写，都有其特定的人与事，特定的场景和氛围，也有其特有的节奏和韵律。我们可以通过节奏、韵律的安排，进入对诗的情感、韵味的体察。这样，也就能够从诗中的超现实场景，再度返回到我们每个人的日常生活，进而发出如此感慨：像年轻的母亲那样的专注与用心，正从当下时代，从年轻的父母身上，也从我们每个人的身上，一点点地流失。法国哲学家、诗人西蒙娜·薇依说："唯有专注——这种专注如此盈满，以至'我'消失了——取自我。剥夺我称作'我'的那种东西的注意的光芒，把它转向不可思议之物上。"《凝神》是一首典型的"有我之诗"。对诗人来说，没有"我"则专注、用心无从谈起；只有"我"，却会让人看不见日常生活里无处不在的"不可思议之物"。17世纪法国著名画家勒南兄弟说："让自我死，做伟大事，成就高贵，超越几乎所有人都在其中的苟活的鄙俗。"另一位更为大家熟悉的荷兰画家梵高，深受这段话的震慑。他在信中说："如果一个人能一直悄悄地爱着那确实值得去爱的，而不要在一些没有价值，空洞而且无聊的事情上浪费他的爱，他就能渐渐地受到启发，因而变得更强壮。"诗人余笑忠不仅仅是在讴歌、赞美年轻的母亲——每个人的母亲都值得这样的讴歌、赞美，也都超出了如此的讴歌、赞美——也是在反思：我们有没有在对专注、用心的持守中，让自我消失，把注意力转到世界的"不可思议之物"上。

诗句长短交错，字词的音组或顿错落有致，这是形成一首诗的节奏、韵律的基本方法，既有变化，又有整体的和谐、悦耳；既适用于古典诗词的解读，也适宜于新诗的分析，甚至后者在这方面有更大的自由，也就有更多的阐释空间。如果一首诗全部是长句，或者相反，全部是短句，那该怎么办呢？基本的方法还是将节奏、韵律，与揣摩、推测诗人的创作意图、诗的情感指向相连。比如，诗人懒懒，喜欢并擅长写短诗——既有短句子的诗，也有篇幅很短的诗。下面是她的《雨来了啊》：

雨整齐地

冲下来

如果

你在屋里

门

窗子

都是关着的

如果门

和窗子的密封

都极好

那么

恭喜你

你会感知

雨水冲刷在棺木

盖子上

并将要洗掉

它上面的

泥土

这首诗在视觉外观——我们之所以一再提及视觉外观，是因为文本排列方式，是解诗时要考虑的因素之一——上，有没有给你一种雨水整齐、疾速地冲刷下来的感觉呢？甚至这雨水像是雨瀑，让猝不及防的人抱头鼠窜。当然，需要极力克制住自己，才能不去想象，把诗中的短句连成长句，会是什么效果。或许更需要考虑的是，这种 4 字上下的短句，只会敦促读者的视线快速下滑，像坐上了水上乐园的滑梯。那么，它的目的是什么呢？是想让读者在快速滑动中，突然来个停顿，比如停顿在"棺木""盖子"上，继而恍然、愕然？也许吧。懒懒的短诗里往往有一种暴虐的气息——我们似乎可以从诗人急不可耐地切分诗行的举动中，约略体会到一点点——如果说这首诗里也有暴虐的存在，暴虐者是谁？雨水，不得不密封起来的屋子，还是和和气气又阴阳怪气地说"恭喜你"的隐形人？都有可能。更有可能的是，这一切合力筑造了一个暴虐的世界，却安心于用暴虐来躲避暴虐，就像"你"，此刻要用对密封屋子的焦虑，替换掉对风雨袭来的焦虑。无论暴虐者是谁，收尾三行里的雨水，在洗掉泥土的同时，也"洗掉"了暴虐，有着万般柔情。故此，懒懒的诗并不只是有暴虐，也不只是温柔，是暴虐与温柔的共生，因而往往给人以惊悚之感。

第三代诗人中的小安，也喜欢写短诗，却与暴虐无缘，若用温柔一词也有点隔靴搔痒。诗人张执浩说，小安的诗里有一些近乎天才的"走神"。天才与否，各人自有主张，姑且不论；"走神"这个词却异常准确。"走神"的诗人以她的文字让人"出神"，甚或让人有灵魂出窍之感。"出神"的还是那个人，但又好像变了一个人，变了说话的方式、语调，以至发现自己身上有了某种不一样的味道；"出神"的人看世界，觉得世界变了，变得迷人，变得神秘，也变得豁达、开朗、幽默：

> 东边也是蓝
> 西边没有
> 在我心里
> 一蓝到底
> 少年人　出家门
> 走到东走到北
> 有多少个少女会
> 抛弃羞涩
> 组成一支军队（《蓝色太空》）

"也"字在首行很突兀，你可以说它无厘头，没道理，但人不是全靠讲道理活着，还有很多东西是道理框不住的，尤其人在少年。他的白日梦是纯色与纯净的，是他最喜欢的纯色与纯净。他东走走西晃晃，没有目的，却有着纯净的羞涩，所以他希望少女们都能"抛弃羞涩"，集结起来，浩浩荡荡，以便让他不改本色，就这样独自游荡。整个诗的节奏，包括言语方式，都是"走神"的，不能讲道理的。我们可以听任自己的目光顺着诗行从左至右、从上而下地滑动，感受到对方的和自己的喜悦就可以了：

我去观音寺三次

烧香许愿

那里干净明白

风水好

出了山门

我回头再看

观世音　观世音　明年我来喊你（《观音寺》）

有丰富阅读和写作经验的诗人，对文字的声音、调质，对语词行进的速度、间歇、停顿等十分敏感，可以自然达到节奏与韵律的协调，避免噪音和杂音。另一些诗人，希望从古典诗词格律中得到启示，建立白话新诗的诗体。百年来，越是有自觉的诗体意识，维护诗的独立存在价值的诗人，越是感到新诗面临的最大难题是音乐性的建立，便越是主张节奏、韵律之于诗，好比栋梁之于建筑。他们的实验也许看起来幼稚，甚至有些机械，但古典诗词何尝不是前人在反复摸索、实践中，才形成大家认同的格律体系；有了一套体系，才能谈变化，犹如谈写作的自由，是因为有诸多不自由因素的存在。我们不能因为自己的阅读面有限，一看到不忍卒读的诗就抱怨诗的败坏。清人况周颐在《蕙风词话》中说，读词要"取前人名句意境绝佳者，将此意境，缔构于吾想望中。然后澄思渺虑，以吾身入乎其中而涵泳玩索之。吾性灵与相浃而俱化，乃真实为吾有而外物不能夺"。这种"澄思渺虑""涵泳玩索"，自然包括节奏、韵律的品鉴。读词如此，读诗亦如是。

# 标点符号

古典诗词没有标点符号（以下简称标点），人们依据语义和节奏加以圈点。现在看到的古诗标点，是后人加的。新诗伴随现代汉语语法体系的建立，逐渐发展和成熟。因此，不少学者主张以现代汉语诗歌（简称现代汉诗），来取代白话新诗或新诗的称谓，意在突出新诗是奠基在现代汉语上的，强调它不是域外诗歌的翻版，以警惕诗的西化或欧化。另一层深意，则是用现代语言学观念，彰显语言之于诗的决定性，就像郑敏先生所说，诗"绝对决定于它的灵魂的外化"，即语言。

我们今天使用的标点，是现代汉语的有机组成部分，其作用除了断句以方便理解，也辅助语义和情绪情感的表达。鉴于诗是主情的艺术，一般而言，标点的使用，尤其是有异于日常语言的标点的使用，应当得到读者的注意。这种情况容易理解。从另一个向度说，既然诗的语言的"陌生化"，很大程度上与它不同于日常用语、科学用语相关，那么，改变标点用法，或者不使用标点，就是可以理解的。习惯性地用对待日常用语的眼光来看诗，哪怕面对的是一首所谓"口语诗"，也很难说是走进了诗的王国。诗的职责之一，是打破我们的习见、成见或"先见"。好的诗潜移默化地影响我们的，是学会敞开自己，去拥抱"异己"的元素，这样才能在阅读中润泽心灵、丰富精神、壮大生命。

自然，每一位诗人不同，每一首诗也不一样；同一位诗人在不同写作时期，也会发生变化。标点的运用也是如此。早期白话新诗，在标点使用上是中规中矩的，也特别愿意借助标点来增强情感的传递，如胡适的《鸽子》：

> 云淡天高，好一片晚秋天气！
> 有一群鸽子，在空中游戏。
> 看他们三三两两，
> 　　回环来往，
> 　　夷犹如意，——
> 忽地里，翻身映日，白羽衬青天，十分鲜丽！

这首诗在《尝试集》初版中亦为繁体竖排。诗的行间与句末均使用标点，只是像第五行"，"与"——"连用，在当时很普遍，今日因编校规范，很少能见着。这首六行短诗，首、尾行都使用感叹号，形成情感的"回环往来"，令人有愉悦和振奋之感。初期白话新诗，感叹号与破折号，包括问号与省略号的使用或连用，比较常见。而后来这些用法逐渐消失，尤其是感叹号，又特别是感叹号的连用，令今日年轻诗人避之唯恐不及，仿佛犯了什么忌讳，让人觉得"感情不够，标点来凑"。在"诗界革命""文学革命"时期，在狂飙突进年代，诗人们觉得不使用感叹号，不足以宣泄不可遏制的激情，并且他们希望读者不仅被语词，也要被"！"所感染；不但诗人在感叹，读者也应随之而惊叹。比如郭沫若的著名长诗《凤凰涅槃》最后一章《凤凰更生歌》，其"凤凰合鸣"部分共15节，借鉴古典诗的复沓手法（诗人自述受华格纳歌剧的影响），分写更生、光明、新鲜、华美、芬芳、和谐、欢乐等。除去尾节有两行末尾用"？"，每一节每一行末端都使用了"！"。以下是写自由的一节：

> 我们自由呀！
>
> 我们自由呀！
>
> 一切的一，自由呀！
>
> 一的一切，自由呀！
>
> 自由便是你，自由便是我！
>
> 自由便是"他"，自由便是火！
>
> 　火便是你！
>
> 　火便是我！
>
> 　火便是"他"！
>
> 　火便是火！
>
> 　翱翔！翱翔！
>
> 　欢唱！欢唱！

今日读者只能遥想当年诗人写作的情形，面对文本里一个接一个跳出来的"！"（《女神》初版同样是繁体竖排），不免有些愕然。据诗人回忆，这首长诗在一天中的两个时段写出：上半天是在听课时，诗意袭来，东鳞西爪地写了前半部；晚上将要就寝时，"诗的后半的意趣又袭来了，伏在枕上用着铅笔只是火速地写，全身都有点作寒作冷，连牙关都在打战。就那样把那首奇怪的诗也写了出来。那诗是在象征着中国的再生，同时也是我自己的再生。……由精神病理学的立场上看来，那明白地是表现着一种神经性的发作，那种发作大约也就是所谓'灵感'（inspiration）吧？"

鲁迅的《墓碣文》，出自《野草》，通常被视为散文诗，张新颖编选的《中国新诗（1916—2000）》，洪子诚、奚密等编选的

《百年中国新诗》等，都把它当作新诗收入，其中较多运用省略号，包括省略号与感叹号、问号的连用：

　　我梦见自己正和墓碣对立，读着上面的刻辞。那墓碣似是沙石所制，剥落很多，又有苔藓丛生，仅存有限的文句——

　　……于浩歌狂热之际中寒；于天上看见深渊。于一切眼中看见无所有；于无所希望中得救。……

　　……有一游魂，化为长蛇，口有毒牙。不以啮人，自啮其身，终以殒颠。……

　　……离开！……

　　我绕到碣后，才见孤坟，上无草木，且已颓坏。即从大阙口中，窥见死尸，胸腹俱破，中无心肝。而脸上却绝不显哀乐之状，但蒙蒙如烟然。

　　我在疑惧中不及回身，然而已看见墓碣阴面的残存的文句——

　　……抉心自食，欲知本味。创痛酷烈，本味何能知？……

　　……痛定之后，徐徐食之。然其心已陈旧，本味又何由知？……

　　……答我。否则，离开！……

　　我就要离开。而死尸已在坟中坐起，口唇不动，然而说——

　　"待我成尘时，你将见我的微笑！"

　　我疾走，不敢反顾，生怕看见他的追随。

　　　　　　　　　　　　　　　一九二五年六月十七日

这首诗成为先生一生"抉心自食"而"创痛酷烈"的形象写照。其中大量的省略号，固然是因为诗中所写墓碣阳面、阴面的刻辞，剥落很多，显示文字残存状，但读者了悟这是诗人的有意为之，一方面确有省略，以凸显重点；另一方面含无尽意于有限言辞中。按常规，诗人若是引用墓碣刻辞，应该使用双引号，如同结尾处死尸起身所说的话。叙事学中，诗人使用的这种引语方式叫自由直接引语。它像直接引语一样，完全保留话语的意义和形态，没有任何转述成分，但去除了双引号，是直接引语的变异。诗人的用意，正是要去除墓碣刻辞与"我"的所思所想之间的间隔，让两者浑融一体，因为死者的"抉心自食""创痛酷烈"，是"我"正在经历和承受，又无以言说的。诗人借助虚拟的墓碣刻辞，也就是借助这位死者的遗言，将自我的思想观念予以客观化，以"他者"来审视自我。这种表达方式具有很强的现代诗的特征，也就是人们后来谈论新诗时经常提到的"感情客观化"或"思想知觉化"。而这首诗的结尾转而使用常规的直接引语方式，让死尸"开口说话"，则使整首诗蒙上一层超现实色彩，让读者在突兀的惊悚中，体味诗人置身于墓地（死亡）之中时的绝不妥协的精进精神。

美国现代诗人艾米莉·狄金森，曾于一行诗中提炼出她所处时代的女性命运：

被出生——被迎娶——被裹尸——在一天之中。

这些在一行之间连续使用的"——"，显示出一位女性极其简单又极其复杂的命运：一天即是一生，乃至诗人在书写中不得不停顿——因沉重而停滞——下来。狄金森青睐并频繁使用破折号（dash。原文中的 dash 较短，且长度不一。中文译者一般视同为破折号，也有译者处理为小短线），被看作是对惯常语言的挑战，就像她用诗挑战女性的固有命运一样。英国学者、传记作家林德尔·戈登在《破局者：改变世界的五位女作家》中说："她把人们司空见惯的词从字面上分开，让无法表述的事物的沉默充斥其中。"例如狄金森的《灵魂选择自己的交友圈》：

> 灵魂选择自己的交友圈——
> 然后——关上房门——
> 对于她神圣的大多数——
> 不必再提供人选——
>
> 不为所动——她看见车驾——停靠——
> 在她低矮的门前——
> 不为所动——哪怕皇帝跪倒
> 在她的脚垫——
>
> 我知道她——从一个广阔的国度——
> 选择一位——
> 从此——合上她关注的瓣膜——
> 如石头——（王柏华等　译）

这首诗有不同的中译，有的译者去掉英文原诗中的短线"–"，一般将它们对应于破折号。海伦·文德勒认为，这首诗探讨的范围限于人类"交友圈"，并且诗中的"她"是从"一个广阔的国度"，而不是夸张的"所有灵魂"中进行选择，"狄金森断言，鉴于这个灵魂已从永恒降落到尘世，她不只拥有一种末世的命运，还有一种现世的命运。在她做出永恒的选择之前，她也需要在时间中做出选择"。破折号呈现的是这个独特的灵魂，在时间中做出选择的过程，是延续性的而不是瞬间性的；同时，它们显示了选择过程中的停顿及其思考、犹疑。一旦选定，破折号就像诗中所写的房门、瓣膜一样闭合。中文读者不习惯这样的破折号用法是可以理解的，不过，全诗连续使用破折号在狄金森诗中并非特例，如《月亮离大海十分遥远》：

> 月亮离大海十分遥远——
> 而她用琥珀色手——
> 牵引他，像牵着听话的孩子——
> 沿规定的沙滩走——
>
> 他从不出一度的失误——
> 遵照她的眼色迈步——
> 远近恰好，他向城镇涌来——
> 远近恰好，他退回原处——
>
> 哦，先生，你的，琥珀色手——
> 我的，遥远的大海——
> 你的眼色给我一丝一毫指令——
> 我都乐于从命做来——（江枫　译）

从月亮到"她"再到"我"（诗人的化身），从大海到"他"再到"先生"（诗人暗恋的对象）的情思转换中，每一个破折号都像是一缕出自诗人之手的情丝，牵引着大海的涌动与退回的方向与节奏。要说以月亮的运行与大海的潮涨潮落之间的引力关联，来比喻男女相恋的情愫，谈不上新颖，但以破折号来暗示两者的情思绵绵，出乎意料又很是恰切。当然，狄金森也有不少我们看起来很正常地使用标点的诗，如《要造就一片草原》：

要造就一片草原，只需一株苜蓿一只蜂，

一株苜蓿，一只蜂，

再加上白日梦。

有白日梦也就够了，

如果找不到蜂。(江枫　译)

说到破折号的使用，就不能不提及新诗史上长期被漠视的诗人徐玉诺。徐先生 20 世纪 20 年代初加入文学研究会，与研究会同人朱自清、俞平伯、周作人等八人合出诗集《雪朝》，他入选诗作的数量最多。他独特的、有些怪异的诗风在那个时代独树一帜，最近若干年来才得到文学史家、批评家的重视。徐玉诺的很多诗不分行，形似散文诗，其中有些破折号的用法与今日用法一致，如《我的诗歌》(1923 年 5 月 10 日)：

我无心的穿过密密的树林，经过一个小小的村庄的前面，小鸟和人类格外的亲密着。

我的诗是不写了！——因为荡漾在额上的微笑是无限的；歌是不唱了！——因为无声的音乐是永久的。

第二段连用感叹号和破折号，后者表解释和说明，是常规用法。诗人从偶然看见的小鸟与人的亲密无间中，感受到诗与歌的多余——诗与歌正是为着人与人、人与自然的和谐、和美。他在早一年写的《新歌》中，交错使用感叹号和破折号：

喂，我们的歌者——一个奇异的小鸟！

不要这样凄楚；太阳终要出来呢。

喂，我们的歌者！

不要唱这个！这会教我们的心，一不小心酸痛起来；
唱个新的，赞美那沉沉快去的太阳！
表明她——太阳——赐给我们的——黑暗——的美满！
表明我们怎样欢迎她给我们的快乐！

首行的破折号是对歌者的解释、说明，导引出诗的主要意象"小鸟"。倒数第二行中，"太阳"前后的破折号是插入解释"她"，相当于括号，与今日用法一致。"黑暗"前后的破折号，则有点不同："我们的"后面并无中心词，因此不存在插入解释；也不只是声音的延长，因为"美满"前还有一个"的"字。如果没有版本流传中的衍文，这一行至少有两种理解：

（表明太阳）赐给我们的黑暗！

或者：

（表明太阳）赐给我们的黑暗的美满！

似乎是矛盾的，其实是统一的：太阳既赐给我们光明，也赐给我们黑暗；太阳赐给的光明是温暖的，它赐给的黑暗也是美满的。换言之，就像不能想象或要求太阳只赐给光明，我们同样不能把黑暗只想象为、感受为压抑、窒息、无生机。黑暗对一些人来说难以忍受，他们呼唤、渴盼光明；但对另一类人来说，黑暗是美满、舒适、令人安心的——徐玉诺正属于这"另一类"。试着还原一下这首诗描写的情境：太阳即将落山，黑夜的帷幕正徐徐拉上，小鸟在凄楚地歌唱。但善于倾听大自然的诗人，希望小鸟换上一副欢快的嗓音，同样赞美下沉的太阳，而不必悲伤。

七月诗派诗人之一，学者、翻译家绿原先生，从 1955 年开始直到十年浩劫，中断了写作。他在身陷囹圄、牛棚而暗哑的二十年间，仅留存下来几首诗，其中既袒露着诗人在人生之路、诗歌之路上断念、休停的真实心迹，也因它们是从血管中流出的发烫的血，保留着诗人前期诗作中的思辨色彩，以及"浑身抖索着，铁青了脸"来写诗章的令人难忘的形象。《自己救自己》（1960）是其中之一。它以异域的魔瓶神话为本事，以不分行、近似散文的行文方式，体现了诗人的诗学观：只要是诗，无论怎样写都是诗；如若不是诗，无论怎样写都不是诗——

> 我不再发誓不再受任何誓言的约束不再沉溺于赌徒的谬误不再相信任何概率不再指望任何救世主不再期待被救出去于是——大海是我的——时间是我的——我自己是我的于是——我自由了！

这种除了句间破折号和句尾感叹号，不使用其他标点作语义隔断的非常规写法，在绿原的诗中极其罕见。它将诗人在暗哑、窒息中不能发声而又不能不发声，而又在终于发声时思维、情感不受控制地四处冲撞的情状，予以具象化；四处破折号起着停顿的效果，像是一种紧张的思考，一种自我说服，直至发出自己的"誓言"。这首诗也表达了诗人关于诗的理念：

> 诗是一种奇怪的独白，它独自站在人生的舞台上，面对古往今来的无数观众，但是决不装腔作势地挑逗或感染什么人，更不试图进行辩难或说服什么人——它只是自言自语着，讲着人人能讲、想讲而终没讲出来的话，以弥补人类偶尔的木讷和口吃而已。它不预期什么效果，却经常凭借真诚、朴素和新颖

产生着效果。

新诗史上最著名的标点，当属卞之琳《距离的组织》中的那个括号，因它而引起许多人对诗的误读误解，其中有与卞先生同期写诗的好友、评论家。这首诗大概也是新诗史上诗人自注最多的抒情短诗（共七条，下略）：

> 想独上高楼读一遍《罗马衰亡史》，
> 忽有罗马灭亡星出现在报上。
> 报纸落。地图开，因想起远人的嘱咐。
> 寄来的风景也暮色苍茫了。
> (醒来天欲暮，无聊，一访友人吧。)
> 灰色的天。灰色的海。灰色的路。
> 哪儿了？我又不会向灯下验一把土。
> 忽听得一千重门外有自己的名字。
> 好累呵！我的盆舟没有人戏弄吗？
> 友人带来了雪意和五点钟。

诗人后来自注，括号里的一行是来访友人的内心独白。这位友人因无聊而想到去访另一位友人——来到"我"的门前叫"我"的名字：是这位友人给"我""带来了雪意和五点钟"。如果没有诗人的注释，顺读下来，读者确实容易误以为这一行是抒情者"我"的独白。这一句属于西方现代主义诗歌中的插入语，用以阻断正常的抒情线路，形成复义，同时形成戏剧性场景。插入语可为抒情者内心独白或人物的独白，也可为对话，是西方现代主义诗歌常规的而非特殊的手法，多见于 T.S.艾略特等人的诗中。关于插入语的效果，卞先生回忆，闻一多先生曾说，他自己松散的自由诗不自觉地加了括号里的一短行，好像晕色法的添一层意味的道理。

　　排除大量的跟风者，朦胧诗以后，特别是第三代诗歌浪潮时，不用标点的诗与日俱增，现今已成为诗的常态——诚恳、老实地使用标点者，反而成了诗人中的"另一类"。从创作角度说，不用标点一方面是因为诗的表达具有不确定性，这也是诗文体的魅力所在；另一方面，诗人们受到这一时期大量译介的西方现代主义诗歌的影响。这一代的很多诗人，最初是由袁可嘉、董衡巽、郑克鲁先生编选的《西方现代派文学作品选》，裘小龙先生等译介的 T.S.艾略特、庞德等人的诗作，接触到这一类诗。尤其是当时大学校园里的写作者，如饥似渴地阅读、模仿、交流。曾入选苏教版中语教材、诗人潘洗尘的《六月，我们去看海》，是他 1983 年读大学一年级时创作的。全诗不用标点，且基本上是整齐的长句，兼用复沓手法。如最后三节：

　　　　六月我们看海去看海去我们看海去
　　　　我们要枕着沙滩也让沙滩多情地抚摸我们赤裸的情感
　　　　让那海天无边的苍茫回映我们心灵的空旷
　　　　拣拾一颗颗不知是丢失还是扔掉的贝壳我们高高兴兴
　　　　再把它们一颗颗串起也串起我们闪光的向往

　　　　我们是一群东奔西闯狂妄自信的探险家啊
　　　　我们总以为生下来就经受过考验经受过风霜
　　　　长大了不信神不信鬼甚至不相信我们有太多的幼稚
　　　　我们我们我们就是不愿意停留在生活的坐标轴上

　　　　六月是我们的季节很久我们就期待我们期待了很久
　　　　看海去看海去没有驼铃我们也要去远方

一泻千里的青春奔放、火热的情感，确实不能用标点"约束"，也难以用短句容纳；奔向大海犹如奔向"新大陆"，其诗句也有当初赞美"新大陆"的美国诗人惠特曼《草叶集》的印痕。某种意义上，这首诗也是今日口头禅"生活里不只有眼前的苟且，还有诗和远方"中，将"诗和远方"相提并论的源头之一。三十多年后，已过知天命之年的诗人写下《一天天》：

瑕疵太多了
怕一动就骨折
怕一张嘴就说错

所以　只能在被阳光
包围的卧室里
躺上一整天

不说一句话
只吃很多的药
只抽很多的烟

傍晚时下楼
引着炉火
陪固定的朋友吃饭
聊天
然后再上楼
开始新的一天

> 就这样周而复始
> 我有限的余生
> 已容不下半点瑕疵

诗依然不用标点，诗行也依旧大体整齐，但长句已为短句替换，平静、淡泊取代了骚动、纵情，仿佛诗人爱惜、珍视宝贵的词语，不忍滥用。因动过一次手术，侥幸逃生，诗人自认为死过一次："直到死过一次之后/才知道太多过往的人生命题/自己给出的/都是错误的答案"（《错误的答案》）。

正处于创作旺盛期的当代诗人中，胡弦与谈骁，是两位自觉将标点作为诗的有机组成部分的诗人。前者已进入稳重、成熟的"中年写作"期，后者正在跨越"青春期写作"，而且越写越好。胡弦的诗，前面已列举了《平武读山记》，再来看一首发表之后又经诗人修订的诗：

## 卵 石

> ——那是关于黑暗的
> 另一个版本：一种有无限耐心的恶，
> 在音乐里经营它的集中营：
> 当流水温柔的舔舐
> 如同戴手套的刽子手有教养的抚摸，
> 看住自己是如此困难。
> 你在不断失去，先是坚硬棱角，
> 接着是光洁、日渐顺从的躯体。
> 如同品味快感，如同
> 在对毁灭不紧不慢的玩味中已建立起

某种乐趣，滑过你

体表的喧响，一直在留意

你心底更深、更隐秘的东西。

直到你变得很小，被铺在公园的小径上，

经过的脚，像踩着密集的眼珠……

但没有谁深究你看见过什么。岁月

只静观，不说恐惧，也从不说出

万物需要视力的原因。

在需要使用标点的地方，诗人均没有省略。除去常用的逗号、顿号、句号、省略号外，有两处标点值得注意。一个是起首的"——"，犹如破空而来，从天而降。这种用法不合常规，又合乎诗的情理：在语言逻辑上，只需把它同题目"卵石"联系起来，就明白它是在解释诗人感觉中的卵石。如果一时忽略了这种顺题而下的语言关联（这是阅读中很常见的现象），我们会感觉"——"像一个路标，直接把我们的目光导引到首行的关键词"黑暗"：这个词及其意蕴，奠定了全诗的抒情基调。当然，诗人不会停留在这个词的公共性象征含义上，他不断在卵石的物象上，添加个人性的隐喻意味："无限耐心的恶""有教养的抚摸"等，直至"密集的眼珠"喻象的现身，让人不由自主地生出惊恐，收敛了脚步。另一处是冒号的使用。第二、第三行的两处冒号，同属解释、说明，语法上形同破折号。但第三行冒号的使用不合常规（胡弦诗集《空楼梯》和最新诗集《定风波》均收入此诗，此处均为冒号），因为前一句的解释并未完结，倒是可以用"——"取代，不过这样的话会减弱起句"——"的意味。这种解释之中套解释的标点用法，可以理解为诗人紧盯眼前的物象（卵石），试图"进入"其中的意识活动的不间断过程，以至感性与理性交错在一起，相互咬合。

年轻诗人谈骁新近出版诗集《说时迟》，所收录的 128 首诗中，没有一首不使用完整的标点。这在 "80 后" 以及更年轻的诗人中，堪称 "奇观"。来看位于诗集开篇的《口信》：

> 小时候我翻过一座山，
> 给人带几句口信，不是要紧的消息，
> 依然让我紧张，担心忘了口信的内容。
> 后来我频繁充当信使：在墓前烧纸，
> 把人间的消息托付给一缕青烟；
> 从梦中醒来，把梦里所见转告身边的人；
> 都不及小时候带信的郑重，
> 我一路自言自语，把口信
> 说给自己听。那时我多么诚实啊，
> 没有学会修饰，也不知何为转述，
> 我说的就是我听到的，
> 但重复中还是混进了别的声音：
> 鸟鸣、山风和我的气喘吁吁。
> 傍晚，我到达了目的地，
> 终于轻松了，我卸下别人的消息，
> 回去的路上，我开始寻找
> 鸟鸣和山风，这不知是谁向我投递的隐秘音讯。

这首诗可以看作写诗的人和写诗的隐喻：诗人充当的是人间信使；诗是诗人翻山越岭传递给他人的口信，他因受了信任和托付而惴惴不安。孩提的 "我" 是诚实的，现在写诗的 "我" 是诚恳的，但没有一个信使能保证，他替人传递的口信中没有混杂一丝一毫 "别的声音"；而诗正是诗人这位受托者，向他人传递生活的 "隐秘音讯"。这首诗揭示了某种写作的隐秘，但它自身并不隐秘，包括标点的运用，非常严谨。除常用标点外，诗中的两处分号很是规范，尤其是第二处（第六行）。由于有"都不及小时候带信的郑重"一句的干扰，一般会误用为逗号。但这里的分号是表多重复句中的转折关系，与第一处分号表并列关系不同：转折的是前面两重复句所表达的意义，而不只是第二重，以强调"小时候带信的郑重"。童言童语的真实、真诚，是诗最可宝贵的品质，不应随着"后来"年岁的增长而衰退，乃至消失殆尽。

胡弦与谈骁这两位年龄、阅历、趣味各不相同的诗人，虽然都很注意标点的使用，但两者的意图及其运用的效果，并不完全一样。相对而言，胡弦在标点的运用上更为丰富多样。他对标点的使用与对字词的斟酌一样，在极其用心中体现的是里尔克式的"工作"精神。谈骁的诗更接近日常生活语言，包括音调与节奏，标点随这种语言自然而出，并无特别的讲究。两位诗人同时身兼编辑之职，在语言文字规范和标点规范上更有自觉意识。

当然，诗人有全部使用或部分使用或不使用标点的自由，根据个人写作的需要灵活处理。面对一首不使用标点的诗，作为读者阅读"前景（前见）"的，还是有标点情况下应当是怎样的，由此形成比照，而可能生发出别样的理解和释义。相对全诗不用标点，只在行尾不用标点的情况更常见。读者会问，如果是后者，怎么判断诗句语意结束，还是诗人有意转行了呢？这只要看行尾有无跨行即可：无跨行则句子语意结束，有跨行则"行断意续"。比如潘洗尘《一天天》中"所以　只能在被阳光/包围的卧室里/躺上一整天"，加标点应为："所以，只能在被阳光/包围的卧室里，/躺上一整天。"第一、二行间有跨行，因此第一行语意未结。当然，一行诗可能一句，也可能多句。多句情况下，只看末句就可以了。

# 感觉与经验

　　1912 年 2 月 21 日早晨，住在杜依诺城堡的里尔克，收到一封冗长乏味的事务信函，需要马上处理。外面狂风大作，但明媚的阳光洒在湛蓝的、仿佛蒙着一层银纱的海面上。他起身走到屋外，来到城堡脚下连接东西两座堡垒的一条窄路上。那里有一道险峻陡坡，下面两百英尺处就是亚得里亚海的波涛。突然他停下脚步，仿佛在狂风的怒吼中听到一个召唤的声音："如果我哭喊，各级天使中间有谁听得见我？"他就这样静静地站着，倾听着，"那是什么？"他喃喃自语，"什么要来了？"他掏出随身携带的笔记本，记下这个狂风送来的句子，然后回到房间回复信件。当天晚上，第一首哀歌诞生了：

　　　　如果我哭喊，各级天使中间有谁

　　　　听得见我？即使其中一位突然把我

　　　　拥向心头：我也会由于他的

　　　　更强健的存在而丧亡。因为美无非是

　　　　我们恰巧能够忍受的恐怖之开端，

　　　　我们之所以惊羡它，则因为它宁静得不屑于

　　　　摧毁我们。每一个天使都是可怕的。

……

是的，春天需要你。许多星辰

指望你去探寻它们。过去有

一阵波涛涌上前来，或者

你走过打开的窗前，

有一柄提琴在倾心相许。这一切就是使命。

但你胜任吗？你可不总是

为期待而心烦意乱，仿佛一切向你

宣布了一个被爱者？

……（绿原　译）

　　或许这就是艺术创作中灵感突袭而来的状态，我们也了解在此前，诗人、艺术家都需要长期酝酿、苦思、积累。十年后的 1922 年 2 月，定稿全部哀歌后，里尔克写信给城堡主人玛丽·塔克西斯侯爵夫人说："这一切，是一场无名的风暴，一场精神上的飓风（就像当年在杜依诺），这一切，我体内的一切纤维和组织，一两天内轰然迸裂了，——没有想到吃点什么，天知道谁养活了我。"但诗并不能称为灵感的艺术，一方面，还有很多苦吟诗人在"吟安一个字，捻断数根须""两句三年得，一吟双泪流"的过程中创作出佳作；另一方面，灵感只是描摹诗意来袭的瞬间状态，诗人还需要艰苦的劳作，才能使之在文字中定型。里尔克珍视那场"精神上的飓风"，但他当时回到屋内，惦记的仍然是如何处理信函中的杂事。何况，《杜依诺哀歌》的创作持续十年，在另一场心灵"无声的风暴"降临，在创作《致俄耳甫斯的十四行诗》期间，他还在修改、补写哀歌。

　　毋宁说，诗是一门感觉的艺术：出自感觉，沉淀为经验。灵感只是其中的发酵剂。我们没有将理性或智性——新诗研究中的重要概念——与感觉并立，不是因为忽视前者。世界上有各种诗人，也就有各种风格、类型的诗，哲理诗或理趣诗古今中外都不少见；这里说的是"出自"，当感觉沉淀之后，经验中自有理性/智性。我们更强调的是感觉在诗歌写作中的"首发"位置——没有感觉就没有诗。里尔克是否因为彼时彼刻海上的风暴、碎金般的阳光而触动，如今的读者只能揣测；但即便将那一刻涌上心头的诗句称为灵感，其中也有声调、节奏、韵律等语感的渗入，否则他不会那么胸有成竹，放下犹如天启般的诗句，先去回复那封让他心烦意乱的信。诺贝尔文学奖得主、墨西哥诗人奥克塔维奥·帕斯，在评述威廉·卡洛·威廉斯的诗歌时说：

> 威廉斯的出发点不是事物而是感觉，可是感觉又是无形和即时的；我们对于纯粹的感觉无能为力：那容易引发混乱的状态。感觉是模棱两可的：它既进入我们内部又把我们和事物区分开来。感觉是我们进入事物之门，同时又是我们走出事物之门，我们意识到我们不是事物，为了使感觉与事物的客观性一致，必须要把感觉变成事物。改变的实施者是语言：感觉变成了字面的物体。一首诗是字面的物体，其中两个矛盾的特性——感觉的活力和事物的客观性——相互融合了。

诗人要有能力将无形、即时的感觉——尤其当灵感不请自来时——定型下来，其方式是语言。换句话说，人有感觉并不稀奇，灵感是其中特殊的状态；他是不是诗人，要看他能否用语言定型事物。感觉是纯主观的，引发感觉的事物是客观的；但因它处于人为的文字之中，所以具有主、客观相融合的特性。不过，这是从创作者角度说的。作为读诗者，我们感受到的是文字在脑海中唤醒的事物形象，"如在眼前""栩栩如生""纤毫毕现""活灵活现"等，就是我们常用的、赞扬文字中事物"客观性"的评语。来看威廉斯的一首短诗《海边的花》：

> 繁花鲜丽的草地近旁，
> 神秘的，那咸味的大海
>
> 莽然升起——菊苣和雏菊
> 一松一紧，它们看来不仅是花
>
> 而且是色彩和运动——也可能
> 是变化的表现形式，
>
> 而大海却旋转着，安详地
> 在茎上摇曳，像花一样。（赵毅衡　译）

视觉（色彩）与味觉（咸味），旋转与摇曳，这首短诗里有比较丰富而细腻的感觉；"莽然""一松一紧""安详"，同样是诗人感觉的投射。短诗可谓景中有情，情中有景，情景交融。只不过，在诗人的感觉中，花非花，海非海；花似海，海似花，但又保持其各自的属性。若问花与海如何比得，就是这首诗很有意思的地方。

前面讲到，诗是主情的艺术，表情是它首要、基本的功能。《毛诗序》中说"情动于中而形于言"，刘勰《文心雕龙·知音》篇中说"夫缀文者情动而辞发，观文者披文以入情"。那么，情因何而动呢？古代中国诗人往往因四季轮回、天地万物的变化而牵动情怀，故有触景生情之说。这个触是触动，也是感动，来自感官受到的激发。威廉斯《海边的花》也可谓触景生情，并且，景——菊苣和雏菊，还有大海——在文字间保留了它们的"客观性"。

但感觉这个东西太微妙，也太神秘，像个黑匣子，无法打开一探究竟。我们无须从文艺心理学角度，来探讨感觉实际、应该是什么样的，主要从写作和解读两方面谈谈感觉的重要性，以及它如何沉淀，沉淀为何种经验。把感觉与经验并论的另一个原因，是每个人的感觉不可能相同——好的诗人能启发读者如何去感觉——但由不同的感觉沉淀出的经验，可能具有普遍性，能让各不相同的人产生共鸣。

有诗人认为，诗的创造是创作主体的感性、知性（智性）、悟性这"三性"的浑融一体，以悟性为其巅峰状态。在这"三性"中，感性仍是第一位的，它带领我们进入、也让我们走出"事物之门"。可以说，诗的写作是由感觉（感性）到感知（知性），在两者的循环往复中达到顿悟（悟性）状态，从而创造出一个崭新的艺术意境。古典诗中，杜甫的《登高》是他晚期的巅峰之作，被誉为"古今七言律第一"：

> 风急天高猿啸哀，渚清沙白鸟飞回。
>
> 无边落木萧萧下，不尽长江滚滚来。
>
> 万里悲秋常作客，百年多病独登台。
>
> 艰难苦恨繁霜鬓，潦倒新停浊酒杯。

王先霈先生解读说，第一句写听觉和它引起的情绪、情感，七个字有三层：风急是说速度，天高是说距离，都强调登高时主体变化着的感觉。登得越高风越大，登得越高越是觉得天高。就在这时诗人听见猿啸，引发了哀伤之情。第二句写视觉和它引起的情绪、情感，七个字也有三层，它给主体寥廓苍凉的感觉，由前一句的肃杀转入孤清。第三句写听觉，听到风卷落叶的声音；第四句写视觉，看到奔泻东去的长江。写听觉也有视觉配合，"无边"是面，无边的树林里无边的落叶飘飞，传来萧萧的声响；写视觉也有听觉配合，"不尽"是线，不尽的长江波涛滚滚，传来浩荡的声响。这就是说，前四句景物描写出自于诗人的感觉，又为感觉所串联，形成统一整体；先听觉再视觉，然后是听觉、视觉相配合。前四句的丰富感觉，很自然引申出后四句对人生的感知，悲戚、酸楚之中有无奈与无助。属于诗人个人的"艰难苦恨繁霜鬓"的人生历练与经验，同时属于那些在生理、心理上步入晚景的人。借景抒情，是中国诗歌传统的、也是最重要的抒情方法，为新诗所吸收和转化；"因象生情"而不是"为情造象"，成为中国诗歌与西方诗歌在象、情关系上的重要差异。收入大中小学语文教材的新诗，大多属于这一类型。现代诗人、翻译家穆旦的诗，虽然以智性、以节制和克制情感见长，许多诗仍然具有古典诗的抒情特质。如《诗八首》之五：

> 夕阳西下，一阵微风吹拂着田野，
> 是多么久的原因在这里积累。
> 那移动了景物的移动我的心
> 从最古老的开端流向你，安睡。
>
> 那形成了树木和屹立的岩石的，
> 将使我此时的渴望永存，
> 一切在它的过程中流露的美
> 教我爱你的方法，教我变更。

这组诗写于诗人 24 岁，被认为是爱情诗，但诗中的"你"指的是谁，已无可稽考。故此，有人认为这是穆旦晦涩难懂的诗篇之一。不过，诗发表不久，王佐良先生便称赞它是"现代中国最好的情诗之一"。学者、批评家孙玉石先生的评价也极高，认为它"到现在还是我们新诗产生八十多年来关于写爱情题材方面的最高水平的代表作品"，是一首"写理想的爱情的诗，写诗人对于爱情的一种人生哲学的理解"。这组诗有它的内在结构和旋律，单看第五首，借景抒情、因象生情的抒情方法很明显。而且，与杜甫《登高》中出现的意象，如猿啸、鸟飞、落木、长江、霜鬓、酒杯等，都是诗文中出现频率很高的一样，穆旦眼中和笔下的景物，如夕阳、微风、田野、树木、岩石等，都是极其平常、朴素的物象，不仅没有任何特异之处，而且似乎没有经过诗人主观感情的过滤或渲染。一般诗人不会、恐怕也不敢这样写，他们习惯于让物象在主观感情的浸染中变形，为我所用，以区别于同样写这类景色的诗人。然而，正如我们看到的，在这些原始、古老的也是日常的景色当中，蕴含的是抒情者一份源初、纯净、永恒的爱；从源头而来的爱的不断"积累"，并不会改变其本色。这种爱带给"我"的是安静，并会传递给"你"。不过，在你我眼中看似没有变化的树木和屹立的岩石，都有它们各自生长、壮大的过程，甚至经历过沧海桑田、山崩地裂。它们的美未曾改变，也不会改变。

　　还有一类现代诗人，写作中专注于感觉，是为了还原事物，让事物如其所是，不再为观察者/感受者一时一地的强力情感所扭曲，以致成为他所抒之情的附庸，丧失独立存在的价值。这可以视为对古典抒情方法，尤其是浪漫主义抒情方法的反拨，也体现了人与自然（景物）之间关系的微妙调整。说到底，还原事物——哪怕在文字间这只是一种理想——是尊重事物，尊重另一种生命存在，故此也是尊重自我存在的体现。19世纪英国作家、艺术批评家约翰·罗斯金在《现代画家》一书中，将感知划分为三种，并与感觉的有无相连：

第一种人正确地感知，他没有感觉，报春花就是报春花，因为他不爱它。第二种人错误地感知，他有感觉，对他来说，报春花不仅仅是一朵报春花，它也许是一颗星星，一轮太阳，或一只小妖精的盾牌，一位孤独的少女。第三种人不顾他的种种情感而仍然正确地感知，对他来讲，报春花永远不会是其他东西，而只能理解为一朵生长在旷野里的阔叶小花，无论它周围充斥着多少联想和激情。

为什么有的人能正确感知却没有感觉？为什么有的人错误地感知却有感觉，但不是艺术家所需要的感觉？在罗斯金推崇的第三种感知中，艺术家要将自己的感觉"回收"、聚焦，也就是从第二种感觉的习惯性发散——多半是庸俗的比喻、无趣的象征——中收回来，聚焦并凝视事物，而不是沾沾自喜于那些长期附着在事物身上的所谓"寓意"。这有点类似于后来现象学哲学所倡导的还原事物，即把报春花看作它自己，独立生长的生命个体；值得赞美和歌咏的，既不是冷冰冰的客观对象，也不是人们根据自己（抒情或思辨的）需要强加给它的东西。用禅宗公案中"见山是山，见水是水"的"三般见解"，来比附罗斯金的话，或许不太恰当，但其中的道理大体近似。罗斯金说的第二种情况，在艺术创作中普遍存在，却没有得到很好的反省。法国作家、哲学家，被授予诺贝尔文学奖但拒绝领奖的萨特，也有与罗斯金类似的论述。在长文《什么是文学？》中，他举白玫瑰为例说：

……如果我同意说白玫瑰对我表示的意义是"忠贞不渝"，这是因为我已停止把它们看作玫瑰：我的目光穿过它们，指向它们之外的那个抽象的属性；我忘了它们，我不去注意它们似烟如雾地茂密盛开，也不理会它们滞留不散的甜香；我甚至没有感到它们。这就是说我没有像艺术家那样行事。对于艺术家来说，颜色、花束、匙子磕碰托盘的叮当声，都是最高程度上的物；他停下来打量声音或形式的性质，他流连再三，满心喜悦；他要把颜色—客体搬到画布上去，他让它受到的唯一一改变是把它变成想象的客体。(着重号处原为楷体字——引者)

问题不在于艺术家能否赋予事物以抽象意义——艺术家总会借此喻彼，艺术文本总有言外之意——而是这些抽象意义会凝固，并最终覆盖掉或牺牲掉具体、个别的事物。长此以往，懒惰的艺术家便培育出懒惰的欣赏者，艺术最重要的属性——创造性和想象力——就无从谈起。因此，罗斯金才会盛赞印象派画家透纳的素描而不是其色彩的成就，认为透纳"在色彩的某些基础上，甚至远远不如威尼斯画派，但是没有人可以挑战他的精致的渐变层上的功力，也没有人可以像他那样在风景画范畴里如此完美地呈现一个有机物体的形式"。

"完美地呈现一个有机物体的形式"，而不是一开始就打定主意，把事物作为追索某种抽象意义的跳板，是一大批现代艺术家，现代作家、诗人的艺术理想，也是他们确保各门艺术既独立存在又相互融合的前提。当然，绘画使用线条、色彩或色块，诗运用语言文字。一动念就想传达某种自以为深奥、精辟的思想意义、主题内容的写诗的人，塑造出不少习惯于从思想、主题出发去解诗的读者；他们好像只想要文字中的核，没意识到这个核的形状、纹路、大小，乃至核仁的味道，取决于果实。里尔克曾做过罗丹的秘书，罗丹督促他"像一个画家或雕塑家那样在自然面前工作，顽强地领会和模仿"，里尔克也由此树立"应当工作，只要工作。还要有耐心"的理念，创作了一系列被后人称为"物诗"的经典之作。《豹——在巴黎植物园》（这个植物园在当时同时是个动物园）是其中代表作，也是中国读者最为熟悉的他的一首诗：

> 它的目光被那走不完的铁栏
>
> 缠得这般疲倦，什么也不能收留。
>
> 它好像只有千条的铁栏杆，
>
> 千条的铁栏后便没有宇宙。
>
> 强韧的脚步迈着柔软的步容，
>
> 步容在这极小的圈中旋转，
>
> 仿佛力之舞围绕着一个中心，
>
> 在中心一个伟大的意志昏眩。
>
> 只有时眼帘无声地撩起——
>
> 于是有一幅图像浸入，
>
> 通过四肢紧张的静寂——
>
> 在心中化为乌有。（冯至　译）

有一部分解读，可能还是习惯着眼于阐释笼中豹的象征或隐喻意义：它往日雄风不再，只能原地打转；它怀着对一望无垠的原野的念想，渴求重获自由，却在遭禁锢中磨蚀殆尽，"化为乌有"；它认命了，所以懒散……不论怎样诠释，把笼中豹与深陷困境的现代人比附，似乎成为解读这首诗的公式。有些解读者无法想象，如果不是为了写人，诗人干吗要盯着一只疲倦的笼中豹不放？这样的解读方式当然成立，但千万不要将它固化，以致自我束缚。有两点值得我们注意：一是借景、借物抒情，确实是古典诗，甚至可以说是现代诗的重要表现方法，但是许多现代诗人，又的的确确只对景、物感兴趣。他们从中获得的感知并不一定指向某种确定情感，如同遇秋而悲戚，见春而欢喜。二是每一位现代诗人又不一样，有人吸收古典诗借景、借物、借人、借事——卞之琳先生称之为"四借"——抒情的方法；有人并不"借"，只是专注于这四者给他带来的奇异、混沌的感觉，想用文字锚定它们。这是艺术的一种新的挑战。里尔克属于后者。在写给格特鲁德·葸卡玛·克诺普夫人的信中，他描绘了穆佐城堡的景色。他在那里写出了《致俄耳甫斯的十四行诗》，并修订完成了《杜伊诺哀歌》。从这段优美、清新的文字里，我们可以体会他所"看见"的景、物、人的状态及其在他心中的位置：

> 这里是它们的桥梁，它们的大门，它们美丽的、既轻松又紧张的道路，像绸带一样蜿蜒环绕山丘，时而或左或右有农舍的栏杆，那是画师有趣的点缀，而且就像那一道道泉水，叫人难以忘怀。山冈驮负着城堡，是的，城镇本身从一定的距离望去，可以概括成某种骄傲的庞然大物：不只是一个浪漫的概念，还是一个做梦都想不到的现实。小教堂、传道十字架在每条岔路旁，山坡被一行行葡萄画上条纹，后来葡萄叶又泛起层层涟漪，每棵果树都投下柔和的阴影，高大的白杨（真的，啊全是真的！）散布在那里，如同空间的惊叹号，仿佛喊道：瞧这里！没有一个形象、没有一个（当然是乡村打扮的）农妇不是这一切之中的人物，不是重音或标志，没有一辆手推车、一头骡子、一只猫不是以自己的在场而使一切又变得更旷远、更开放、更流畅；而这种从物到物的气流，世界这种流淌着的丰盈，人们怎样去感觉呢，即使还未听到其中祝福的钟琴声——它如同一颗又一颗跳进耳朵里的浆果，总使人重又想起了葡萄。

他看到——当然也是感觉到——每一棵藤蔓、果树和其他植物"全是真的!"都在向他呼唤:"瞧这里!"或者:"不要忘了还有这里!"每一个景、物,每一个活动其中的人、动物,都和谐成一个完美的、令人心旷神怡的世界。里尔克要求自己不要辜负世界的呼唤,去感觉世界"流淌着的丰盈",以让自己丰盈起来,而绝不会凌驾于世界之上,指挥这个景、那个物为一己之私情服务。他另一首久负盛名的短诗《夏日》,同样完美呈现出人与景、物和谐共生、如影随形的状态:

> 主啊,是时候了,夏日曾经很盛大。
> 把你的阴影落在日晷上,
> 让秋风刮过田野。
>
> 让最后的果实长得丰满,
> 再给它们两天南方的气候,
> 迫使它们成熟,
> 把最后的甘甜酿入浓酒。
>
> 谁这时没有房屋,就不必建筑,
> 谁这时孤独,就永远孤独,
> 就醒着,读着,写着长信,
> 在林荫道上来回
> 不安地游荡,当着落叶纷飞。(冯至　译)

里尔克在给艺术家鲁道夫·波特伦德尔的信中说,"当艺术形象不可压制地从永不枯竭的本源中涌现出来,挺立在事物中间,异常沉静、异常优秀,那时或可发生一个事件:凭借自己天生的无私、自由和强度，艺术形象总之不自觉地成为每种人类活动的楷模"。这是他从罗丹那里体悟到的，也是他写作追求的目标。豹就是这样一个令人不安也令人生畏的艺术形象。如果一定要追问《豹》有什么"寓意"，姑且借用英国作家奥利芙·施赖纳讲过的一个寓言：很久以前，人们发现了一粒鸟蛋，将它带回家。孵化之后，他们把这只雏鸟的脚绑起来，不让它飞走。他们好奇地打量它，争辩着它会是什么鸟：一只天生会水的水禽吗？还是一只天生会四处啄食的谷仓禽类？它的翅膀真的是用来飞的吗？在一片嘈杂声中，只见这只鸟用还很稚嫩的喙，梳理了一下翅膀上的羽毛，抬头看着它从未去过的天空："这只鸟知道它要做什么，因为它是一只小鹰!"

前面粗略地提到两类现代诗人。在感觉与经验上，第一类诗人的写作传承古典诗的借景抒情，因象生情，"一切景语皆情语"；第二类诗人则更具现代色彩，他们的凝视与凝神不是为了"穿透"景与物，是为了全身心感觉对象，让其生命的光辉散发出来，在写作中呈现出景、物与芸芸众生，与其间发生的林林总总的故事，和谐一致的丰盈世界。我们要讲的第三类现代诗人，大体处于前两类之间：在感觉上，他们并不排斥传统抒情方法，但也深受西方现代主义诗人，如马拉美、瓦雷里、里尔克、T.S.艾略特、叶芝等的影响，将景与物作为独立生命，传递对人的存在、世界的本真的思考。

其实在古典诗词中，景、物描写并非只为抒情服务，只为让虚无缥缈的情感有所附丽，它们在文字间同样有独立存在的价值，只是不易察觉罢了。学者、诗人林庚先生曾撰文解析《郑风·风雨》篇，探讨千百年来，读者为何独独对第三章"风雨如晦，鸡鸣不已"两句印象深刻，过目不忘，却常常不记得前两章表达相同意思的"风雨凄凄，鸡鸣喈喈""风雨潇潇，鸡鸣胶胶"。他引白居易《问刘十九》诗句"晚来天欲雪"来做比照：

……"晚来天欲雪"，正是欲雪未雪之时。雪谁不爱看？而它偏不下来。这样你便不免于若有所待。那么你才明白鸡鸣不已的道理。鸡为什么叫，我们当然不知道，但它总是这样叫个不停，便觉得有点稀奇，这时你才知道如晦的影响之大。真要是四乡如墨，一盏明灯，夜生活的开始也就走入了另一个世界。偏是不到那时候，偏是又像到了；于是一番不耐的心情，逼着你不由焦躁起来。这时一片灰色的空虚，一点不安的心情，忽然有人打着伞来了，诗云"最难风雨故人来"，何况来的还不止是故人？他是君子，他乃是"有女怀春，吉士诱之"的吉士，并不是什么道学先生。那么能不喜吗？然则到底是因为君子不来，所以才觉得"风雨如晦，鸡鸣不已"呢；还是真是风雨沉沉，鸡老不停地在叫呢？这笔账我们没有法子替他算，诗人没有说明白的，我们自然更说不明白。然而诗只有四句，却因此有了不尽之意，何况君子既来之后，下文便什么也不说。以情度之，当然再没有什么可说的；以诗论之，却又已回到了风雨鸡鸣之上。又何况他们即使说些什么，也非我们之所能知了。而你若解得，此时他们一见之下便早已把风雨鸡鸣忘之度外，一任它点缀了这如晦的小窗之周，风雨鸡鸣所以便成为独立的景色。那么人虽无意于风雨鸡鸣，而风雨鸡鸣却转而要有情于人。

未见君子，"风雨如晦，鸡鸣不已"固然可以解作烘托、渲染为相思所病的女子的心灰意冷，焦躁不安，无心他事；既见君子，也未必就是云开日出，群鸡泯然。相爱的人终于聚首，欢天喜地而无心于窗外之景，但风雨交加、鸡鸣声声却牵引出诗外的人更多的情思。故此，人可移情于景，景亦有情于人，如此情景相从相生，而景象又不失其独立性。当代诗人、作家、批评家李少君有一首广为流传的抒情短诗《傍晚》，可谓深得古典诗词融情于景、情景交融的真传，又具有现代诗在情感表达上克制、节俭的美德：

> 傍晚，吃饭了
> 我出去喊仍在林子里散步的老父亲
>
> 夜色正一点一点地渗透
> 黑暗如墨汁在宣纸上蔓延
> 我每喊一声，夜色就被推开推远一点点
> 喊声一停，夜色又聚集围拢了过来
>
> 我喊父亲的声音
> 在林子里久久回响
> 又在风中如波纹般荡漾开来
>
> 父亲的答应声
> 使夜色似乎明亮了一下

我们都可以感受到诗带给我们的颤动感，由喊声而来，在父亲的回应中复现，"在风中如波纹般荡漾开来"。除首节外，每一节的最后一行都源自诗人的感觉，而诗给我们的感觉是舒适、美好、温暖的。"明亮"是心的感应，那一刹那，"我"可能了悟，夜色不可能被驱赶；夜色此时此刻是恰如其分的，它似乎有情于"我"，十分体贴地涵容了也显影了父子间情感的腼腆和默契。诗中，夜色作为自然时序的存在，并非诗人的刻意安排，其中也没有刻意的情感表达，这是它给人以舒适感的原因，也让"夜色深沉"有了超越自然景观的特殊含义。不过这些是读诗者的感受，对诗人李少君而言，重要的也许是在自然中获得的一切，将会一一反弹回自然中，以保持其混沌的状态。

留学德国并获得海德堡大学博士学位，深受歌德、里尔克两位伟大德语诗人影响的诗人、翻译家、学者冯至先生，他的《十四行集》是中国新诗的一座高峰，迄今无人逾越。集中诗所追求的，正是里尔克的写作所要达到的境界，"使音乐的变为雕刻的，流动的变为结晶的，从浩无涯涘的海洋转向凝重的山岳"。诗人、学者李广田、方敬两位先生，皆用"沉思的诗"为题评价《十四行集》；唐湜则用"沉思者"来勾画诗人肖像。可以说，沉思是冯至早期诗作，更是他十四行体诗的艺术特征。这种沉思，如同英国浪漫主义诗人华兹华斯所说，是为了使强烈的情感平静下来，并在回忆中激发出另一种相似的情感："诗是强烈情感的自然流露。它起源于在平静中回忆起来的情感。诗人沉思这种情感直到一种反应使平静逐渐消逝，就有一种与诗人所沉思的情感相似的情感逐渐发生，确实存在于诗人心中。一篇成功的诗作一般都从这种情形开始，而且在相似情形下向前展开……"沉思不是简单的哲理、经验的沉淀，也不是单纯的激烈情感的直抒，是两者的浑融一体，以达到"意层深"而"语浑成"（清人毛先舒语）的艺术境界。这也说明，冯至可以从早期浪漫主义诗人和后期象征主义诗人那里同时获益，自成一体。他的情感的发生和展开，同样需要古典式的"四借"，但所有这些在诗中，与其情感相互生发又各有其趣，诗人与它们共在、共生。如《十四行集》之二十一：

　　　我们听着狂风里的暴雨，
　　　我们在灯光下这样孤单，
　　　我们在这小小的茅屋里
　　　就是和我们用具的中间

也有了千里万里的距离：
铜炉在向往深山的矿苗，
瓷壶在向往江边的陶泥，
它们都像风雨中的飞鸟

各自东西。我们紧紧抱住，
好像自身也都不能自主。
狂风把一切都吹入高空，

暴雨把一切又淋入泥土，
只剩下这点微弱的灯红
在证实我们生命的暂住。

可以把诗中的狂风暴雨视作自然界正在发生的，也可理解为大山外烽火硝烟的战场的喻象。孤单的灯光，小小的茅屋，各样的日常用具，在特定情境中变得熟悉又陌生，亲切又遥远。每一样物品如铜炉、瓷壶都像飞鸟，有其形塑而成的生命的过程，此时都变得岌岌可危。每一样生命最终都会化为泥土，人也不例外。因此，"生命的暂住"才显出一丝苍凉之意，而"微弱的灯火"中也才有了无尽的怜悯之情，似乎有一双手已小心翼翼地伸过去，围住了它。诗集中的第四首，也常被引用说明诗人的形象，以及他要在"否定"中获得圆满人生的信念，也是诗的信念：

我常常想到人的一生，
便不由得要向你祈祷。
你一丛白茸茸的小草

不曾辜负了一个名称

但你躲避着一切名称，
过一个渺小的生活，
不辜负高贵和洁白，
默默地成就你的死生。

一切的形容、一切喧嚣
到你身边，有的就凋落，
有的化成了你的静默：

这是你伟大的骄傲
却在你的否定里完成。
我向你祈祷，为了人生。

鼠曲草（又名贵白草）在中国南方山坡上随处可见。不像一般的咏物诗，咏物者似要从平凡之物中提炼所谓哲理。冯至虽然也由平凡之物联想到人生，从它身上获得生的启示，但从他自始至终使用的"你"（共九处）的称谓可看出，他是把观察对象、有别于主体的客体，当成对话、倾诉的友人。借用李白诗句，此时的抒情者是"相看两不厌，只有鼠曲草"。鼠曲草"渺小的生活"里透露的"伟大的骄傲"，"高贵和洁白"里袒露的"静默"，固然是诗人的赋予，是他感知与体验的结果，但在诗人凝视与思考的眼光中，"你"是诗人下定决心要效仿的活生生的榜样：祛除"一切的形容、一切喧嚣"，在"否定"里完成人生，也包括在"否定"里写作人生。这就不是一般意义上的咏物诗所能比拟的。

当代诗人中，并不缺乏具有里尔克、冯至式的沉思品格的诗人。他们的诗与其说是咏物，毋宁说是"见物"。这个"见"，既是看见之"见"，也是使之显现之"见"。看见中有感觉的介入不难理解，感觉中有经验的糅合也不难理解；但写诗者"见物"并不必然意味着，他可以让此物在语言文字中"现身"（"还原"），而且可以让读诗者在文字间重新目睹它。诗人从观物到感物再到"现物"的艺术创造过程，就像郑板桥描述的画竹的过程：

> 江馆清秋，晨起看竹，烟光日影露气，皆浮动于疏枝密叶之间。胸中勃勃遂有画意。其实胸中之竹，并不是眼中之竹也。因而磨墨展纸，落笔倏作变相，手中之竹又不是胸中之竹也。总之，意在笔先者，定则也；趣在法外者，化机也。独画云乎哉！

园中自然生长的竹，只是生活素材（本事）或客观对象，处处可见，人人可见；如若艺术家毫无感情，它们不会成为融入他审美感受的"眼中之竹"，遑论经由凝视、凝神，揣摩、回味，而成为具有审美经验的"胸中之竹"。然而，落笔而成的"手中之竹"，由于经历几重"变相"，已然不再是"胸中之竹"。"意在笔先"固无大碍，但此"意"能否在画幅中保留、能保留多少尚且存疑，"趣在法外"更需要艺术家扎实的艺术功力，从而唤醒观画者的感官和心灵。绘画与诗运用的媒介不同，某种意义上，用语言文字来"现物"更为困难，因为绘画毕竟是图像，而诗人要用文字来创造形象感。前引萨特的话说，艺术家把一个客体（物）搬到画布上去，需要把它变成"想象的客体"：它依然属于客体，具有其全部特征，又融入了艺术家的感受和经验。不过萨特未直接道出的是，作为作家、诗人，再现或表现客体所运用的文字，本身就是想象性的（汉字中的象形字虽然很直观，也需要一定的想象），它作用的也是读者的想象力，不是像绘画那样首先作用于观画者的视觉。美国诗人玛丽·奥利弗希望读诗者记住，"语言是一种生动的材料，充满了阴影、突然的跳跃和无数细微差异"。她引用爱默生的话说，"诗是坦诚的信仰"而不是一种练习，"它不是'词语游戏'。无论它包含怎样的技巧和美，它都拥有超越于语言手法之上的东西，拥有它自身以外的目的。它是创作者情感的一部分……诗歌从写作者的观点——他的视角——折射出来，这种视角产生于它的经验和思考的总和"。

我们以 21 世纪以来三位诗人几乎同题的、致西蒙娜·薇依的诗为个案，来做具体的分析。法国哲学家、诗人西蒙娜·薇依在其生前身后都是一位颇具争议的"另类"，其人格和道德信仰也不断给予同时代人和后来人以启示。不同的诗人面对同一个感受对象，一方面要揭示她所给予的宝贵的人生启示，另一方面会融入各自的人生体验和经验。而且，在这样一位伟大、崇高、纯洁的"圣西蒙娜"面前，视写作为"坦诚的信仰"的几位诗人，不能不变得严肃、严谨起来。

诗人毛子在《读薇依》（2010）中，这样描绘自己阅读薇依的深刻印象和充沛激情：

> 夜读薇依，时窗外电闪雷鸣
> 我心绪平静
> 想想她出生一九〇九年，应是我的祖母
> 想想十九岁的巴黎漂亮女生，应是我的恋人
> 想想三十四岁死于饥饿，应是我的姐妹
> 想想她一生都在贫贱中爱，应是我的母亲
>
> 那一夜，骤雨不停

一道霹雳击穿了附近的变电器

我在黑暗里哆嗦着，而火柴

在哪里？


整个世界漆黑。我低如屋檐

风暴之中，滚雷响过，仿佛如她所言：

——"伟大只能是孤独的、无生息的、

无回音的……"


表面上看，这首诗撼动人心的力量来自传统意义上的抒情，与20世纪90年代以来诗人们更加推崇的叙事性诗很不一样。尽管这首诗不乏细节，而且生动，但这些细节（"窗外电闪雷鸣""骤雨不停""一道霹雳击穿了附近的变电器"）与其说是再现的（与写诗者阅读过程同步发生的自然现象），毋宁说是表现的（在其阅读过程中被唤醒的日常生活场景）。它们前呼后应，构成一个有机整体；它们的象征含义是众所周知、无须揣度的。诗在当下时代所应担负的伦理职责，在诗人阅读过程中被激活，并被置于诗的中心位置。他觉得，在"整个世界漆黑"的时代，需要有人用哆嗦的手划亮一根火柴——一首诗是一根火柴，能发出的光非常有限且短暂，但人不能因此默然于黑暗。就像当年西班牙内战爆发后，作为国际志愿者的薇依不会因为自己上前线对内战可能不会有任何影响，而拒绝扛起枪（薇依此前从未摸过枪，更不会开枪。当她的愿望得到满足，接受射击训练时，所有的人都躲得远远的。《西蒙娜·薇依评传》作者帕拉·尤格拉说，薇依的手太笨，她手中的枪对战友构成的威胁甚至超过对战壕对面的敌人）。薇依留给诗人最深刻的感受就是一点光亮，这点光亮会神奇地穿越遥远的时空，在它该降临的时刻，抵达那些被黑暗压低的人的眼中和心中。

第三代诗歌领军人物之一、薇依《重负与神恩》中文版责任编辑韩东，在该书初版时就写下一首《读薇依》(2003)：

> 她对我说：应该渴望乌有
> 她对我说：应爱上爱本身
> 她不仅说说而已，心里也曾有过翻腾
> 后来她平静了，也更极端了
> 她的激烈无人可比，言之凿凿
> 遗留搏斗的痕迹
> 死于饥饿，留下病床上白色的床单
> 她的纯洁和痛苦一如这件事物
> 白色的，寒冷的，谁能躺上去而不浑身颤抖？

> "无论发生了什么事，至少宇宙是满盈的。"

"白色的床单"是诗中令人深刻的物象，一如乌有，一如爱本身，也一如纯洁和痛苦。按照传记作者帕拉·尤格拉的看法，薇依是"通过饿其体肤而加速了肺结核带来的死亡"。肺结核患者需要更加注意营养和休息，但在法国被占领期间，薇依拒绝食用超出国内同胞的食物配给量，并把每月食品配给票的一半寄给狱中的政治犯。至于休息就更谈不上了。那段时间，失去教职的她托朋友引荐，去天主教哲学家古斯塔夫·梯蓬的农庄，要求从事"最艰苦的劳动"，有时累得站不住了，就躺在地上继续摘葡萄；随手在路旁摘的一把桑葚，可以当一顿饭。当她终于倒下，她拒绝住在伦敦医院的单人病房里享受特殊的照顾，拒绝进食，最终病逝于一所乡间疗养院。"白色的床单"当是来自诗人对薇依死亡情境的诗性想象，也是他感悟与体验到的薇依人格形象的具象呈现：如此单纯、素朴，"白色的，寒冷的"，一如薇依之生，也一如薇依之死。这张空出来的、洗涤后可以再次使用的白色的床单，甚至让人嗅到阳光下田野中的青草的味道，一如薇依。

韩东与毛子一样，在诗尾引述薇依的话。不太一样的是，引发韩东关注的，是薇依一生以点滴言行所验证的宇宙的"满盈"；她从不认为若缺少了她，世界就会空虚。这种态度是韩东欣赏的。缘于薇依的启示，对"满盈"的宇宙的感知带给诗人的，是内心的平静和诗的平和。毛子引述的话，在诗的语境中满含慨叹，似乎宣泄的是诗人的、为薇依抱不平的悲愤。而临终的薇依，对这个世界唯余感恩。1943 年 8 月中旬，在薇依的强烈要求下，粒状肺结核已入侵双肺的她被送往英国肯特郡的一所乡间疗养院。疗养院坐落于美丽的田园风光中。看着新搬进的房间，薇依说了句："多么漂亮的等死房间！"24 日，她便离开了人世。

如果说，韩东诗中"白色的，寒冷的，谁能躺上去而不浑身颤抖？"一句，还有诗人内心情感的"翻腾"，仿若他正站在那所乡间疗养院"漂亮的等死房间"里，端详着平展如新的白色的床单。五年之后他写下《西蒙娜·薇依》（2008）时，诗已脱离"哀悼体"，诗人也不再是迟到的凭吊者。我们在其中感受到的是，诗人尽力在变身为那棵"没有叶子的树"，在体验"可怕的树"的形态及其向上的力量：

> 要长成一棵没有叶子的树
> 为了向上，不浪费精力
> 为了最后的果实而不开花
> 为了开花不要结被动物吃掉的果子
> 不要强壮，要向上长
> 弯曲和节疤都是毫无必要的

> 这是一棵多么可怕的树啊
>
> 没有鸟儿筑巢，也没有虫蚁
>
> 它否定了树
>
> 却长成了一根不朽之木

末句原作"却成了唯一不朽的树"，收入诗集《重新做人》时做了修改。这除了表明韩东对待写作一贯的审慎态度（前一首《读薇依》收入该集时也做了改动），也让这首诗更为纯粹、圆满：树与木的不同在于，树依然会让人联想到被风吹拂的树叶，乃至花朵和果实；木则让人的意念集中在树干，向上的、笔直的、干燥的，祛除了多余部分。如果你用手叩击，它宛若一根坚硬的骨头。诗的纯粹、圆满，应和着诗人对薇依形象的近身感受。韩东当年提出"诗到语言为止"，指向的是追求真理和绝对，这一点在他日后持续的写作中变得越来越清晰。薇依因此成为他十分恰切的感受、言说的对象，其间沉淀的是诗人自我追求的经验。

诗人朵渔认为，韩东的《西蒙娜·薇依》可视作诗人追寻"真理性"的一个范本，"韩东的写作面孔异常严肃，他对待写作的态度亦如圣徒般让人冒汗"。朵渔也写过致薇依的诗《交付：致薇依》（2015）：

> 这个笨拙的天才一生只为
>
> 一件事活着：如何完美地死去？
>
> 因为生是一种重负和愚蠢
>
> 而爱也并不比死亡更强大
>
> 但死亡只有一次，需要倍加珍惜
>
> 吃是一种暴力，却是生的必要条件
>
> 她曾在信中焦灼地问母亲

熏肉该生吃还是煮熟了吃？
为了取消吃，必须通过劳作
消耗自身，让肌肉变成小麦
当小麦用来待客，就变成了
基督的血。性是另一重罪孽
你能想到，她制服里的身体
也是柔软的，但不可触摸
她缺乏与人拥抱的天赋和勇气
在西班牙，当一个醉酒的工人
吻了她，她顿时泪如雨下……
她圣洁，寒简，以饥饿为食
而这一切，都只为，专注地
将自己的一生交付出去。

薇依的一生堪称传奇诗篇，哪怕只是从中截取一个片段，乃至一个细节，也不会辜负诗之企盼。然而，不是所有人都能理解薇依苦行到自虐的生活，究竟为何。对待我们绝无可能成为的人，基本的态度是尊重，保持敬畏之心。作为同行的朵渔注意到韩东的诗"过分的清洁导致对完美的无尽追求"，越是"无尽追求"，"写作行为本身往往越导向虚无"。他自己的诗则在细节与感悟中交替推进；也就是，在凡俗的具象与哲思的抽象之间辗转腾挪，不离感觉也不弃经验。但他的诗有个核心。这个核心不是我们熟知的哲人名言"向死而生"，是薇依所倚重的"向生而死"：不浪费也不轻慢死亡。

2021 年初，笔者集中阅读了薇依的随笔集《源于期待》、论文书信集《伦敦文稿》、三幕悲剧《被拯救的威尼斯》等，并在 3 月写下一首《西蒙娜·薇依》：

我在春天读到一位女性

写给父母的最后一封信

全部是美好的事物，或者

询问他们那里的事物如何美好

全部是躺在病榻上不能动弹的她的虚构

一笔一画的拟像，却再也不会有比这

更真的真实，因了那些不能再美好的词语——

春天，白色粉色的树，树上的鸟儿

夜晚满天的星星或一轮绝美的月亮

全部是再平常不过的景色，不能

一一细说下去：美好已自行说明

美好是，它还在这个世界上，还在

光明里，还在它要去播撒的路上

它不知道它已落在了死亡的后面

这是这个世界上最美好的事情——

它越过一个人的死亡

像扁桃树花落满大地

笔者不揣冒昧出示这首诗，不是因为写得好，也不是为了与上述三位优秀诗人的诗作做比较，只是想以自己的写作体验来说明，面对这样一位特殊的书写对象，传达经验并不是一件很困难的事，甚至可以在诗中插入薇依的那些闪烁着智慧光芒、富含诗意的语句。但诗并非经验的产物；即便有"经验之诗"的说法，那也应当是一种"感性的经验"。写作者不仅依凭着感性在运思，而且诗所描写的事物应当是具体可感的，能引发读者的兴味。触发这首诗的创作冲动的，是身在伦敦的薇依（她当时在法国抵抗组织在伦敦的办事机构工作）写给滞留在纽约的父母的最后一封信，信的结尾是："再会，亲爱的你们。无尽的爱。"八天后，她在肯特郡的乡间疗养院病逝。
薇依的母亲在信封上写道："最后的信，在宣布死讯的电报后送
到。"此前四个月，薇依已卧病在床。为了不让父母担心，她隐瞒
了病情，并在信中不断描绘她在伦敦城中见到的美好景象。诗中的
"春天，白色粉色的树，树上的鸟儿/夜晚满天的星星或一轮绝美的
月亮"，以及结尾的"扁桃树花"，均来自她的家信，只是略有语
言的处理。薇依向父母"虚构"了这个世界的美好景象；而笔者从
未见过扁桃树花，也"虚构"了"扁桃树花落满大地"的美好景
象——笔者试图在语言中回到薇依所处的情境中，予以"还原"。
要说这首诗有什么关键词，那一定是"美好"。这是薇依的毕生所
求，也是她在家信中隐瞒自己的真实状况而频频"虚构"的动因。
就像她所说：

> 美是此世的至高奥秘。这是一种光彩，吸引人的关注，但
> 不提供任何让人持续关注的动机。美永在承诺，从不给予。美
> 引发饥渴，但不给灵魂中观望的那部分提供滋养。美引发欲
> 求，并让人清楚感觉到在美中无欲可求，因为人们一心想要的
> 首先是美中无所变化。

"在美中无欲可求"，薇依只是无止境地赞美，只想终生持有。如果
你认为"美好"是笔者这首诗的经验部分，它在诗中一定是出自感
性并融于感性的：可以看见，可以听见，甚至可以触摸。当然，这
不是说这首诗就已经达到。

从 1984 年直至 1998 年去世，一直荣膺英国桂冠诗人，被公认
为二战后英国最著名的两位诗人之一的特德·休斯说，当你看见一
只乌鸦在一架飞机之下朝相反方向飞去，"没有词语能捕获乌鸦的
飞翔之中无限深的乌鸦性"。这话说得不太像正常的"人话"，但

意思还是我们前面谈到的，一首诗里的感觉与经验，无论比重如何，也无论是否融合无间，归根结底要落到语言文字上。"文字一直不断地试图取代我们的经验。词语周流遍布，连同消化了词语的词典，比我们的经验所涉及的、未经加工的生活更有力、更饱满，就此而言，它们确实取代了我们的经验。"这是诗人的经验之谈，它请求读者实现阅读的转向：转向语言。因为语言中蕴含诗人全部的感受和经验，而你正在文字间感受和经验这一切。

# 物象、喻象与心象

　　枯藤老树昏鸦，小桥流水人家，古道西风瘦马。夕阳西下，断肠人在天涯。（马致远《天净沙·秋思》）

　　那么我们走吧，你我两个人，
　　正当朝天空慢慢铺展着黄昏
　　好似病人麻醉在手术台上；
　　我们走吧，穿过一些半冷清的街，
　　那儿休憩的场所正人声喋喋；
　　……
　　（T.S.艾略特《阿尔弗瑞德·普鲁弗洛克的情歌》，查良铮译）

　　上面两例，一词一诗（节选开篇部分），一中一外，一古典一现代，都常被用以说明意象的妙用。马致远的小令用意象叠加、并置，前三句九个意象被"夕阳"笼罩在一起，笼络为一体，营造出"断肠"的艺术意境；艾略特开篇只使用一个意象，把铺展着的黄昏比成上了麻醉的病人，昏沉于手术台上。

　　你可能察觉，当我们对着两个文本说"意象"，所指不完全是一回事。小令里的意象，皆是羁旅途中词人目睹的大自然物象，宛若在读者眼前。词人用枯、老、昏、古、西、瘦，赋予客观物象以主观情感，并以"小桥流水人家"的恬静、安适作映衬。艾略特以人为喻体来描摹黄昏的状貌，首先就很怪异，走到了（我们的古典诗词）传统的反面。再者，他用的意象——如果还能称为意象的话——来自想象，基于他的生活经验。诗人此时并没有在黄昏中，真的看见一个上了麻醉药、躺在手术台上准备接受治疗的病人，只是借此表达对黄昏的某种体验：这是一个昏黄的世界，病恹恹的世界。"病人"并不一定要确指哪个人。也有批评家，比如新批评派的克林思·布鲁克斯、罗伯特·沃伦在合著的《理解诗歌》中认为，"病人"既是指主人公普鲁弗洛克的世界，也是指他自己。当然，根据诗的结尾（"我们是停留于大海的宫室，/被海妖以红的和棕的海草装饰，/一旦被人声唤醒，我们就淹死"），我们也可以说，"病人"指的是"我们"——生活在病态世界因而无一幸免于疾病的每个人。此外，确实无法用中国传统诗学概念，说"病人"是个意象；只能转换视域，说"病人麻醉在手术台上"这个场景，可作为西方现代主义诗歌所理解的意象而存在（详见后论）。故此，艾略特诗中的比拟，不是用来"形象"地描绘黄昏，他以想象中（"好似"）的特定场景（按艾略特的术语，应该叫"客观对应物"），状写"朝天空慢慢铺展着黄昏"——这个比拟的重点在"铺展"，就好比病人在手术室里被麻醉之后的意识、身体状态，其后是一片黑暗。若非要找出古人马致远和现代人艾略特的相同点，他们都具有"黄昏情结"：一个在"夕阳西下"之中，一个在铺展着的黄昏之内。

类似这样的例子还有很多。下面一个是大家非常熟悉的李清照的《如梦令》，另一个仍然是艾略特同一首诗的中间部分：

> 昨夜雨疏风骤，浓睡不消残酒。试问卷帘人，却道"海棠依旧"。"知否？知否？应是绿肥红瘦"。

> 呵，确实地，总还有时间
> 来疑问，"我可有勇气？""我可有勇气？"
> 总还有时间来转身走下楼梯，
> 把一块秃顶暴露给人去注意——
> （她们会说："他的头发变得多稀！"）
> 我的晨礼服，我的硬领在颚下笔挺，
> 我的领带雅致而多彩，但为一个简朴的别针所确定——
> （她们会说："可是他的胳膊腿多么细！"）
> 我可有勇气
> 搅乱这个宇宙？
> 在一分钟里总还有时间
> 决定和变卦，过一分钟再变回头。（查良铮 译）

李清照如此短的小令里有对话，这让人啧啧称奇，在问与答与嗔怪的话语里，表露的是人物彼时的性情与心境。而艾略特诗中的两处插入语（实际上也是主人公多疑的揣想），属于西方现代主义诗歌的意象范畴。

因此，本节标题没有采用古典、现代诗学最常用术语之一的意象，代之以物象，首先是因为中国古典诗论与西方现代诗论在术语内涵与外延上的差异。前者说的意象，指主观情意与客观物象的有机统一体。它最早来自先秦哲学中的"意"和"象"，原指作家、诗人意想中的象，即创作构思时浮现在创作者脑海中的形象，后来也指创作出来的艺术形象。在中国古代，意象不仅用于诗论，也用于书论和画论。西方现代诗论所言意象（imagery），按埃兹拉·庞德的说法，是"理智与情感的复合物的东西"。中西方在意象理解上的相同点，是都把它看作统一体或"复合物"，只是重心略有偏差，但其间的差异不容忽视。前者说的意象主要指客观存在的自然物象，也包括人世间的悲欢离合（称为事象）。后者的意象外延更广，除了自然物象，还涵括场景、事件、掌故（典故）、引文、插入语等。这就是为什么前面说，"病人麻醉在手术台上"这个场景，以及"（她们会说：'他的头发变得多稀！'）""（她们会说：'可是他的胳膊腿多么细！'）"等，其实都属于意象。博尔赫斯有一首名作《老虎的金黄》：

> 我一次次地面对
> 那孟加拉虎的雄姿
> 直到傍晚披上金色；
> 凝望着它，在铁笼里咆哮往返，
> 全然不顾樊篱的禁阻。
> 世上还会有别的品种，
> 那是布莱克的火虎；
> 世上也会有别的黄金，
> 那是宙斯偏爱的金属，
> 每隔九夜变化出相同的指环，
> 永永远远，循环不绝
> 逝者如斯，
> 其他颜色弃我而去，
> 唯有朦胧的光明，模糊的黑暗
> 和那原始的金黄。
> 哦，夕阳；哦，老虎，
> 神话、史诗的辉煌。

哦，可爱的金黄：

是光线，是毛发，

渴望的手梦想将它抚摩。（陈众议 译）

诗中"布莱克的火虎"，指英国浪漫主义诗人威廉·布莱克的名作《老虎》，后者把虎比作燃烧的火焰；"宙斯偏爱的金属"，说的是希腊神话中，宙斯趁阿尔戈斯公主达娜厄熟睡之际，化作金雨与她交合；"每隔九夜变化出相同的指环"，来自冰岛史诗中的传说，是一对侏儒兄弟为神话中的主神奥丁所打造的神器，每隔九夜就会变生出九个指环，如此循环往复。而循环，恰是博尔赫斯所嗜好的写作主题。他诗中的这些引证（互文）、神话与传说，都属于意象之列。

取物象弃意象术语更重要的原因在于，尽管中西方在术语的理解和使用上有差异，但是，间接抒情，即通过象或客观对应物（objective correlative，又译客观关联物）来抒情，是古今中外抒情诗基本的（而非唯一的）方法，也可以说是最主要的方法。如果我们承认，意象是表意之象、寓意之象、见意之象，那么，决定其中意之微妙差异的，不是诗人的主观创作意图，是他用语言文字定格的象及其给予读者的联想和想象。就情感、心绪来说，马致远的《天净沙·秋思》与余光中的《乡愁》，看不出有什么根本差异。羁旅思乡是中国人亘古永恒的情感，因此，余先生借鉴古典诗词常见表现方法——意象并置、串联——就显得非常自然，只是其意象不像马致远的小令那么密集；但两者使用的象明显不同。这既是时移世易使然，也因两人的具体处境不可能一样。还有一个原因是，英美新批评派对意象一词非常恼火，因为它往往被"望词生义"为"意识中的象"。这种情况，在汉语读者身上同样存在，而且同样难以祛除。新批评派称使用意象术语的批评为"懒批评"（Lazy criticism），主张用语象（verbal icon）取而代之，意在强调，读者在诗中看到的象并不是事物本身，而是文字符号。从读者角度说，当我们在惯常意义上使用意象一词，大多数情况下，把其中的象理解为物象并没有问题；但可能忽视了这个象是在语言符号中呈现的，并非物象本身。比如，读到马致远的"枯藤老树昏鸦"这六个字符时，有过类似观察经验、体验的读者，就会在脑海中浮现"枯藤""老树"与"昏鸦"的物象。它们既与词人观察到的物象有相似之处，也会有微妙的差异——什么样的"枯藤"，哪一种"老树"，"昏鸦"的具体状态是怎样的，等等。这正是语言符号不同于图像符号的所在，也正是前者富有弹性和魅力的地方：诗中的物象处于确定与不确定之间。从创作者角度说，从观察到写作，其间经过多重"意象"转换。就像郑板桥所言，"眼中之竹"并非"胸中之竹"，"胸中之竹"也并非"手中之竹"：每一个竹都可称为"意象"，但所指并不一样。在文学文本中，经由文字符号固定下来的物象，能否在读者头脑中复原写作者所希望呈现的东西，仍是未知数。被誉为葡萄牙最伟大的现代诗人的费尔南多·佩索阿，在《有过那么一霎》中，很生动地展示了用文字捕捉某种特殊感觉时的艰难和无力：

> 有过那么一霎
> 你把手
> 放在了
> (我相信这个动作
> 比任何念头
> 都更辛苦)
> 我的衣袖上。又抽了
> 回去。我感觉到了

还是毫无感觉？


不知道。但记得
并依然感觉到
一种记忆，
坚固，而且有形，
就在你的手触碰的
地方，它提供了
含义——是那种
无法了解的含义——
又如此温柔……
我知道，全都是虚幻。
在生活的道路上，
有些事情——很多事情——
是无法了解的。


……


你似乎
无意中
触动了
我的内心，为了说出
一种神秘，
猝然，玄妙，
不曾察觉，
就已发生。

于是枝头的

轻风说着

一件含糊

又快乐的事情

却不知道因为什么。（杨子　译）

诗人描述的"神秘，/猝然，玄妙"的一霎，以及试图把捉它的过程，涉及很多文艺心理学的问题。这里只是指出，文本中的意象虽然离不开诗人和读者的"意识中的象"，但它是由具象——能在读者意识中激发出相应感觉、经验——的语言构成的，故有语象一说。英国作家、文论家 C.刘易斯称语象为"文字构成的图像"（a picture made out of words）。

在阅读中，读者从文本中获得的感受，很多时候并非来自描述性的语言，是比喻给予的。钱锺书先生说："一个很平常的比喻已够造成绘画的困难了，而比喻正是文学语言的特点。"当然更是诗歌语言的特点。比喻在诗歌中有丰富多彩的变体，不限于单纯的修辞手段。英国桂冠诗人特德·休斯谈到诗中的比喻时说："说那个人的头发是'椰子那种糙色'，我不仅准确看到了他的头发，还感到其质地，短、硬、粗的触感。这个比喻把我的想象力外化为行动。……因为正是将此二物放在一个隐喻或明喻中做比较，我们才把两者都看得清楚，远远胜过两者分开、彼此无关的时候。"当物象被诗人描摹或用以传情达意时，往往作为各种类型的比喻现身于文本，包括明喻、暗喻、隐喻、借喻等。故此，对诗来说，物象与喻象常常粘连在一起。我们分说两者，不是为了给象或物象分类——具有创造性、想象力的诗人，笔下的物象千变万化也出神入化，根本无法分类——旨在说明两点：

其一，意象之意，无论多么复杂、微妙、难以言传，通常情况下都取决于物象的新颖、独特、不同凡响；或相反，物象看似寻常，却因语境的作用力而变得焕然一新。比如杰克·吉尔伯特的《偶得》：

> 躺在屋子前，整个下午
> 试着写一首诗。
> 沉沉睡去。
> 醒来，繁星满天。（柳向阳 译）

"繁星满天"这一物象，中国读者会感到非常熟悉和亲切，用不上新颖、独特这些形容词。且不说古典诗词，现代诗人冰心就以"繁星"为诗集名。吉尔伯特这首精巧的短诗，意象派或可称之为意象诗；从我们的角度，也从诗人的经历（他曾在日本执教多年）来看，它明显受到日本俳句的影响，而俳句与中国古诗关联紧密。虽然无法确定醒来的那一瞬间，看见"繁星满天"的诗人究竟得到了什么，但肯定不止于一首诗，肯定心情极其愉悦。繁星满天就在他眼前，就在他头顶，真真切切，伸手可及；他不是为了抒一个情临时借来，用过即抛。说它是物象并不十分确切，只能勉强说，它营造了某种具有禅意的艺术意境。诗人王天武的《吃鱼》，也只有四行：

> 我不想吃那些鱼。仅仅因为它们多刺。
> 但我还是在每段鱼上咬一口，
> 就像亲吻，并咬到
> 一根刺。

鱼和鱼刺是诗人书写的对象或题材，是物象而不是喻象；"像"之后的"亲吻"也不是比喻，是类比。他只是写了吃鱼过程中的平常体验，每个人都会有。他借吃鱼要说的是相爱的人的感受吗？那么，鱼不就成了被爱者的喻象？鱼刺不就成了"痛并快乐着"的喻象？如果是，怕是要引起性别主义者的质疑了。但诗人只管写。

其二，无论哪种比喻，喻体基本上是物象，而且是具象。比喻的精妙在于本体和喻体的远距与异质，即是说，两者之间的距离越是遥远，其性质反差越大，比喻在审美心理上的效果就越好；但实现这一目标的压力，实际上落在喻体上。还是举王天武的短诗，题目其实无关紧要：

> 我遇到几个依赖我的人
> 几乎抹杀了我对人的认知
> 他们依赖我
> 我不是粪
> 他们不是蛆

诗统共五行，前三行都是散文化的叙说，谈不上诗意；但后两句一出，像"恶之花"再度盛开。用粪和蛆作喻象，将"依赖"具象化，其个人性体验无以复加，尽管让读者的生理、心理反应极为不适。关键不是用蛆作"他们"的喻象，是把"我"与粪相比，两者的异质与远距也是尤以复加的——他确实说的是"不是"，但这还用说吗？既如此说，诗人对此种"依赖"的厌恶，也是无以复加的了。还是来看一首令人赏心悦目的诗，冯至《十四行集》之二十七：

> 从一片泛滥无形的水里，
> 取水人取来椭圆的一瓶，

这点水就得到一个定形；
看，在秋风里飘扬的风旗，

它把住些把不住的事体，
让远方的光、远方的黑夜
和些远方的草木的荣谢，
还有个奔向远方的心意，

都保留一些在这面旗上。
我们空空听过一夜风声，
空看了一天的草黄叶红，

向何处安排我们的思、想？
但愿这些诗像一面风旗
把住一些把不住的事体。

这首诗常被用来说明冯至的写作理念，诠释写诗这种艺术创造的过程是怎样的。这也是本书一直在探讨的，即如何将无形的"思、想"在文字中定型，赋予其生动可感的艺术形象，让诗人、也让读者去"把住一些把不住的事体"。这其中就有艺术转换的过程，转换的媒介是语言文字。当然，一首诗的成型，与诗人彼时彼地的处境、心境也密切相关。"泛滥无形的水""取水人""椭圆的一瓶""草木的荣谢""一夜风声"等都是物象也是喻象，由此诞生了这首诗最著名的物象/喻象："风旗"。整体上，可以把这首诗看成"以诗喻诗"（用诗的方式来解释诗是怎样的）。

在前述第一点中，物象在文本中获得独立存在的价值，诗人躲在物象之后、之内，其意是隐而不显的。在第二点中，成为喻象的物象，是为传达诗人之意服务的。郑敏先生认为，诗的特点有三，一是没有统一确定的解释，二是极富暗喻，三是拥有凝结感性具象与悟性的内涵意象。第一点已是共识，其原因在于诗采用的是间接抒情的方式；所谓间接的最主要手段，是将诗人之意附着或内化在象之中，因而具有很大的弹性或张力。郑先生说的第二点，是指一首诗整体上构成隐喻，具有言外之意、弦外之音、韵外之致。关于第三点，她认为，意象——

> 是诗的流动中的凝聚，它是一首诗的重要支点，典型的例子是李商隐的《悼亡》诗中的"锦瑟""珠""玉"。它们远非比喻，因为它们不是"像"某物某情，而就是某物某情的化身。它们又不是固定的象征符号，如玫瑰象征爱情之类，它们是诗人投射以情感与悟性后的某物，因此，既有该物的具体特征又有诗人特别赋予的深意。

如前所述，我们认为，作为诗的"重要支点"的不是"意象"，是物象或喻象。无论诗人的情感、悟性如何繁复多变，都需要与物象或喻象紧密贴合，由此意与象才能相互激发，乃至相互转化。诺贝尔文学奖得主、瑞典诗人托马斯·特朗斯特罗姆，被公认为运用"意象"的大师；读过他的诗的人可能记不全一首诗，但不会忘记其中一两个自出机杼、别出心裁的喻象：

> 奔腾，奔腾的流水轰响古老的催眠
> 小河淹没了废车场。在面具背后闪耀
> 我紧紧抓住桥栏
> 桥：一只驶过死亡的大铁鸟
> （《1966年——写于冰雪消融中》，李笠译）

突然，漫游者在这里遇到高大
古老的橡树——像一块石化的
长着巨角的驼鹿，面对九月大海
墨绿的堡垒

北方的风暴。正是花楸树果子
成熟的季节。在黑暗中醒着
能听到橡树上空的星座在自己
的厩中跺脚
（《风暴》，李笠译）

林中蚂蚁静静地看守，盯着
虚空。但听见的是昏黑叶子
滴落的水珠，夏日山谷
夜晚的喧嚣。

松树像钟盘的指针直立。浑身
长刺。蚂蚁在山影里燃烧
鸟在叫！终于。云的货车
慢慢地开动
（《昼变》，李笠译）

三首中，给人留下最深印象的是第一首将桥喻为"一只驶过死亡的
大铁鸟"，和第三首中"云的货车"。前者中，桥与喻象大铁鸟之
间贴合紧密，已让人惊艳。用"驶过"而不用"飞过"，符合铁
桥——不是木桥，也不是古老的石碶拱桥——笨重之特性；"驶过

死亡"，也写出它的凌空飞跃之感：它架在河道之上，躲避了因冰雪融化、河流奔涌带来的死亡威胁，它自己仿佛就在奔跑避险。如果注意到首行"古老的睡眠"，我们可能会有另一番解释，即死亡的威胁是针对人和人造物（废车场）的，对大自然来说，奔腾的流水唤醒了生命，以免于万物在"古老的睡眠"中死去。既然留意到"古老的"，也可以说，"古老的"死亡的威胁一直延伸到现代——废车场是现代产物，铁桥自然也是钢铁工业发展之后人的伟业。故此，这首短诗除了喻象的生动传神，全诗就像郑敏先生所言，是隐喻的——隐喻古老与现代的冲突，隐含诗人对现代性的隐忧。这当然需要借助语境。第三首"云的货车/慢慢地开动"，相信符合很多人抬头看云时的感受；但同时，货车这一喻象，又不像古典或浪漫主义诗人笔下的喻象那样轻灵、飘逸，而是稳重、踏实，有形状、有质感的。它不仅与全诗语境不违和，而且以自身之"重"，平衡了全诗可能产生的轻盈感。此外，第二首里古老的橡树像"石化的长着巨角的驼鹿"，九月大海似"墨绿的堡垒"，星座在星空如"星座在自己的厩中"等，其特别之处都在喻象。

诗人张执浩和谈骁生活在同一省域，两人都写过土豆，一为物象，一为喻象。《追土豆》是年轻诗人谈骁的成名作：

> 我见过挖土豆的人，
> 在三角形的山坡。
> 粘着泥土的土豆，
> 开始了重力的逃跑。
> 土块和杂草的阻拦，
> 让它剥离了泥土，跑得更快。
> 挖土豆的人只会追几步，追不到，
> 就去挖下一窝了。

> 不费力的生活没有，
> 费尽力气的生活算什么。
> 我也追过土豆，一直追到山脚，
> 下面河谷平坦，我像一颗土豆，
> 还在惯性里继续滚动着。

编发这首诗的张执浩感叹说，这是当时（2014 年前）谈骁"最完美的一首诗，短短几句，每一个词每一句话都结实可靠"。这种结实可靠，犹如特朗斯特罗姆的"驶过死亡的大铁鸟""墨绿的城堡""云的货车"给予读诗人的切身感受，来自一系列物象的具体性："三角形的山坡""粘着泥土的土豆""重力的逃跑""土块和杂草的阻拦""河谷平坦"……我们都明白这种具体性，出自诗人现实生活中挖土豆的经验。比较虚的两行"不费力的生活没有，/费尽力气的生活算什么"，由于有特定语境，显得很自然也很有味道。我们常用的具象这一术语，指的是具体物象及其显现的具体性；也就是 20 世纪 90 年代以来，许多诗人倡导"及物诗"而摒弃"不及物诗"的"及"字所要表达的。具象及其具体性并不是什么新鲜概念或话题，顾随先生解说东坡词《蝶恋花·暮春别李公择》：

> 试参他第一句"簌簌无风花自堕"，"簌簌"字、"自"字，真将落花情理写出，再不为后人留些儿地步。尤妙在"无风"，便觉落花之落，乃是舒徐悠扬，不同于风雨中之飘零狼藉。及至"堕"字，落花乃遂安闲自在地脚跟点地了也。

"脚跟点地"就是对具象之"具"、及物之"及"最精当、最朴实的表述。顾先生说《念奴娇·赤壁怀古》："辛词所长：曰健，曰实。坡公此词，只'乱石'三句，其健、其实，可齐稼轩。即以其全集而论，如谓亦只有此三句之健、之实，可齐稼轩，亦不为过也。"他所言"实"，也是脚跟点地之意。诗若要写得饱满、结实，须得写得具体、实在。而比谈骁的年龄大上两轮的张执浩，其诗中的土豆是个绝对出人意料的喻象：

> 夜晚如此漆黑。我们守在这口铁锅中
> 像还没有来得及被母亲洗干净的两支筷子
> 再也夹不起任何食物
> 一个人走了，究竟能带走多少？
> 我细算着黏附在胃壁里的粉末
> 大的叫痛苦，小的依旧是
>
> 中午时分，我们埋葬了世上最大的那颗土豆
> 从此，再也不会有人来唠叨了
> 她说过的话已变成了叶芽，她用过的锄头
> 已经生锈，还有她生过的火
> 灭了，当我哆嗦着再次点燃，火
> 已经从灶膛里转移到了香案上
>
> 再也不会有人挨着你这么近睡觉
> 在漆黑而广阔的乡村夜色中，再也不会
> 睡得那么沉。我们坚持到了凌晨
> 我说父亲，让我再陪你一觉吧
> 话音刚落，就倒在了母亲腾给我的
> 空白中
>
> 我小心地触摸着你瘦骨嶙峋的大脚

从你的脚趾上移，依次触摸你的脚踝和膝盖

最后又返回到自己的胸口

那里，一颗心越跳越快，我听见

狗在窗外狂叫，接着好像认出了来人

悻悻地，哀鸣着，嗅着她

无力拔出人世的脚窝

我又一次颤抖着将手伸向你，却发现

你已经披衣坐在床头。多少漆黑的斑块

从蒙着塑料薄膜的窗口一晃而过

再也没有你熟悉的，再也没有我陌生的

刮锅底的声音（《与父亲同眠》）

诗仅一处用土豆，照录全篇，是因为还有一系列并非喻象的具体物象。它们共同营造出全诗浓厚的农家日常生活气息，给人以"在家之感"；又因这种令人亲切、熟悉的气息不复存在，而悲恸不已。"世上最大的那颗土豆"比作谁，读者一目了然，但仍会错愕不已：能把母亲比作土豆吗？这算是奇喻吗？奇喻（conceit，又译曲喻），按照艾布拉姆斯《文学术语汇编》的说法，其特征是在两个似乎不相似的事物或情景之间，确立一种"惊人的类似"，但通常是"做作的类似"。张执浩的诗里显然没有做作；不仅不做作，而且此情此境中，此喻象无可更换：土豆埋在地里，如同此时的母亲；土豆在地里生长，如同母亲在黑暗中继续活着；艰难岁月、饥馑年代里，靠母亲的劳作收获的土豆，养活了一家人；土豆的土色，就是世上所有亲爱的母亲的本色……笔者多年来在文学理论课上，以这首诗为例讲解诗歌文体，曾在读到"还有她生过的火/灭了，当我哆嗦着再次点燃，火/已经从灶膛里转移到了香案上"时，吐出的声音有些变调；也曾听到讲台前学生的抽泣。笔者授课前已在评论中解读过它，作为教师也要求自己站在讲台上应当冷静、再冷静，但当熟悉的诗句迎面而来，还是无力控制自己，更无从控制它们可能给听者带来的反应。这几句中并没有喻象，只有一个个具体物象：火——灶膛——香案，但依然是惊心动魄的。此外，如"像还没有来得及被母亲洗干净的两支筷子""刮锅底的声音"，一喻象一物象，同样的准确，同样的脚跟点地。这世上的许多诗人都曾经历这不愿经历的时刻，也都会诚恳、如实地抒发个人情感，像"老实头"（顾随先生语）一样不玩花招。倘若最后的诗不尽如人意，恐怕还是与物象、喻象的选择与呈现，有相当大的关系。

当然，关于意象、语象，新批评派理论家彼此之间的观点也不一样。威廉·K.维姆萨特谈到比喻时就认为，它真正的功能并不在解释性。他说："在理解想象的隐喻的时候，常要求我们考虑的不是 B（喻体，vehicle）如何说明 A（喻旨，tenor），而是当两者被放在一起并相互对照、相互说明时能产生什么意义。强调之点，可能在相似之处，也可能在相反之处，在于某种对比或矛盾……"又说：

> ……在比喻背后有一种两个类之间的相似性，这样就产生了更一般化的第三个类。这一类没名字，而且很可能永远没名字，只有通过比喻才能得到理解。这是一种无法表达的新概念。……诗的要点似乎在喻体和喻旨之外。

怎么理解这段话呢？要点在"第三个类"，尽管它无法命名，但借此有助于改变我们在比喻上的"先存之见"：我们总是习惯把各种比喻的运用，当作生动形象、活灵活现描写事物的手段；我们会想当然地认为，喻体 B 是为本体 A 服务的；本体 A 的属性、特征并不会因喻体 B 的运用而改变，只是让它变得更生动、更可感。但维姆萨特认为，两个事物（可能都是物象）原本独立存在，用作比喻后将有类似 "1+1>2" 的效应，产生 "第三个类"。所谓 "更一般化" 是说，虽然比喻的双方是具象——至少喻体是具象——但在两者 "撞击" 中会产生具有普遍性的感受、经验，尽管难以言说。新批评派的诗学理论本是针对英美现代诗歌的，后者中的第一个真正意义上的流派——意象派——的发展，就离不开新批评派先驱、英国美学家 T.E.休姆的推波助澜。而新批评派当仁不让的理论代言人 T.S.艾略特，是位杰出的诗人。他们更强调在诗中传达现代人在现代（都市）生活中的感受和体验，反对浪漫主义的情感泛滥，倾向于抒情的克制、抑制。这一点深刻影响了一大批中国新诗诗人。比如，卞之琳前期诗受西欧不少大诗人的影响，又深受中国古典诗歌的熏陶。后期诗则从艾略特等英国现代诗中受益良多，戏剧性场景、插入语、反讽、戏谑等在他的诗里都有自觉的实验。王佐良先生曾列举他的《归》中的一句，与艾略特的诗句做比较：

伸向黄昏的道路像一段灰心。（卞之琳《归》）

街连着街，好像一场冗长的争议
带着阴险的意图，
要把你引向一个重大的问题……
（T.S.艾略特《阿尔弗瑞德·普鲁弗洛克的情歌》，查良铮译）

《归》中的比喻，本体 "黄昏的道路" 是具象，喻体 "灰心" 是抽象，完全不合常规；但本体由此获得了人（抒情者）彼时彼刻的心境、感受，喻体也获得了具象的阐发——虽然仍需要进一步的解说。或许，我们在古典诗词浸淫中获得的"黄昏情结"，诸如"夕阳西下，断肠人在天涯"，"念去去、千里烟波，暮霭沉沉楚天阔"等，像艾略特笔下的黄昏一般，铺展到了现代。艾略特诗中比喻的双方，倒是可以看作具象（本体）对具象（喻体/喻象）；分行而立的"带着阴险的意图"，不仅紧跟、修饰喻象（可理解为"像一场带着阴险的意图的冗长的争议"），而且转头覆盖了"街连着街"：这样的街道是人设计也是人建造的，像是"带着阴险的意图"。两种事物的缩结，产生了维姆萨特所说的"更一般化的第三类"：一个未老先衰、缺乏激情和活力、疑神疑鬼的年轻人，在赶赴一场时尚聚会时对城市生活的观感。普鲁弗洛克的形象，与卡夫卡笔下的小职员格里高尔·萨姆莎的形象如出一辙：思想的巨人，行动的矮子。他们二人都拥有紊乱的、走得不一样的两个时钟，"内心的那个时钟发疯似的，或者说着魔似的或者说无论如何以一种非人的方式猛跑着，外部的那个则慢吞吞地以平常的速度走着"（卡夫卡语）。我们每一个人，也都有感受到两个时钟或两个世界或两个自我撕裂的时刻。

前面提到特朗斯特罗姆是意象大师，他的比喻常常奇诡，令人过目不忘。如：

醒来是梦中往外跳伞。（《序曲》第一行，李笠译）

草和鲜花——我们着陆。
草有一个绿色领导。
我向它报名。（《夏天的原野》最后一节，李笠译）

有一天某个东西走向窗口。
工作中断。我抬头

色彩燃烧。一切转身。

大地和我对着彼此一跃。

（《脸对着脸》最后一节，李笠译）

第一个比喻句让读过的人拍案叫绝，但同样不是常规比喻，本体、喻体都不是物象；勉强地说，是以情境比情境，但又不能否认它是暗喻。诗人是心理学家，长期从事心理咨询，因此，他对醒来一瞬间的心理感受的形容，特别逼真。第二例"草有一个绿色领导"，在草与绿色领导之间搭建联系，"领导"既抽象又具象，很难说有一个确指。第三例中"大地和我对着彼此一跃"，撩拨读诗者心灵的跃动，是最不像比喻的句子；若说是拟人，又轻慢了大地，也轻慢了"我"。要理解它，关节点可能在上一行的"一切转身"。同样深受工作之苦的读者，想必在此自有会心处。在回答诗的本质是什么时，特朗斯特罗姆说："诗是对事物的感受，不是再认识，而是幻想。一首诗是我让它醒着的梦。诗最重要的任务是塑造精神生活，揭示神秘。"幻想与神秘，要靠物象/喻象来传递或营造。它们往往建立在两个物象的关系之中，在相互激发中成为"第三类"。

提出心象一说，不是要在物象、喻象之外另立一象，只是表明，象有不同类别；即使对同一类别的象，不同的诗人也有各式各样的处理方法，故此，我们要从不同角度、层次去解读、分析。前已述及，中国古典诗论讲求"因象生情"，其象多半是客观存在的自然物象（当然也有神话传说中的象，如月宫、玉兔、瑶台、青鸟等）；西方现代诗论讲究"为情觅象"，其象大半是心造的形象，并不一定存在于现实生活中。前者讲寓情于象，立象以尽意；后者讲情、象对应，重视主观印象在象的构成中的作用。在新诗欣赏与解读中，不少人无意识地把意象等同于物象，以致出现类似"主观意象""客观意象"的切分。这可以印证新批评派理论家为什么不愿意使用意象一词。诗是想象的代名词，诗中的许多象来自诗人丰富、奇诡、绚丽的想象。借助语言文字，诗人可以把那些本身不具形体且难以捕捉的心理活动，转化为使人能够感知的形象，我们称其为心象。当艾略特写铺展的暮色"好似病人麻醉在手术台上"，已具有心象特征。他的名作《空心人》第一部分的开篇：

> 我们是空心人
> 我们是稻草人
> 互相依靠
> 头脑里塞满了稻草。唉！
> 当我们在一起耳语时
> 我们干涩的声音，毫无意义
> 像风吹在干草上
> 或像老鼠走在我们干燥的
> 地窖中的碎玻璃上。（裘小龙　译）

稻草人是客观存在的物象（喻象），空心人不是，是诗人心造的喻象，与稻草人形成语义互指：稻草人徒具人形，没有人心。这两个喻象指向同一个形象：精神空虚、肉体委顿，缺乏生命和生活激情的现代人，也就是《阿尔弗瑞德·普鲁弗洛克的情歌》中的普鲁弗洛克的形象。特朗斯特罗姆的"醒来是梦中往外跳伞"，也可以看成心象。卡夫卡的自述：

> ……我是灰色的，像灰烬。一只渴望在石头之间藏身的寒鸦。

寒鸦即心象，灰色的、瑟缩的、胆怯的。他的终生挚友、遗嘱执行人马克斯·布罗德为他所写的长篇传记，就叫《灰色的寒鸦》。

中国当代诗中，朦胧诗由于诗人抒情欲望强烈，主观情感往往呈迸发状态，出现较多的心象。顾城《小诗六首》中的《泡影》："两个自由的水泡，/从梦海深处升起……//朦朦胧胧的银雾，/在微风中散去。"泡影即心象。另一首小诗《感觉》写道：

> 天是灰色的
> 路是灰色的
> 楼是灰色的
> 雨是灰色的
>
> 在一片死灰之中
> 走过两个孩子
> 一个鲜红
> 一个淡绿

小诗以夸张的色彩对比造成强烈的视觉对比，当然更是"感觉"的对比，其中的"鲜红""淡绿"是令人怦然心动的心象。顾城的后期诗《然若》（1992），读者可能比较陌生：

> 一直走，就有家了
> 那个人没走
> 铁狮子巷没了
> 二十岁的地方
> 都不见了
>
> 好像是挂在树上

说明飞过
看一片绿绒绒的青苔
说是草地

现在树枝细着
风中摇摇
二十岁的我们
都不见了
树上有许多圆环
转一转就会温暖

声音、调质与其早期诗相比，没有太大变化，依旧是平静的叙说。因为是重回故地，回到打小生活、玩耍的地方，眼见物是人非，自然有深深的怅然若失，但写得极为含蓄。尤其是结句"树上有许多圆环/转一转就会温暖"，其中的圆环——树木一圈圈的年轮——不仅是心象，而且这种出人意表的想象力——圆环可以套在身上旋转——确实出自孩童的视角，源于一颗不老的童心。

新诗诗人中写野草者众多，鲁迅先生有《野草》集。"60后"诗人布衣的《野草》，则展现出另一种气象：

野草啊，
你抓住泥土的根须，
像无数的闪电一瞬间在云层中发光。

野草啊，
你无声无息走向天边，
只有大地听见了你脚底下滚动的声音。

诗很有气势也很有气度，让人不由得揣想写诗者的刚健品性。野草在其中是凝聚诗人心理感受的心象。"无数的闪电一瞬间在云层中发光"一句描摹野草的形态乃至力量，其中的"闪电""发光"作为喻象极为精准，也极具力量。次节"滚动的声音"也是喻象，同样着眼于野草之力量：前者是爆发，后者是持续，是生生不息。这几个喻象"合成"诗人心目中的野草形象。"野火烧不尽，春风吹又生"，写的是地面的情状，是俯视或平视的姿态；布衣的目光转到地下，为之赋形，其姿态则是仰视的。而且次节中，除去首行是重复的呼告，其他两行有抒情视角的转换："无声无息"出自地面观察者的视角和感受；"滚动的声音"则转向大地一方——抚育了野草的大地，听到的是雄浑、激昂的旋律。

物象、喻象与心象，均可简称为象。选择它们是为了说明，象过去是、现在仍然是抒情诗的基点。直抒胸臆自然可以成诗，但历来不为中外诗人所倚重，也少有耐人回味的名篇。情与象的浑融一体才构成"意象"，古今皆然。不过，现代诗更趋向主观情感的抑制、克制，以获得语言的张力（tension）。如果在物象的描摹上走得比较远，则会出现所谓"物诗"：物成为诗的核心，情感消隐在物中，字面上几乎觉察不到。喻象是指带有比喻性质的物象。倘若诗人经由奇妙的想象，创造出一种全新的、晕染上浓厚心理色彩的象，便可称之为心象。在心象创造上堪称典范的，是歌德的《流浪者之夜歌》（一译《浪游者的夜歌》）：

> 一切的峰顶
> 沉静，
> 一切的树尖
> 全不见

丝儿风影。

小鸟儿在林间无声。

等着吧：俄顷

你也要安静。（梁宗岱　译）

群峰一片

沉寂，

树梢微风

敛迹。

林中栖鸟

缄默，

稍待你也

安息。（钱春绮　译）

歌德的这首小诗在德国，如同李白的《静夜思》在中国。你可以在网上搜索到十几种出自诗人、翻译家的汉译，其中，梁宗岱、钱春绮、郭沫若、宗白华等先生是从德语翻译的。从中文角度说，相对于钱先生所用"沉寂"和"安息"，梁先生在如此短的诗中，不避重复地使用两个"静"字，是大有意味的。记得小时候父母所在的省水文地质队大队部，不定期会在子弟学校操场放电影。每当夜幕降临，放映机开始吱吱地转动，片头出现大大的"静"字，右上角还装饰有一枚弯月和几颗星星，喧闹的操场瞬间鸦雀无声。读了歌德的诗你会觉得，每个人身后的墓碑上，都镌刻着一个无影无形的"静"字，告诉每一个偶然路过的人：这个人已安静下来了，请放慢你的脚步。

王先霈在《文学文本细读讲演录》中讲述了这首诗的故事。1783 年 9 月的一天黄昏后，34 岁的歌德独自登山，在一间无人的小木屋的板壁上用铅笔写下这首诗。三十年后，歌德第二次来到山顶木屋中，咏诵自己的旧作，并用铅笔重描了笔迹。又过了将近二十年，1831 年 8 月，81 岁的歌德再次到了这里，念着"等着罢：俄顷/你也要安静"，禁不住潸然泪下。第二年春天，歌德永别了人间。

在这首诗中，峰顶、树尖、风影、小鸟儿、林间都可视为心象。万籁俱静之中，涌动的是诗人难以平复的心绪，但语言却极其平实、素朴。1930 年，27 岁的梁宗岱曾从法国赴德国海德堡大学学习德语，不知道在此期间他是否去过歌德写下这首诗的"伊门脑林巅"。那间猎人的小木屋或许早已不在。1936 年，33 岁的梁宗岱返回祖国，译出了歌德与他同龄时所写的这首诗。他的译诗集《一切的峰顶》由上海时代图书公司出版发行。集名既是对歌德的致敬，也是对诗人与诗歌的致敬：诗人是那站在"一切的峰顶"上的人，诗歌亦如是。

# 隐喻与象征

　　诗是隐喻的艺术，诗的语言是隐喻的语言，亦即古人说的"含不尽之意，见于言外""言有尽而意无穷"。这既是语言的灵活组合、搭配所致，也是文本的语境决定的。只有字面义的文本，很难说是文学文本，更难说是诗歌文本。也许有诗人说，我表达的就是你读到的，请勿节外生枝；但他无从干涉读者阅读中的联想和想象。也有诗人以后现代主义者自居，声称要从文本中剿灭"意义"。德国学者沃尔夫冈·凯塞尔说，语言本质中包含词和句要"表现意义"。词句的意义并不完全是诗人赋予的，每个字词都携带其使用的全部的历史痕迹，依赖读者的接受释放出来。

　　本节在两个相互联系的层面上使用隐喻一词：一是指修辞，类同暗喻。但在西方现代文论中，其含义非常复杂，超越了修辞学。二是指创作手法，即一个文本就暗含着某种隐喻。这在诗中很常见。即便是小说，如卡夫卡的短篇《变形记》《审判》，长篇《城堡》，都可看成隐喻；也有不少批评家把它们看作寓言，两者的共同点是以字面义传达字外义。更宏观的，我们可以说文学即隐喻，尤其是现代主义、后现代主义文学。象征一词也是如此，既可指修辞手法，也可指创作手法。朱光潜在《谈美》中将象征定义为"寓理于象"，"以甲为乙的符号"，其最大的用处是"以具体的事物来代替抽象的概念"。但梁宗岱并不认同，认为朱先生把现代文艺中形成的象征，当成了古典修辞学里的"比"（拟人和托物）。这主要是因为，朱先生谈的是文学艺术，汲取的是传统诗学观念；梁先生专论象征主义诗歌，借鉴的是西方现代诗学观念。在梁先生看来，诗中的象征有两个特性，一是融洽或无间，二是含蓄或无限。"所谓融洽是指一首诗的情与景、意与象的惝恍迷离，融成一片；含蓄是指它暗示给我们的意义和兴味的丰富和隽永"。这就不再把象征看作文本的局部修辞，而当作一首诗的创作手法了。隐喻、象征作为修辞手法是大家熟悉的，视其为创作手法，当成诗歌或小说文体的一种独特类型，则不太适应。不过更需要注意的是，无论在哪种层次上使用，隐喻与象征虽然都含有"比"，但有很大的区别。

我们先举两首诗来看一下隐喻与象征的具体运用，两者都写到旗。一首是穆旦的《旗》：

> 我们都在下面，你在高空飘扬，
> 风是你的身体，你和太阳同行，
> 常想飞出物外，却为地面拉紧。
>
> 是写在天上的话，大家都认识，
> 又简单明确，又博大无形，
> 是英雄们的游魂活在今日。
>
> 你渺小的身体是战争的动力，
> 战争过后，而你是唯一的完整，
> 我们化成灰，光荣由你留存。

太肯负责任，我们有时茫然，
资本家和地主拉你来解释，
用你来取得众人的和平。

是大家的心，可是比大家聪明，
带着清晨来，随黑夜而受苦，
你最会说出自由的欢欣。

四方的风暴，由你最先感受，
是大家的方向，因你而胜利固定，
我们爱慕你，如今属于人民。

另一首是冯至的《十四行集》之二十七。全诗上节已引，此处只引前后两节：

从一片泛滥无形的水里，
取水人取来椭圆的一瓶，
这点水就得到一个定形；
看，在秋风里飘扬的风旗，
⋯⋯
向何处安排我们的思、想？
但愿这些诗像一面风旗
把住一些把不住的事体。

两首诗的创作时间很接近：前者写于 1945 年 4 月，刊发于 1947 年 6 月；后者写于 1940 年代初，收录它的诗集初版于 1942 年 5 月。穆旦的《旗》写的是抗日部队的军旗或战旗。他曾参加中国远征军，在 1942 年的缅甸撤退中，从事自杀式的殿后战。王佐良在《一个中国诗人》中记述，那时，穆旦的马倒地，传令兵死了，他一直被"失去战友的直瞪的眼睛追赶着"，饱受蚂蟥和蚊子叮咬，曾有一次断粮长达八日之久，身染疾病而死里逃生。这首诗饱含诗人体验，反思战争，祭奠英雄，向往和平与安宁。旗既是实体物象，也是象征物象，这一点与其他诗人写旗帜没有什么不同。不同之处在于语言形式。穆旦的诗有相对严谨的格律，脚韵绵密而变化，诗行大致整齐（首节每句均为 6 字，每行 12 字），在整饬中有自由。冯至诗中的风旗则并不确指哪一种旗帜，只是一个喻象，用以说明他心目中的诗应该是怎样的。说它是隐喻，是因为它只在这个语境里指向诗——写诗者的"思、想"如何在文字间展示——换做其他语境，含义会随语境而改变。例如里尔克的名作《预感》中，也出现了风中之旗：

> 我像一面旗被包围在辽阔的空间。
> 我觉得风从四方吹来，我必须忍耐，
> 下面一切还没有动静：
> 门依然轻轻关闭，烟囱里还没有声音；
> 窗子都还没颤动，尘土还很重。
>
> 我认出了风暴而激动如大海。
> 我舒展开又跌回我自己，
> 又把自己抛出去，并且独个儿
> 置身在伟大的风暴里。（陈敬容　译）

这首诗里的旗是"我"的喻象，首行"我像一面旗……"已点明，从此行起两者呈合一状态："我"即旗，旗即"我"。不像其他诗人诗里的旗的飘扬、舒卷——总脱不了浪漫主义气息——里尔克笔下的旗是坚实、稳重的,"被包围"在辽阔的空间(杨武能先生译为"在长空的包围中",北岛先生译为"被空旷包围");当他辨认出即将到来的是一场"伟大的风暴",他在激动中变得狂暴,仿佛在回应这场风暴:"我舒展开又跌回我自己/又把自己抛出去"(北岛译为"我舒展开来又卷缩回去,/我挣脱绢绳")。舒展开、跌回、抛出去,都不像是一面旗帜所为,仿佛"我"悄然间从旗帜中分身出来。里尔克的旗同样是隐喻而非象征,隐喻诗人在"忍耐"中等待风暴的来临,并将在其中磨砺精神和意志。如果联想到里尔克后期完成《杜依诺哀歌》之后,写信给玛丽·塔克西斯侯爵夫人说,"这一切,是一场无名的风暴,一场精神上的飓风(就像当年在杜依诺)……"我们对"独个儿/置身在伟大的风暴里"一句,会有更深的体会。

中国新诗发展到 20 世纪 90 年代,出现"知识分子写作"和"民间立场"之争。民间诗人中有人提出"拒绝隐喻",这句口号有其特指,也有其特定语境。不过在日常语言中,隐喻随处可见,比如山脚下、桌子腿,掀起高潮、登上巅峰,获得桂冠、拔得头筹,抓住机会、收获颇丰等;更不用说现代汉语中渗透的与战争、革命有关的隐喻。当有人说知识分子写作与民间立场写作之"战",或者说双方争论得"你死我活",或者说他们在写作上已"分道扬镳",都是在用隐喻,只是说话者没有意识到而已。现代人类学家、语言学家认为,人类的语言一开始就是隐喻的、不确定的。美国语言学家乔治·莱考夫、马克·约翰逊在合著的《我们赖以生存的隐喻》中认为,"不论在语言上还是思想和行动中,日常生活中隐喻无处不在,我们思想和行为所依据的概念系统本身是以隐喻为基础";这些概念"建构了我们的感知,构成了我们如何在这个世界生存以及我们与其他人的关系。……我们的概念系统大部分是隐

喻——如果我们说的没错的话，那么我们的思维方式，我们每天所
经历所做的一切就充满了隐喻"。他们说的隐喻，不是指文本中的
修辞手法，指的是人类的概念系统和思维方式。人类最初的文学是
诗，因此在诗中，隐喻最丰富也最生动，保留了初民思维的痕迹。
玛卓丽·布尔顿在《诗歌解剖》中说，"所有的隐喻都有赖于联想
意义，而隐喻是诗的生命；隐喻（以及相近的修辞格，如明喻和拟
人等）即意象。……推理中的类比意在阐释事实，而诗歌中的隐喻
则意在丰富经验"。这与两位语言学家的观点是一致的，他们认为
"在意义中发挥着核心作用的是人类经验和理解而非客观真理"，隐
喻的本质就是"通过另一种事物来理解和体验当前的事物"（原文
为楷体字）。新批评派理论家克林思·布鲁克斯，则用一句话总结
了现代诗歌技巧："重新发现隐喻并充分运用隐喻"。

　　隐喻是现代诗学、现代文学批评的关键词之一，它的发展演变
足以写成一部诗学与批评的观念史；象征概念则更为古老。我们无
须展开概念讨论，重点在隐喻与象征的区分，以及各自运用的效
果。最明显的区别，可以在我们举过的顾城《一代人》与14岁的
李玲《黑夜》中见出（参见《分行与跨行》）。顾城诗中，"黑夜"
"黑色的眼睛""光明"皆为意义显赫的象征，读者理解起来毫无
障碍。这种情况下，我们就不必花费精力去解释它们的所指，而应
该在两行诗构成的双重逻辑关系——因果关系（"黑夜给了我黑色
的眼睛"）和转折关系（"却"）——中，揣摩"寻找"的意蕴，
推想诗人在此间意欲传达的东西。李玲同学则颠覆了黑夜的公共性
象征意义，将它转化为具有个性色彩的隐喻：

　　　　我信奉黑夜，
　　　　因为它能覆盖一切，
　　　　就像是爱。

黑夜像是爱——这不是象征，是隐喻，因为它只在这首诗里表达此含义，换一个语境，黑夜会"自动"回复到黑暗、压抑、忧惧、不安全等象征含义上。但这首诗恰恰借助了黑夜的公共性象征含义，或者说，恰恰因为我们对黑夜的象征含义心知肚明，小诗人才能去"翻转"它，赋予它个性色彩。能"覆盖一切"的黑夜，是导致顾城诗中"我"的明亮眼睛变成黑色眼睛的主因；也正因如此，小诗人把它与爱联系在一起：他/她希望拥有覆盖一切的爱。我们可以揣测小诗人是乡村中的留守儿童，当他/她这样写时，同时透露出的是一位孩子对没有父母陪伴、守护的黑夜的深深恐惧。昌耀《冰河期》（参见《分行与跨行》）的创作背景与顾城《一代人》相似，第一节以象征为主，黄河、涛声、寒云、巨人等均为象征，在象征中有写实（"白头的日子"既是象征，也是写实）；第二节以写实为主，写实中有象征（"黄金般的吆喝"，黄金即有象征含义）。我们再来看一首西方现代主义诗歌，T.S.艾略特的《窗前晨景》：

> 地下室厨房里，她们把早餐盘子洗得乒乓响；
> 沿着众人践踏的街道边沿，
> 我感到女仆们潮湿的灵魂
> 在地下室前的大门口沮丧地发芽。
>
> 一阵棕色波浪般的雾从街的尽头
> 向我抛上一张张扭曲的脸，
> 又从一位穿着污泥的裙子的行人的脸上
> 撕下一个空洞的微笑，微笑逗留在半空，
> 又沿着屋顶一线消失了。（裘小龙　译）

学者、翻译家袁可嘉先生认为，这首诗表达了诗人，一位天主教教徒，对现代城市世俗生活之卑微的极度蔑视的态度。但他并未直说，是靠客观对应物来暗示；诗人看不起俗人（女仆、行人）因丧失信仰而导致的心灵空虚，女仆内在的灵魂都潮湿、霉变了，外在的肉体就更不用说了。"地下室""棕色波浪般的雾""扭曲的脸""污泥的裙子""空洞的微笑"等，既是客观对应物，又超越了个别事物而成为象征。说是象征而非隐喻，是因为诗人表现的是欧美大都市中丧失信仰的人群的生活常态，不会因具体场景、人物的转换而变换。

从最宽泛的意义上说，象征是指任何能够指代某事物的事物。就此而言，所有的语词都可以看成象征，基于它们是指代事物的符号。比如，我们说出或写下"黑夜"这个语言符号，指的是客观世界里人们都经历了的、从太阳落山再到升起的那段时间。当然，在谈论文学和诗的时候，象征这个术语"仅用来表示指代某一事物或时间的词或短语，被指代的事物或事件本身又指代了另一事物，或具有超越自身的参照范围"（艾布拉姆斯）。日常用语中，"黑夜"一词只是指自然界失去光照的特定时段，与白天相对应；但在文学和诗中，它会超越自然时间概念，指向黑暗、压抑、恐惧不安等心理和情感状态。在一个文化共同体中，象征的意指是约定俗成的，比如绿色象征生命、月亮象征思乡、蝴蝶象征灵魂的幻化等。然而，许多诗人在写作中会创造"私人的象征"。在艾布拉姆斯看来，这些诗人"往往利用了某一事物、事件或行动与某一特定概念之间人们广泛共有的联想"。顾城《一代人》中的象征是公共的，小诗人李玲诗里的象征则可以说是"私人的"，昌耀《冰河期》里的象征兼有两种。在英美文化语境中，艾略特《窗前即景》里的象征也兼有两种。无论公共的还是私人的，诗人采用象征物象，都是利用了文化共同体内人们已达成的共识，是族群共有的"集体经验"，只不过一种是顺着用，一种是"斜着用"或反着用。随着全球范围内文化交流的常态化，许多象征物象已跨越语境，其意指被普遍认同和接受，如玫瑰象征爱情等。

我们在阅读中会发现，较多使用公共的象征的诗，让人感觉亲切、自然、随和。由于诗的寓意比较明确，我们的注意力会转向诗人如何表达情意，诗的魅惑力来自哪里。笔者曾在一家杂志主办的改稿会上，读过诺贝尔文学奖得主、波兰诗人切斯瓦夫·米沃什的《礼物》（Gift）。会下，好几位小说作者索要这首诗，觉得它特别好：

A day so happy.

Fog lifted early. I worked in the garden.

Hummingbirds were stopping over the honeysuckle flowers.

There was nothing on earth I wanted to possess.

I knew no one worth my envying him.

Whatever evil I had suffered, I forgot.

To think that once I was the same man did not embarrass me.

In my body I felt no pain.

When straightening up, I saw blue sea and sails.


如此幸福的一天。

雾一早就散了，我在花园里干活，

蜂鸟停在忍冬花上。

这世上没有一样东西我想占有。

我知道没有一个人值得我羡慕。

任何我曾遭受的不幸，我都已忘记。

想到故我今我同为一人并不使我难为情。

在我身上没有痛苦。

直起腰来，我望见蓝色的大海和帆影。（西川　译）

诗的开篇就表明它要表达的是"幸福的一天"，不需要再费神去揣摩，我们的注意力就会转向去看这所谓的"幸福"是什么模样。第二、三行的雾、花园与蜂鸟停在忍冬花上，均为写实物象，并无象征或隐喻含义，但在这种看起来平铺直叙、没有刻意"打断"的语句中，读者自会体会到一份恬淡、安详、惬意，并会联想到陶渊明的"采菊东篱下，悠然见南山"。中间五行全为"议论"，这种写法在抒情诗里非常大胆，因为尺度、力度稍微把控不好，就会变身为格言、警句而破坏抒情氛围。但我们读的时候却没有这种感觉；但又说不出个所以然。有的诗歌公众号编辑了这首诗的八种汉译，除诗人、翻译家西川外，还有同为诗人、翻译家的沈睿、张曙光、李以亮、马永波等人的译本。这里给出了英文原文，大家可以对照着阅读。我们要说的是收尾句。诗人都明白收尾句的重要，有各式各样的写法，"卒章显志"是最常见也最令人遗憾的模式。米沃什的这一句，却一下子把"我"，也把我们这些读者的目光，从弥漫的雾——花园——停在忍冬花上的蜂鸟（视线逐渐缩小、聚焦），宕开到一望无际的蓝色大海。而大海的一望无际，是要靠"帆影"才能显形的。这就好比吉尔伯特说，"一缕孤烟，让天空更加有形"（《野上美智子（1946—1982）》，柳向阳译）。我们在视野和胸怀豁然开朗的同时，会更深切地领悟诗人所言"幸福"的含义，以及中间五行"议论"里所呈现的诗人形象：一个活得很通透的人，了无挂碍，心灵无比自由。最后一句中的"蓝色的大海"与"帆影"，没有任何私人的象征，是完完全全的公共的象征。大海的象征含义，在西方大体从普希金写下《致大海》开始，就已明了：

"自由的原素"。类似米沃什这样亲切、自然，并无刻意的隐喻色彩
的诗，在杰出的诗人那里常会遇见。下面是里尔克的《总是一再
地……》：

> 总是一再地，虽然我们认识爱的风景，
> 认识教堂小墓场刻着它哀悼的名姓，
> 还有山谷尽头沉默可怕的峡谷；
> 我们总是一再地两个人走出去
> 走到古老的树下，我们总是一再地
> 仰对着天空，卧在花丛里（冯至　译）

这首短诗几乎全是平实的写实，却又如此情意绵绵，动人心弦。如
果说山谷、峡谷还隐约让有些读者感觉到用典（《圣经》）的痕
迹，那么，"古老的树下""仰对着天空，卧在花丛里"这些物象，
则没有任何隐喻色彩，营造的是人们熟悉、亲切而古老的艺术意
境——正如爱是古老的、永恒不变的。

　　如果一位诗人坚持反复使用"私人的象征"，有意剥除某些物
象/喻象公共的象征含义，它们就蜕变为隐喻。前已说明，有关隐
喻理论的研究横跨多个学科，太过复杂。就现代诗来说，波兰诗
人、曾亲临广州领取"诗歌与人"国际诗歌奖的扎加耶夫斯基认
为，隐喻是"诗歌核心的奇异切面"，依靠它，诗歌被提升到高于
日常表达的水准之上。这"不仅仅因为隐喻是优雅的，更因为存在
一些唯有通过诗歌才能获得感知的层面"。他将隐喻分为部分的和
整体的，部分的隐喻相当于修辞，存在于比喻句中，如他的诗句
"黑色的鸟在田间踱步，／耐心等待仿佛西班牙寡妇"（《自画像》，
李以亮译），"纤细的大教堂仿佛城市上空的苍鹭"（《法兰西的教
堂——致切·米沃什》，李以亮译）；整体的隐喻构成一首诗。对普

通读者来讲，只需注意我们前文提及的两点：一个是隐喻极具个人性，也可说是对某一物象/喻象的全新运用；一个是隐喻的意味只能在特定语境中得到理解和诠释，换一个语境，其特殊意味会消失或成为新的隐喻。

正因为隐喻具有这样的特性，与象征相比，出现隐喻的诗更加晦涩难懂，甚至难以达成理解上的共识。局部的隐喻，如比拟和托物，还不是那么令人费解，甚或让人眼前一亮。比如诺贝尔文学奖得主、爱尔兰诗人叶芝的《驶向拜占庭》里的两句：

> 一个老人是猥琐的东西，
> 一件挂在竹竿上的破衣服。

王佐良说："第一行是很少入诗的陈述句，第二行是来自日常生活的普通话，但两者合在一起就产生了神奇的效果：前者变成警句，后者变成确切的比喻。叶芝的诗才于此可见。"破衣服这个物象只是在此语境中，才指向猥琐的老人，换一个语境则不一定，所以它不是普通的比喻，而是隐喻。如果一首诗有多个隐喻，就会给阅读、理解造成很大的困难。现代诗人、雕塑家李金发，被公认为中国象征诗派的开创者，有"诗怪"之称。他的首部诗集《微雨》在周作人的推荐下得以出版，位列首篇的是随后引起极大争议的《弃妇》：

> 长发披遍我两眼之前，
> 遂割断了一切羞恶之疾视，
> 与鲜血之急流，枯骨之沉睡。
> 黑夜与蚊虫联步徐来，
> 越此短墙之角，

狂呼在我清白之耳后，
如荒野狂风怒号：
战栗了无数游牧。

靠一根草儿，与上帝之灵往返在空谷里。
我的哀戚唯游蜂之脑能深印着；
或与山泉长泻在悬崖，
然后随红叶而俱去。

弃妇之隐忧堆积在动作上，
夕阳之火不能把时间之烦闷
化成灰烬，从烟突里飞去，
长染在游鸦之羽，
将同栖止于海啸之石上，
静听舟子之歌。

衰老的裙裾发出哀吟，
徜徉在丘墓之侧，
永无热泪，
点滴在草地，
为世界之装饰。

1925 年出版的《微雨》成为闯入新诗界的一匹"怪兽"，引发骚动，"晦涩难懂"几乎成了它、也成了李金发的代名词。当时就有人严厉地责问诗人"为什么要做人家看不懂的东西"，也有同行声称"没有一首可以完全教人了解"。被后人引用最多也最公允的评论，出自朱自清先生为《中国新文学大系·诗集》撰写的导言。朱先生认为，"他的诗没有寻常的章法，一部分一部分可以懂，合起来却没有意思。他要表现的不是意思而是感觉或情感；仿佛大大小小红红绿绿一串珠子，他却藏起那串儿，你得自己穿着瞧"。不过，李金发所表达的感觉或情感之所以不好懂，主要还不是因为他"不将那些比喻放在明白的间架里"，是他使用的一连串隐喻——虽然也可视为比喻的一种——是完全个人化的；加之语言的文白夹杂，更不易弄懂。学者、批评家陈太胜认为，这首诗有较多的"暗示性隐喻"，写得最精彩的是第三节，"尽管这一节在开头一二句就说明它的题旨是写'弃妇之隐忧'与'时间之烦闷'的，但诗在后四句展开了丰富的想象……这种丰富持续的想象性诗句在此前的新诗作品中确实是罕见的"。但他同样认为这首诗整体上有难以小视的缺陷，最主要的一点是诗的语言虽有特色，但这种特色并不是什么值得骄傲和重视的成就，而是脱离了中国新诗的语言发展。借用陈太胜的观点，《弃妇》语言上的"特色"实际上极大地妨碍了读者进入语境，也就无法在其中揣摩、追索接踵而至的隐喻的意指。

约瑟夫·布罗茨基的《黑马》，深得中国当代诗人的喜爱，被认为是描述诗与诗人相遇合，或诗来寻找自己的诗人的典范之作：

> 黑色的穹窿也比它四脚明亮，
> 它无法与黑暗融为一体。

> 在那个夜晚，我们坐在篝火旁边，
> 一匹黑色的马儿映入眼底。

> 我不记得比它更黑的物体。
> 它的四脚黑如乌煤。
> 它黑得如同夜晚，如同空虚。

周身黑咕隆咚，从鬃到尾。
但它那没有鞍子的脊背上
却是另外一种黑暗。
它纹丝不动地伫立，仿佛沉沉酣眠。
它蹄子上的黑暗令人胆战。

它浑身漆黑，感觉不到身影。
如此漆黑，黑到了极点。
如此漆黑，仿佛处于钟的内部。
如此漆黑，就像子夜的黑暗。
如此漆黑，如同它前方的树木。
恰似肋骨间的凹陷的胸脯。
恰似地窖深处的粮仓。
我想：我的体内是漆黑一团。

可它仍在我们眼前发黑！
钟表上还只是子夜时分。
它的腹股沟中笼罩着无边的黑暗。
它一步也没有朝我们靠近。
它的脊背已经辨认不清，
明亮之斑没剩下一毫一丝。
它的双眼白光一闪，像手指一弹。
那瞳孔更是令人畏惧。

它仿佛是某人的底片。
它为何在我们中间停留？
为何不从篝火旁边走开，

驻足直到黎明降临的时候？

为何呼吸着黑色的空气，

把压坏的树枝弄得瑟瑟作响？

为何从眼中射出黑色的光芒？


它在我们中间寻找骑手。（吴笛　译）

**学者、批评家陈超先生的解读，可作为现代诗解读的范例，有助于大家完整地理解这首诗。照录如下：**

《黑马》写于 1960 年，是布罗茨基早期诗歌的代表作。它不乏深刻的象征意味，却不是那类"以形象指代思想"的简单化的象征诗歌。在这里，形象自身有着独异的生命，而构成它的方法也是自足和坚实的。如果我们一味忽略形象本身而只关注、索解其"象征"内涵，则不免辜负了这首杰作在形式上的贡献。因此，对此诗的"能指"和"所指"我们要同样关注。

一个夜晚，难耐黑暗和寒冷的人们燃起了一堆篝火。此时，一匹黑马来到他们身边，诗人顿时感到一阵奇异的激动涌上心间。那真正逼退黑暗的不是短暂的火光，而是比黑暗更黑的马儿。这匹黑马无疑是"黑"的，但"它无法与黑暗融为一体"。它的"黑"不是弥漫的、向外的，而是内凝的、有着巨大压强的。它是地层深处的煤，是钟的内部，是地窖深处的籽实……充盈着紧张和悸动。它的毛色凝恒不变，黑得更为高傲、独立、清醒；它的眼睛"射出黑色的光芒"，乃成为黑暗的离心部分。诗人曲尽形容，以能指的洪流描述了"如此染黑，黑到了顶点"的马匹。它坚卓独立，"呼吸着黑色的空气"，直到也使"我的体内漆黑一团"。

黑马之黑"令人胆战",更令人清醒。"它为何在我们中间停留?""为何……把压坏的树枝弄得瑟瑟发响?""为何从眼中射出黑色的光芒?"诗人说,那是由于它的孤独,它的命运伙伴——骑手——的缺席所致:"它那没有鞍子的脊背上/却是另外一种黑暗"。因此,它在无言地召唤着那些能够并敢于深入黑暗的核心的骑手,在茫茫的黑暗中寻索,在幽冥的征途上保持内心的方向感。"它在我们中间寻找骑手",寻找能与黑暗对称和对抗的意志力。我们是否配骑上这匹黑马?在缄默中,诗人已从内心中挖掘出了答复。

此诗有如一具黑色的钢雕,以奇异的黑暗和寒冽直逼人心。全诗语象集中而强烈,围绕一个完整的语义单元反复隐喻、层层叠加。直到穷尽语象的全部意味,在结尾处诗人才返身"扛住"了能指的洪流,清晰地迸溅出钢錾与钢雕再次撞击后闪灼的火花。对这样的诗,我们应全心沉浸于语象自身的魔力之中,而它们的象征意义,自然会从语象中一点点地渗透出来。反之,如果我们一味跳离语象,急切地寻求"思想",会给这个精纯的文本带来极大的损害。

针对简单化诠释这首诗的象征含义,急切寻求"思想"的解读方法,陈超提醒读者注意黑马这一形象的"独异的生命"。他使用了新批评派的常用术语"语象",强调读者只有从语言的能指出发,才能领悟其所指,而不是径直地奔向所指,辜负了诗人的用心。全诗由一个语象贯穿,"围绕一个完整的语义单元反复隐喻、层层叠加",最终获得了雕塑般的质感和内凝的"巨大压强"。诗人、批评家、翻译家王家新同样不赞成从诗中抽绎象征含义,认为它的特殊意义在于——

> 显示了一种马与骑手、诗与诗人的相互寻找。一般读者很容易把诗中的这匹黑马看作是命运的象征，他们当然可以这样认为，但对诗人而言，它就是前来寻找他的诗歌本身。……布罗茨基这首诗给我们的启示就是：马与骑手、诗与诗人的相互寻找，才能构成一种真正的诗歌命运。

由于黑马通常被解读者定位在诗上，已成诗的喻象；"我"则代表诗人，是"我"赋予了黑马此种寓意，既是独特的也是唯一的。因此从我们的角度看，这首诗整体上构成了隐喻。这一隐喻的特殊意味，上述两位解读者已做了很好的阐释。

讲到这里，可能还是有读者会觉得，隐喻与象征不太好区分。确实如此。一方面，两者都属于比拟和托物，都要用甲为乙的符号，在"比"上是相通的。另一方面，如果一个精妙的隐喻被众人认同、接纳，在某个语义上被反复使用，它将成为公共的象征。也可以说，今天成为公共的象征的语象，最初都属于"私人的象征"——最早说出美丽的姑娘像一朵花的人，他创造的是一个独特的隐喻/喻象；现在人们用花来比拟美丽的姑娘，花已然是象征物。舒婷《致橡树》中的"我"自比为木棉，"我有我红硕的花朵，/像沉重的叹息，又像英勇的火炬"，只是对公共的象征的具象化——将原有的花的喻象具象为南方的木棉花——不是个人性的隐喻，因此很容易被接受、传诵。不过，现代诗人多用隐喻，绝不只是为了获得用具体事物代替抽象概念的效果，其中所寓之"理"，也不是三言两语可以说清楚的。更主要的是，现代语言学的发展，已让我们的语言观念发生了巨变。陈超使用的"能指"与"所指"术语，来自瑞士语言学家、有"现代语言学之父"美誉的弗迪南·德·索绪尔的《普通语言学教程》。语言不再被认为是表达思想、情感的工具/手段，诗歌语言尤其不是。现代语言哲学家、文学理论家、批评家，把隐喻看作人类语言的基石，当作文学语言的根本特性。当然，我们在阅读中也要注意所谓"死的隐喻"（dead metaphor）——失去了其应有力量的隐喻。新批评派理论家雷纳·韦勒克、奥斯汀·沃伦在合著的《文学理论》中举例说，"椅子的'腿'、山的'脚'、瓶子的'颈'全都是通过类比的方法将人体的部分用在了无生命的物体上。但这种引申的意义已然完全融入语言中，即便是在文学与语言上十分敏感的人都不再感到它们的隐喻含义。它们是'消失的''用滥了的'或者'死的'隐喻"。维姆萨特则说："只有当隐喻脱离语境被随便地重复滥用时，它们才会容易变得简单化，囿于字面意义，变成陈词滥调。"

象征主义诗人作为西方现代主义文学思潮的开端者（可追溯至美国诗人、作家、批评家爱伦·坡），他们使用象征手法与其哲学观、世界观密切相连。为什么后起的诗人会逐渐远离象征，而频繁、密集地创造个人性的隐喻，以致让许多读者敬而远之，不妨用T.S.艾略特为约翰逊博士的《伦敦》《人生希望多空幻》两首诗的合订本所作序言中的话来解释：

> 不管人们愿意与否，他们的感受性是随时代而变化的，但是只有一位天才人物才能改变表现的方式。很多二流的诗人之所以是二流的，就是因为他们缺少那种敏感和意识来发现他们与前一代人感觉不同，必须使用不同的词汇。

对一位现代诗人来说，感觉要靠语言来定型、传递，使用不同的词汇，包括创造新的、活的隐喻，正是为了更好地贴近、传递随时代而变化的人的感觉、心理。某种意义上，每个时代或超越时代的一流的诗人，在替我们"感觉"急剧变化的时代。

# 细节与准确

　　王佐良谈《阿尔弗瑞德·普鲁弗洛克的情歌》时说，艾略特的匠心体现在他尖锐的现实感，还见于更切近日常生活的形象，特别是读者容易忽略过去的细节。如：

　　　呵，我变老了……我变老了……
　　　我将要卷起我的长裤的裤脚。

如何表现一个人变老了呢？诗人抓取了一个动作细节。这个简单的动作却代表了一片心情："只有心情上衰老的人才那样小心保护裤脚，才为了方便而放弃雅观。这一形象也就起了'客观关联物'的作用。"（也有译者认为，当时卷裤脚的裤子被认为是时髦的。）

　　王先生举这个例子是要讲艾略特诗学理论的重要概念——"客观关联物"（又译"客观对应物"）。艾略特在《哈姆雷特》一文中说："用艺术形式表现情感的唯一方法是寻找一个'客观对应物'；换句话说，是用一系列实物、场景，一连串事件来表现某种特定的情感，要做到最终形式必然是感觉经验的外部事实一旦出现，便能立刻唤起那种情感……"（楷体字原有）这种表现情感的方法对中国新诗影响极大。客观对应物不一定都是细节，但人物、物体、场景、事件中的细节总是闪烁着异彩，易给人留下深刻印象，乃至过目不忘。艾略特《空心人》的开篇部分（引文见《物象、喻象与心象》）有一系列客观对应物，其中"干涩的声音""风吹在干草上""老鼠走在我们干燥的/地窖中的碎玻璃上"，都是关联紧密的细节。这首诗的结尾很有名：

> 世界就是这样告终
> 世界就是这样告终
> 世界就是这样告终
> 不是嘭的一响
> 而是嘘的一声（裘小龙　译）

译诗中的"嘭的一响"与"嘘的一声"，是两个精妙的、意味隽永的声音细节。之前的复沓手法，一方面表达诗人的无奈和无能为力，一方面为最后的点睛之笔作铺垫。你可能猜到了开头，也可能猜到了结局，但你猜不到这样的结局：没有悲壮、惨烈的意味，甚至说不上滑稽、搞笑，但它恰恰与诗人眼中现代人的存在状况高度一致，令人为之警醒。

　　细节这个术语，正如大家所知，常用于散文、小说等叙事性文体的分析，少见于诗歌解读。经典小说中的许多细节描写常令我们津津乐道，如鲁迅的小说中，孔乙己在柜台上"排出九文大钱"，《药》中的隐身叙事人在夏瑜的坟上凭空添了一个花环，阿Q拧了小尼姑"觉得自己大拇指和第二指有点古怪，仿佛比平常滑腻些"，等等。细节是文学的灵魂。特意提出诗的细节，是因为诗并不是单纯的抒情，新诗中还有大量叙事性很强的文本。即便诗的基本功能是抒情，也要像古典诗词通过"四借"，像现代主义诗歌借由客观对应物，使抽象、模糊的情感具象化。艾略特所讲的客观对应物，其中多半是物象，与中国古典诗论所说的意象类似（诗人、学者流沙河先生认为，客观对应物在中国古诗中早已存在），但还包括人物的动作、语言、表情等细节，包括能体现物体、场景、事件特质的细微之处。我们专门讨论诗的细节，更重要的一点是，它体现出诗人凝视、捕捉，以及在语言文字里建构、还原对象的艺术功力；细节中体现的是对他人、他物的尊重、敬畏，是现代诗人严谨、准确的工作态度和写作精神。王佐良谈到美国诗人菲利普·拉金时，就特别赞赏其准确。他说，拉金用闲谈语气，力求写得真实，写得准确，"表现上的准确也是一种诚实，拉金的技巧是与拉金的内容一致的。而准确是一种当代品质，科学技术要求准确；准确也是一种新的美：运算的准确，设计的准确，施工的准确，都是美的。就诗而论，在多年的象征和咏叹之后，来了一位用闲谈口气准确写出50年代中叶英国的风景、人物和情感气候的诗人，是一个大的转变"。下面是王先生翻译的拉金的《家》：

> 家是悲哀的。它没有改变，
> 还为最后离开的人保持了舒适，
> 似乎在想他回来。长时间
> 它没有一个人可以讨好，很泄气，
> 没有勇气去丢掉偷学来的体面
>
> 而回到当初开始时的决心：
> 痛痛快快，来一个归真返朴，
> 当然早已放弃。你了解这类事情。
> 瞧瞧这些画，这些银刀叉，
> 这钢琴凳上的乐谱。还有，那花瓶。

诗中的细节主要体现在次节，尤其是结尾，其中渗透着诗人对西方普通家庭的感受：维持体面的外表，缺乏趣味和生活的意义。王先生说，末尾一句"还有，那花瓶"像是突然想起，用了一种"倒顶点"的韵律，加强了讽刺效果。T.S.艾略特的短诗《窗前晨景》（引文见《物象、喻象与心象》），表达的是对卑微的现代人、现代生活的讽刺。两相对照，拉金诗的语调平淡、自然，如同家庭生活的日常面貌，所以王先生说"拉金的技巧是与拉金的内容一致的"。

若说严谨、准确，在 20 世纪三四十年代中国新诗的现代主义浪潮中，体现得更为明显。但重视和运用细节，并不局限于现代主义诗歌。例如早期白话新诗人刘半农的《一个小农家的暮》：

> 她在灶下煮饭，
> 新砍的山柴，
> 必必剥剥的响。
> 灶门里嫣红的火光，
> 闪着她嫣红的脸，
> 闪红了她青布的衣裳。
>
> 他衔着个十年的烟斗，
> 慢慢地从田里回来；
> 屋角里挂去了锄头，
> 便坐在稻床上，
> 调弄着只亲人的狗。
>
> 他还踱到栏里去，
> 看一看他的牛，

回头向她说：
"怎样了——
我们新酿的酒？"

门对面青山的顶上，
松树的尖头，
已露出了半轮的月亮。
孩子们在场上看着月，
还数着天上的星：
"一，二，三，四……"
"五，八，六，两……"

他们数，他们唱：
"地上人多心不平，
天上星多月不亮。"

诗以剪影方式，描画出浓郁的乡村生活气息，每一节都有细节的点染，包括服饰（"青布的衣裳"）、动作（"挂去了锄头"）、言语（对话、数数和童谣）等。"十年的烟斗"虽不一定是确指的年份，但显然是为了给物象以较为精确的定位。尤其是写孩子数天上的星星，顺接"一，二，三，四……"而下的"五，八，六，两……"，可谓精彩之至，既有童趣，又活画出欢快的场景，很容易勾起读者的童年记忆。

诗人、批评家艾青的创作，早期受法国象征主义诗歌影响，后来走向广阔的现实主义道路，并将诗的散文化作为新诗美学特征之一加以倡导。散文化说的其实是叙事性，他的名作《大堰河——我的保姆》就有鲜明的叙事性色彩。散文化也好，叙事性也罢，在抒

情诗中主要体现在语句所呈现的人、事、物的细节上。比如下面这
两节：

> 大堰河，今天我看到雪使我想起了你：
> 你的被雪压着的草盖的坟墓，
> 你的关闭了的故居檐头的枯死的瓦菲，
> 你的被典押了的一丈平方的园地，
> 你的门前的长了青苔的石椅，
> 大堰河，今天我看到雪使我想起了你。
>
> ……
>
> 我做了生我的父母家里的新客了！
> 我摸着红漆雕花的家具，
> 我摸着父母的睡床上金色的花纹，
> 我呆呆地看着檐头的我不认得的"天伦叙乐"的匾，
> 我摸着新换上的衣服的丝的和贝壳的纽扣，
> 我看着母亲怀里的不熟识的妹妹，
> 我坐着油漆过的安了火钵的炕凳，
> 我吃着碾了三番的白米的饭，
> 但，我是这般忸怩不安！因为我
> 我做了生我的父母家里的新客了。

"故居檐头的枯死的瓦菲""门前的长了青苔的石椅""乌黑的酱
碗""红漆雕花的家具""衣服的丝的和贝壳的纽扣""油漆过的安
了火钵的炕凳""碾了三番的白米的饭"，以及"团箕""冬米的
糖"等，都是典型的江南乡村的日常生活物象，有浓郁的地域色

彩，在诗人的深情回忆中变得既冰冷又温暖。在以南方，尤其是以
故乡为题材的诗中，艾青几乎很少动用想象而专注于写实，以最大
限度还原记忆中的一切。他对不同场景中的细节有着非同寻常的痴
迷：诗句中，不断延伸的修饰语，一点一滴地"逼近"物象，语句
由此被拉长，整体抒情节奏得以放缓，呈现诗人逐渐沉入记忆最深
处的过程。同样是写雪，比较一下他的另一首名作《雪落在中国的
土地上》，这一点会看得更清楚。这首诗出自一位南方诗人对北方
（草原）风景的想象与联想：

> 风，
> 像一个太悲哀了的老妇
> 紧紧地跟随着
> 伸出寒冷的指爪
> 拉扯着行人的衣襟，
> 用着像土地一样古老的话
> 一刻也不停地絮聒着……
>
> 那从林间出现的，
> 赶着马车的
> 你中国的农夫，
> 戴着皮帽，
> 冒着大雪
> 你要到哪儿去呢？
>
> 告诉你
> 我也是农人的后裔——
> 由于你们的

刻满了痛苦的皱纹的脸

我能如此深深地

知道了

生活在草原上的人们的

岁月的艰辛。

诗写于抗战全面爆发后的武汉，描绘的是北方草原、草原上艰辛生活的农人。节选部分对"戴着皮帽，/冒着大雪"赶着马车的车夫的细节刻画，看似写实，实则出自诗人的想象，并不符合生活实际（这首诗发表后即引起质疑。在重庆的一次座谈会上，有人说，中国没有戴皮帽、冒着大雪赶马车的。诗人听闻后承认，写诗时"确实没见过那个场景，而是面对欲雪的天气想象出来的"）。这一点，可以从诗中运用较多表达情感的抽象语词，如"悲哀""古老""痛苦的皱纹的脸""苦难的浪涛""蓬发垢面的少妇""暴戾的敌人""生活的绝望的污巷"中，得到印证；说它们是抽象语词，是因为可以运用在任何时代、国度，任何底层的受难者和侵略者身上，并不具有文学细节的特定性、不可替代性。相应地，这首诗的语句也由《大堰河——我的保姆》中不断叠加修饰语的长句，一改为以两三个音组为主的短句。

在具有现代主义诗风的诗人中，卞之琳同冯至等人一样，深受西方现代主义诗歌的洗礼，包括里尔克、T.S.艾略特等。他到达延安后写的《慰劳信集》，不像《断章》《距离的组织》《尺八》等名篇，为读者所熟知。然而，他对人与事的细节的捕捉和显现，让这一组"响应号召"、写真人真事的诗也获得了持久的艺术魅力。如《给〈论持久战〉的著者》：

手在你用处真是无限。

如何摆星罗棋布的战局？
如何犬牙交错了拉锯？
包围反包围如何打眼？

下围棋的能手笔下生花，
不，植根在每一个人心中
三阶段：后退，相持，反攻——
你是顺从了，主宰了辩证法。

如今手也到了新阶段，
拿起锄头来捣翻棘刺，
号召了，你自己也实行生产。

最难忘你那"打出去"的手势
常用以指挥感情的洪流
协入一种必然的大节奏。

这首诗聚焦于毛泽东的手：是对战局运筹帷幄的手，也是笔下生花的手，还是拿起锄头丰衣足食的手。人物形象定格在"打出去"的手势中，这一动作细节既充满豪情与气魄，又令读者感到熟悉和亲切。其他几首中，《给一位政治部主任》的细节是语言（"起身号。那我要睡了"），《给委员长》的是容貌（"霜容"）和语言（"以不变驭万变"），《给一位集团军总司令》的是意外事件（"火柴的夜袭"）和语言（"有味道"）。卞先生谈到这本诗集时说："文学创作本来总是以偏概全亦即以特殊表现一般的，这里的覆盖面也可说不小，遍及前后方（包括当时所谓的'西南大后方'）。写人及其事，率多从侧面发挥其一点，不及其余（面），也许正可以辉耀其余，也可能不涉其余而只是这一点本身在有限中蕴含无限的意义，引发绵延不绝的感情，鼓舞人心。"集中的诗不再以细腻、敏锐的感觉见长，是以精准捕捉细节来辉耀全景，在有限（的细节）之中蕴含无限的意义。

当代诗人中，余笑忠特别喜欢、也非常擅长将目光锁定在日常生活的具体场景上，捕捉与定格其中人与物的细节，尤其是人的动作细节。前面分析过的《凝神》的结尾"我看到/我的母亲对着那些兴冲冲地喊她出去的人/又是摇头，又是摆手"，连用两个动作细节，既表明年轻的母亲当时不可能"回话"，她正在哄睡摇篮里的"我"；也体现了她为了照顾"我"，"残忍"地回绝伙伴们的态度，没有丝毫犹豫和踌躇。他的《春游》写盲女赏花，也是如此：

> 盲女也会触景生情
> 我看到她站在油菜花前
> 被他人引导着，触摸了油菜花
>
> 她触摸的同时有过深呼吸
> 她触摸之后，那些花颤抖着
> 重新回到枝头
>
> 她再也没有触摸
> 近在咫尺的花。又久久
> 不肯离去

开篇最惹人注目的是触景生情之"触"：盲女用手"触摸"了油菜花。我们这些视力正常的人，几乎忘了这个成语里的"触"，其本义很可能就是触摸。除了这个对视力正常的人来说几乎不算细节的细节，诗中还有表情细节"深呼吸"，有花的反应细节"颤抖着/重新回到枝头"。站在油菜花前的盲女"久久/不肯离去"，同样是一个显现人物情感和心理活动的细节，看似寻常，但在语境中回味悠长。更年轻的诗人中，张二棍在《穿墙术》中也写到一对母子，同样聚焦在人物的动作细节上：

> 你有没有见过一个孩子
> 摁着自己的头，往墙上磕
> 我见过。在县医院
> 咚，咚，咚
> 他母亲说，让他磕吧
> 似乎墙疼了
> 他就不疼了
> 似乎疼痛，可以穿墙而过
>
> 我不知道他脑袋里装着
> 什么病。也不知道一面墙
> 吸纳了多少苦痛
> 才变得如此苍白
> 就像那个背过身去的
> 母亲。后来，她把孩子搂住
> 仿佛一面颤抖的墙
> 伸出了手

首节是对现实场景的真实描摹，真实到没有读者会怀疑，诗人的确在县医院见过这一幕。场景的核心是为病患折磨的孩子的单调、重复、令人心碎的动作。次节则是"我"设身处地地感受疼痛。诗人直视墙，直到它在直视下完成拟人化——"不知道一面墙/吸纳了多少苦痛/才变得如此苍白"——成为一位希望吸纳孩子的痛苦而甘愿苍白下去的母亲。而母亲，则被诗人比拟为那面被孩子不间断撞击的墙："她把孩子搂住/仿佛一面颤抖的墙/伸出了手"。墙是疼的，墙是苍白的，墙是颤抖的母亲的怀抱。那一刻，相信所有的读者都愿意伸出一双颤抖的手，接纳孩子的疼痛，环抱他没有了抽泣只剩下无声泪水的头。

在细节上，除了动作、语言，视觉细节更为常见，但也更不引人注意。原因是，前两者都是为了凸显人与物的个性、特质而存在的，也往往是诗中的闪光点；视觉细节与诗人的观看、凝视、体验混为一体，常常是散漫的、闲笔式的，需要纳入全诗的语境通盘考虑；语境既指文本内部的情境语境（由语言文字构成），也会牵涉文本外部的文化语境（相当于非言语性情境）。提出"诗到语言为止"的韩东，在20世纪90年代知识分子写作与民间立场之争中，为后者鼓与呼，被称为"口语诗人"。但他与后起的、以口语写诗为荣的很多诗人大有不同。韩东平淡、素朴的语言，有一般诗人难以达到的清晰、简洁，也有极为出色的语感。他更关注的是语言的构型能力，希冀在平静、温和、节制、弹性十足的文字中，恢复日常生活粗糙的，乃至毛茸茸的那种感觉；其诗的令人称奇的力量，很多时候来自他在不动声色中添加的视觉细节。来看《河水》：

父亲在河里沉浮
岸边的草丛中，我负责看管他的衣服
手表和鞋。
离死亡还有七年
他只是躺在河面上休息。
那个夏日的正午

那年夏天的每一天。


路上偶尔有挑担子的农民走过
这以后就只有河水的声音。
有一阵父亲不见了,随波逐流漂远了
空旷的河面被阳光照得晃眼
我想起他说过的话
水面发烫,但水下很凉。


还有一次他一动不动
像一截剥了皮的木头
岸边放着他的衣服、手表和鞋。
没有人经过
我也不在那里。


韩东写有多首回忆、怀念父亲的诗,这首回忆父亲生前夏日的一次游泳,"我"帮他照看衣物时所见的一切。全诗写实与梦幻交织,难分彼此,正像标题"河水"是写实(父亲游泳的那条河)与象征(流逝的时间,父亲沉浮的一生)的统一体。从细节角度说,第三行"手表和鞋"是上一行"看管他的衣服"的跨行,是一处看似闲笔,实则与父亲、与他所生活的时代紧密相连的视觉细节,所以在第二节中被完整地复述。诗人此处完全可以用"看管他的衣物"一带而过。中国古话说睹物思人,无论这个"睹"是发生在"我"彼时的现实中,还是在此时的梦中,都与那个真真切切的人不可分割。此外,像"挑担子的农民""空旷的河面被阳光照得晃眼""像一截剥了皮的木头"等,都是视觉细节的体现,无所用心中极其用心。诗人的描述非常克制,没有赘余的语词,只在最后的比喻中融入了"我"的感觉:"一截剥了皮的木头"的喻象用在父亲身上,看似缺少思念亲人的诗中常有的尊重、敬畏,但却异常准确,而且影射着父亲那些年的遭遇(这就要结合文化语境了)。我们正要相信,诗人是在回忆与父亲生前在一起的一刻时光,最后却读到"没有人经过/我也不在那里",一下子如坠五里雾中,分不清这究竟是回忆中的场景还是梦中景象——这会让有类似经历的读者感觉真切又准确。

日常性是20世纪90年代以来新诗的重要特征之一,指的是诗表现当下正在发生的普通人的生活,有浓厚的烟火气息;将以往不入诗的,琐屑、单调、重复的日常生活写入其中,是日常生活审美化的表征,多用口语。在这类诗中,生活细节及其准确,就显得至关重要,但这不一定是为了显示"平淡的生活有不平淡的意味",而是为了证实:这就是我们每个人都在过的生活,有人在反叛,有人在赞美,更多的人可能像罗斯金所言,可以"正确地感知"日常生活,却对它毫无感觉。诗人是唤醒我们感觉的人,是让我们睁大眼睛"瞧这里!"的人。诗人张执浩自称"热爱床与厨房甚于诗",他有首诗叫《蘑菇说木耳听》:

> 一只蘑菇与一只木耳共一个浴盆
>
> 两个干货飘在水面上
>
> 相互瞧不起对方
>
> 这样黑,这样干瘪
>
> 就这样对峙了一夜
>
> 天亮后,两个胖子挤在水里
>
> 蘑菇说:"酱紫,酱紫……"
>
> 木耳听见了,但木耳不回答
>
> 蘑菇与木耳都想回神农架

2015 年 10 月，在一家电视台读书节目录制现场，主持人朗读了这首诗，然后好奇地问诗人：诗可以"酱紫"写吗？他的潜台词是：诗可以写得这么日常吗？对于偶尔接触当下新诗的人来说，这样的诗确实会给他们带来困惑。这种困惑多半是因为，诗长久以来被视为"高大上"的艺术，与普通读者的日常生活没有什么关系；或者说，是他们日常生活之外的奢侈品、闲暇时光的古玩品。诗之所以给人留下如此印象，多半是古典诗词的熏陶所致，也是由于我们打小在课堂上所接触的新诗，基本上是唯美、浪漫，主旨鲜明、有"积极"意义的；它们不仅在时间上，也在感受、经验上，离每个人当下的日常生活太过遥远。张执浩这首诗所写的，是任何一位饮食男女都再熟悉不过的；它意欲表达的情感，也是任何一位读者都可以领悟的。当然，主持人敏感到的"酱紫"一词，正是这首诗的语言细节，出自拟人化的蘑菇之口，取自网络热词，有鲜明的当下性。很难单独说诗里可不可以、应不应该出现"酱紫"，要看的是它在语境中是否恰切。蘑菇之所以吐出的是这个词，是因为它和木耳在浴盆里泡了一夜，已经发胀。我们可以在诗人的比拟和描画中（"两个胖子"），想象它说话的"唇形"，甚至能够想象随着这个词的发出而在蘑菇的"唇边"溅出的水沫。这样我们才会理解这个语言细节既出人意料，又准确无比。广而言之，诗的生动、形象必须建立在语言——不仅是人物语言，也指其他文字符号——的准确之上，否则不过是缺乏诚意的陈词滥调。

张执浩的另一首《从音乐学院到实验中学》，同样是一首再现为人父者日常生活原貌的诗。它在动作、时间细节的铺陈上，精确到了"令人发指"的地步：

从音乐学院到实验中学

昨天我走了三千零六十八步

一千步是彭刘杨邮局

两千步是司门口天桥

三千步是中百仓储

我记下它们，以便

替今天作这样的辩护：

"哦，这不是重复，是必需！"

而今天，我还会这样走——

五点钟下楼

五点零五分是实验小学

五点十分是工商银行大楼

五点二十分是户部巷口

五点三十三分我加入攒动的人头

在千百件校服中间

搜寻这只饭盒的主人

我还会捂着温热的盒底

像一个托钵僧

站在梧桐树下，夕光越过树梢

俗世潦草，所谓幸福

就是用手去触摸一个人的额头

如果你还没有忘记我们在上一节所举波兰诗人米沃什的《礼物》，你就会知道所谓"幸福"对于此时的诗人张执浩意味着什么。每天从居住地（音乐学院），去给上晚自习（实验中学）的女儿送晚饭，这就是诗人生活的"重复"，却又是生活的"必需"——我们每个人都经历了或正在经历的日常生活，循环往复又必不可少。"温热的盒底"是触觉细节，并无新奇可言，但在语境中却显得温暖异常，令读诗者心跳加速而忘却了每日的单调重复。"夕光越过树梢"的景物描写，很是平常，但它再次唤醒我们对"温热"的感受，同时将"温热"从"盒底"的所指中移出来，扩出去，辐射到这样的日常生活上："俗世潦草，所谓幸福/就是用手去触摸一个人的额头"。而我们都曾经或企望在如此的情境中，伸出手去"触摸一个人的额头"。从上面两首诗中，可以发现诗人热爱日常生活。这种热爱不是因为生活中充满了丑陋不堪，转而以诗的方式去"寻找"美好的东西，他热爱的是生活本身。就像诺贝尔文学奖得主、土耳其作家帕慕克，在获奖演说中回忆父亲时说的："他热爱生活及其中所有美好的东西。"

张执浩写的是父女感情，也是一份生活的责任。写爱情与婚姻的美好，古今中外的佳作不可胜数，但似乎没有诗人像杰克·吉尔伯特那样，在妻子死后，用一首诗来描写一个男人负重的感觉，并且不厌其烦地用一个又一个的动作细节来表现。这是他的《美智子死了》：

> 他设法像某个人搬着一口箱子。
> 箱子太重，他先用胳膊
> 在下面抱住。当胳膊的力气用尽，
> 他把两手往前移，钩住
> 箱子的角，将重量紧顶
> 在胸口。等手指开始乏力时，
> 他稍稍挪动拇指，这样
> 使不同的肌肉来接任。后来
> 他把箱子扛在肩上，直到
> 伸在上面稳住箱子的那条胳膊
> 里面的血流尽，胳膊变麻。但现在

　　这个人又能抱住下面，这样

　　他就能继续走，再不放下箱子。（柳向阳 译）

　　这首悼亡诗摒弃了常规写法，将一己之情感客观化；这种客观化既贯穿始终，又令人惊讶不已。就像吉尔伯特三十年的好友，诗人、翻译家亨利·莱曼所说，这首诗的力量"部分来自这一事实：感情从未被陈述，但通过近乎医学诊断般的描述而得以完整传达。通过使用'他'而非'我'，吉尔伯特超越个人，唤醒读者心中类似的情感。它的纯粹的重量也将持久不息。一个人可以自我调整，以各种方式来适应，但永远不能把它放下。最终，它被抱着，紧贴心脏，永远"。莱曼所言"近乎医学诊断般的描述"，指诗中展示的只是一个人搬箱子的动作细节，以及在其持久中的感觉细节。但是，将情感客观化是现代诗基本的特征，从象征主义诗人马拉美，到叶芝、T.S.艾略特等，都是情感客观化的高手。吉尔伯特有自己更微妙的处理方式。比如起句"他设法像某个人"，像莱曼所说，使用的是"他"而非"我"，而且，从第二行开始的"他"，并不是那个写诗的"他"（第一句第一个"他"，即抒情者），而是被再度客观化了的、抒情者想象中的"某个人"。这是诗歌写作中的移位。也就是说，这首诗至少有双重客观化，一重是运用"他"，一重是将"他"转化为"某个人"。此外就是莱曼所言，是对动作及其感觉细节的真实再现，极其客观与冷静，冷静到令人欲哭无泪。那么，诗人有没有把美智子物化为箱子，暗中表明她是一个累赘呢？当然不是，"某个人"所负的是思念之重，无法放下；"某个人"必须变换姿势负载着，"再不放下"。"某个人"，可能是你，可能是我。吉尔伯特另一首表达相同情感的短诗《野上美智子（1946—1982）》（引文参见本书引言）则不同。除了直接写她，主要用的是视觉和人物语言细节；人物语言之中，又有花瓣凋落的声音细节：

> 美智子说："你送给我的玫瑰，它们
> 花瓣凋落的声音让我一直醒着。"

很难想象一首诗缺少细节会是什么样的，尽管不是每一位诗人都谋求准确还原书写对象。诺贝尔文学奖得主，法国作家、哲学家加缪认为，所有的艺术都可以说是写实主义的，他把写实当作"艺术唯一的神"。艺术中的写实建构在细节之上，要求的是艺术家、诗人深入生活的"内部"，指着某一处、某一点告诉我们："瞧这里！"

# 结　构

那年头黄河的涛声被寒云紧锁，
巨人沉默了。白头的日子。我们千唤
不得一应。

在白头的日子我看见岸边的水手削制桨叶了，
如在温习他们黄金般的吆喝。

又见昌耀的《冰河期》。这一次，我们的关注点在诗的结构。

诗五行两节，结构单纯、明晰。在情感、心理状态上，两节形成对比。首节因"紧缩""沉默""不得一应"，使人深陷窒息的临界点；次节则从水手的准备工作中，获悉河流即将解冻的讯息：春天就在眼前。表现手法上，两节同样有对比：首节以象征手法为主，次节以写实为主。首节的象征中有写实："白头的日子"既指严酷的时令让人鬓发皆白，也是实写大雪落满头顶。次节的写实中有象征：水手削制桨叶是写实，"黄金般的吆喝"中有象征，象征呼唤已久的春天的弥足珍贵。这样，诗在结构上既有两重对比，彼此间又不存在截然划开的界线，显示出严冬与暖春"你中有我，我中有你"的蕴意，就像英国浪漫主义诗人雪莱《西风颂》中的名句："冬天来了，春天还会远吗？"修辞手法上，一头一尾两句有呼应关系："涛声被寒云紧锁"与"黄金般的吆喝"，都使用了通感。这种修辞上的暗相呼应，也在无形中强化了全诗结构的整体感。

我们在《分行与跨行》中提了一个问题：诗人为什么不在次节选一句做跨行处理，将两行变为三行，以便形成文本视觉外观上的匀称呢？尤其是，鉴于首节后两行用句读、跨行截短了语句，次节第一行为什么要维持如此之长的句子呢？首节的跨行固然没有改变语句结构，但属于有意为之，其中隐含诗人的某种意图。除了视觉外观（特别是在图像诗中）和节奏、韵律的需要，我们还需要结合诗人的意图、文本的意蕴指向来加以考虑。这里需要特别留意的是"温习"一词：诗人为何使用"温习"而没有用"练习""演练""操练"等？温习，复习之义。苏轼有诗云："竹外桃花三两枝，春江水暖鸭先知。"昌耀诗中的水手凭借长年累月的生活经验，熟谙自然万物、时令季节的微妙变化，在常人毫无知觉的情况下，提前嗅到了春天的气息，为开春的航行做准备。天地万物，运转有序，自有规律，水手是一群顺应天时的劳动者。前已述及，跨行是有意为之，是人为的语言处理，而此时此刻，诗人恰恰需要保留语言的自然形态——语言的自然形态暗合着人的顺应天时的举动。反之，首节以句读、跨行而凸显的人为痕迹，可能暗示了造成酷烈严寒中的人为因素（可结合文化语境展开分析）。苦闷不堪、焦灼不安的诗人从水手的举止、吆喝中获得了启迪，这启迪亦如"黄金般"珍贵。而他也很可能在反思"我们千唤/不得一应"中所缺乏的坚守与忍耐。无论那个冬天如何严酷、惨烈，春天终将来临，这是任何一种力量或意志所无法阻挡的。

结构，指的是文学文本的组织方式和内部构造，可分为篇章结构和语句结构。篇章结构由语句结构串联而成，语句结构由词语、短语组合而成。没有结构无法谈论一个文本，文学文本又有特殊、多样的结构方式，且在不断更新。徐复观将把握文本的结构，当作文学欣赏的基点："有了结构，才有内容和形式的统一，这是形成文学的起码条件，也是文学欣赏的基点。"在西方，结构即 plot，亚里士多德《诗学》中已提出，指的是叙事诗和戏剧中的故事情节；后来的小说当然也离不开结构。结构之所以如此重要，徐先生说，"是由于作者的想象、叙述、描写，须通过 plot 而始能令作品得到完整、统一"。现代主义、后现代主义文学中所谓破碎、不连贯的结构，须通过对完整、统一的结构的理解，才能成立，也才能谈论。

古典诗词结构的重要性毋庸置疑。《诗经》收录的诗多为重章叠句的结构方式，是因为诗乐一体，便于歌咏，但也不尽然。本书《声音与调质》中举《郑风·将仲子》，首章言"仲可怀也，父母之言亦可畏也"，次章说"诸兄之言亦可畏也"，末章为"人之多言亦可畏也"，这就不仅仅是以复沓加强旋律，而且传达了女孩层层递进的矛盾心理，结构上不能颠倒。这是依照他们与女孩的亲疏关系排列的，既符合常情常理，也让人感到，男女自由恋爱所受到的压力和阻力，不只来自家庭，也来自左邻右舍及整个社会。《孟子·滕文公下》说："不待父母之命，媒妁之言，钻穴隙相窥，踰墙相从，则父母国人皆贱之。"近体诗除去严格的字数、平仄、脚韵等规定，结构上的起承转合也有讲究。"一代词宗"夏承焘先生谈到词的形式时说，词的上下片的关系"要做到不脱不黏，似断非断，似承非承，既有联系而又不混同。因此，最难做的是第二片的开头，它有个专门的名字叫作'过变'"；"词分两片或多片，因此一首词又好像是两首或数首，但是不可脱节了成为两首或多首。作词的人原要注意这点，读词的人也不可不注意这点"。夏先生解说辛弃疾《西江月》（明月别枝惊鹊）：

　　上片写晴，下片写雨。……首先以惊鹊写明月，因为明月出来了，枝上的鹊儿见光惊飞，离开枝头。"别枝"在这里作离开枝头解。……次写鸣蝉，半夜还有蝉鸣，可见天气很热，为下片写雨作伏笔……"稻花香里说丰年"两句，表现了丰年人们的喜悦心情。看见稻花，闻到稻香，可知年成，但是在稻花香里说好年成的却不是人而是一片蛙声。因为在人们内心异常高兴时，往往会觉得周围的一切事物也都沾染上人们的喜悦心情，涂上愉快的色彩。蛙与丰年原无必然的联系，现在由于人们沉浸在欢乐之中，所以听到蛙声，感到它似乎也为丰年而欢唱。……作者运用侧面烘托的手法，比正面写丰收，要生动、深刻得多了。

　　下片写雨。雨前天空已经起了云，天上只看见七八个星星，那是在云层里透漏出来的，说它只有少数的七八个，是写云层之密，预示了未雨时已有雨意。……第二句写雨来。山前忽然飘下"两三点雨"，这是夏天骤雨来临的前奏，不是写春雨。末两句写行人的先焦急后喜悦的心理：他曾记得住那土地庙树林旁边，有一爿茅店，可以避避雨，他急急忙忙地过了溪桥，拐了一小弯，那爿茅店果然在"社林边"出现了。写出行人的喜悦心情，也就是表现作者自己的喜悦心情。

夏先生的细说中，有对字词、意象的辨析、串联，也有对上下片各句之间、上下两片之间内在结构和情感演绎的赏析、把玩。

　　小说这样的叙事性文体的篇章结构，当然要比诗复杂得多，如普鲁斯特的皇皇七卷本《追忆逝水年华》。叙事诗和抒情长诗的篇章结构，也比常见的抒情诗复杂，像T.S.艾略特的《荒原》。不过，就语句结构而言，抒情诗比其他类别都要更精细、更微妙，更需要用心揣摩。俄国形式主义文论家讲的语言"陌生化"，就包含语句结构的特异性。德国理论家沃尔夫冈·凯塞尔认为："每一个在广义上属于文学的著作都是一种通过符号而固定下来的句的组合。……句的组合是一种有意义的结构。语言的本质中包含着词和句要'表现意义'。"文学文本是由句的组合形成的"有意义的结构"，文本的意义既是由字词、句子传达的，更是由其结构传达的；前者表达字面义，后者表达特殊义。理解字面义可以不依赖结构，有时需要的只是一本词典；理解特殊义，则要在语句结构或篇章结构中进行。

前引保罗·策兰《逆光》中的札记："那是春天，树木飞向它们的鸟。""春天"规定了语境，后半句的结构明显有别于日常语言，故有"陌生化"效果。鸟儿飞向树木不值得去说，甚至说不上是春天的特有景象；但是，倘若连扎根大地的树木都在和煦的春风里翩翩欲飞，迎向空中盘旋的鸟，那该是怎样的一个充满勃勃生机、让人无法忘怀的春天！策兰的这种打破语句常规结构，颠倒主、宾位置的方法，在古典诗词中，在现代诗中，并不鲜见。然而，这种化静为动的物象颠倒，依然让人惊异，似有无尽意味。诗人仿佛在说，在春天，没有什么是静止不动的，但那不是莫名的躁动，是一种感染——"春风又绿江南岸"的"绿"，也是一种感染，你甚至可以从中体会到此一感染的徐徐展开，慢慢加深。策兰用的"飞"字也是：你同样可以体会并仿佛看到树木"飞向"空中的鸟，甚至去追逐鸟们的那个活泼的画面。树木给诗人以"飞"的感觉不是由于树干本身，是由于春风中树叶和树枝的摇曳，在诗人眼里带有难以言传的欢欣；你同时可以听到树木在飞翔和追逐的过程中哗哗的响声，那么悦耳、动听。这样的春天怎不让人热爱，让人刻骨铭心。

2021 年 3 月 21 日，波兰诗人亚当·扎加耶夫斯基逝世，无数热爱他的读者为之悲悼。2013 年，扎加耶夫斯基获得广州主办的第九届"诗歌与人·国际诗歌奖"。在获奖演说中,诗人表示:"我有幸获得这一殊荣,虽然不会加速我对中国更深刻的理解,但我知道,这是中国有分量的和没有功利的奖项,它对我来说非同寻常。"他被公认为诺贝尔文学奖的有力竞争者。他的诗《尝试赞美这残缺的世界》,在中国读者中广为传诵:

**尝试赞美这残缺的世界。**
想想六月漫长的白天,
还有野草莓、一滴滴红葡萄酒。
有条理地爬满流亡者
废弃的家园的荨麻。
**你必须赞美这残缺的世界。**
你眺望时髦的游艇和轮船;
其中一艘前面有漫长的旅程,
别的则有带盐味的遗忘等着它们。
你见过难民走投无路,
你听过刽子手快乐地歌唱。
**你应当赞美这残缺的世界。**
想想我们相聚的时光,
在一个白房间里,窗帘飘动。
回忆那场音乐会,音乐闪烁。
你在秋天的公园里拾橡果,
树叶在大地的伤口上旋转。
**赞美这残缺的世界**
和一只画眉掉下的灰色羽毛,
和那游离、消失又重返的
柔光。(黄灿然 译)

诗以"尝试赞美这残缺的世界"起句,经由"必须""应当",到"赞美这残缺的世界"(笔者用黑体字显示这四处),重复句式构成情感的主旋律,使之自然分为四个部分。而且,重复中有情感的微妙变化:先是谨慎的建议和鼓励("尝试"),像是自言自语;然后是思考之后的态度的坚定、决绝("必须""应当")。此时加入其中的"你",既可反身指诗人自己,亦可指诗人想象中的、为之倾诉的读者,结构上承上启下。最后直言"赞美这残缺的世界",此种想望已成为诗人不可摧毁的信念;跨行形成的"柔光"及其唤醒的读者的感觉,预示"必须""应当"中不容分辩的语调、激烈张扬的情绪,渐趋平静、温和。残缺是世界的本真面目,诗人最终从对赞美的自我思考、自我肯定中,获得内心的宁静,其中包含有宽恕的力量。作为一位地理空间和精神国度双重意义上的流亡者,诗人见识过世界太多的残缺,乃至残酷、残忍。诗中有对流亡者、难民的废弃家园的回忆,也有对异国他乡富裕繁华景观的描述,更有对生活中点滴美好的绵长记忆。扎加耶夫斯基在《轻描淡写》一书中说:"我认为精神世界的健康,以及未来的生活完全取决于我,取决于我们。每天我们都在做决断——决定向生活竖起投降的白旗,还是呈上一首锦绣诗篇。"但他同样深知艺术被创造出来,既是为了与残缺的世界抗辩,何尝不是为了于其中,与残缺的自我抗争:

艺术不能,也从来不该脱离重力和引力,脱离世间的一切的痛苦和丑恶——艺术家必须明白,只有意识到自身的束缚和局限,才能真正追求明晰而完美的表达——这也可以作为狂喜的另一个定义,狂喜意味着摆脱一切痛苦、丑恶与苦难,而专注于美。但纯粹狂喜的艺术品却只能令我不快,或漠然置之。

准确来说，轻重明暗，痛苦与狂喜无尽的争斗，乃是艺术的根本。

狂喜这个词，可以用在许多艺术家、诗人身上，如马拉美、瓦雷里、罗丹、梵高、里尔克等，但不属于扎加耶夫斯基。置身残缺的世界而决定起身赞美，他获得的是"使生如夏花之绚烂，死如秋叶之静美"的人生境界；他的"艰难苦恨繁霜鬓"的经历给予他的，是怜悯，是宽恕。加缪在《艺术家及其时代》中的话，或许可以用在扎加耶夫斯基的身上："……从未有过一部天才的作品是建立在仇恨和轻蔑之上的，这就是为什么艺术家在其行进终了时总是宽恕而不是谴责。"

有些抒情诗，篇章结构上很单纯，主要靠情绪情感力量的推动，没有刻意的构造。如"60后"诗人鲁西西的《哭泣之歌》：

你说的话还在，
但嘴唇没有了。

你穿的衣服还在，
但身体没有了。

你穿的鞋，
有脚伸进、伸出的印痕，
但脚没有了。

没有了，没有了……

当我从远处回家，

> 别人的母亲还在，
> 我的母亲没有了。

诗人闻听噩耗，从外地赶回奔丧，睹物思人而物是人非。丧母的悲恸不言而喻，但诗写得极其简约、克制，用的是洗练的日常口语，语句结构并无特别之处。篇章结构上，前三节是并列关系，每一节末句予以转折。最后一节收束，暗示一个完整的——相对于前面三节的分述——母亲不复存在。之前单成一节的"没有了，没有了……"，是痛彻心扉的无声嘶喊。若说语句结构上有什么细微变化，前三节的"但"字句在最后一节消失，其情感的重点不再放在转折上，而是于对比中的黯然神伤。这首诗在结构和语言方式上，可明显看到《新约》赞美诗体的影响。

鲁西西的另一首诗《可能性》，虽然句中有明确的序号标示结构和语义上的递进，但理解起来要困难得多：

> 我想列举一下星星存在的可能性：
> 第一，它总是出现在夜晚；
> 第二，它看起来，光线
> 总不如月亮；第三，
> 它有点像女性，那么漂亮，
> 那么有才华，却爱
> 把自己藏起来。
> 第四，在白天变成无形的东西无语默默。
> 又变成无声的事物默默。
> 第五，像没有行动力的字，
> 让笔画行动。
> 或者没有行动力的词，让字母行动——

像一个人的胳膊僵死了，是袖子
在行动，
或是空鞋子带着空身子行动。

理解上的困难在于，尽管诗的核心物象是星星，但诗人描述、体悟的可能性，是从具体到抽象，从实在到虚空、缥缈，有如我们在旷野仰望夜空所得感受：星星越看越多，越看越亮，但也越看越神秘，越看越虚幻。诗中，前两种是常识性的感受，平淡无奇。第三种拟人化，把"漂亮""有才华"与"藏"绾结，顿现诗意；而且，"藏"字反过来为前两种常识晕染了新意（它之所以出现在夜晚，光线不如月亮，只是因为"爱把自己藏起来"）。第四种可能性一出现，让人陡然感觉诗的内力开始膨胀。这种膨胀感不是来自写实，而是来自虚描，是从"藏"字衍生的某种意念；在实与虚的交错闪现间，是"有"与"无"的对立和转换：那些爱把自己藏起来，变得无形无声、默然哑然的东西，往往是天上人间最漂亮、最有才华者；她们——女性——的光辉，是由内而外自然生发出的生命力的充沛，因无意争辉而澄湛安详。所谓"大音希声，大象无形"是也。或者用里尔克的诗句说，"她存在于自身之内，像一个更高的希望"（《俄耳甫斯·欧律狄刻·赫尔墨斯》）。正当我们顺着这首诗的逻辑结构，细细梳理阅读中不断滋生的意绪时，诗人描画的第五种可能性又让我们坠入虚空，摸不着边际：没有行动力的字与词、行动的笔画与字母——这还是在列举"星星存在的可能性"吗？然而，这不正是一种"无"中生"有"的智慧吗？由上文"无"衍生的"空"，并不意味着"没有"：它是生命力充沛到极致所达成的无知无觉、无形无体、无牵无碍的自在境界。诗人说，在如此不起眼的星星身上，同样蕴藏这种可能性。在鲁西西的诗中，向外观察的目光是为了向内更深地收敛，以洞悉生命的奇妙与奇幻。这首诗印证了诗人所说的感知生命的三个层次：从感觉开始（直接的感官感受；对应于诗中的前两种状态），经过知觉（对感觉的理性分析和揭示；对应于第三、四种状态），最终到达灵觉（超越知觉后的直觉顿悟，出神入化；对应于第五种状态）。如果没有这种结构和语义的层层推衍，对人生——诗人针对的是女性人生——的可能性境界的领悟，仍将会坠入虚空，成为呓语。

诗人、艺术家吕德安的诗《父亲和我》，是当代诗中摹写父亲的名篇，留在许多诗人和读者的记忆中，其中传达的是两个男人间无言而深厚的恩情：

> 父亲和我
> 我们并肩走着
> 秋雨稍歇
> 和前一阵雨
> 好像隔了多年时光。
>
> 我们走在雨和雨
> 的间歇里
> 肩头清晰地靠在一起
> 却没有一句要说的话。
>
> 我们刚从屋子里出来
> 所以没有一句要说的话
> 这是长久生活在一起
> 造成的。
> 滴水的声音像折下的一枝细枝条

像过冬的梅花

父亲的头发已经全白

但这近乎于一种灵魂

会使人不禁肃然起敬。


依然是熟悉的街道

熟悉的人要举手致意

父亲和我都怀着难言的恩情

安详地走着。


诗写的是"我"和父亲在秋雨间歇时，并肩走出屋外，结构上应当显示父子二人漫步街道的过程；但除了最后一节，我们感觉每节都在重新返回初始的"父亲和我/并肩走着"，仿佛诗人在回忆中让二人的行动静止下来，以用心回味，"并肩"由此成为全诗描摹的核心细节和情感聚焦点。它经由第二节的"肩头清晰地靠在一起"得以具象化，又是第三节"父亲的头发已经全白"的细节白描的支撑点（肩头靠在一起，所以看得很真切；但诗人只是陈述事实，没有去渲染），同时是我们理解末节"难言的恩情"含义的线索。全诗几乎没有使用修饰性的形容词、副词，语句像秋雨一样明净、振爽。唯一特别的是"清晰"一词，用以修饰肩头靠在一起有点奇怪。不过，这个词一方面应和着诗的特定情境——秋雨初歇，世界一片清朗——另一方面暗示"我"与父亲一样高了，将成为父亲那样的白发之人：这是诗人在长久生活中，"好像隔了多年时光"之后的突然发现。恩情既在成熟与成熟之后衰老的父子之间流淌，也弥漫向街道、街道上致意的熟悉的人，弥漫向清朗的世界：滴水的声音，细枝条，过冬的梅花……

从写作者角度说，抒情诗靠情感的起伏带来结构的变化（当然也可以从阅读者角度说，是结构的变化引发了情感的起伏）。而且，很多优秀诗篇一气呵成，非常流畅，结构似乎不会成为诗人写作中要考虑的中心问题（长诗另论）。有一点是诗人们的共识，即不会因纠结于结构的整饬、严谨或多变，伤害情感的表达。诗人雷平阳的《亲人》和李少君的《神降临的小站》，都是一气呵成之作，都有神来之笔，也都是通过语句结构的层层递进来抒情：

### 亲 人
雷平阳


我只爱我寄宿的云南，因为其他省
我都不爱；我只爱云南的昭通市
因为其他市我都不爱；我只爱昭通市的土城乡
因为其他乡我都不爱……
我的爱狭隘、偏执，像针尖上的蜂蜜
假如有一天我再不能继续下去
我会只爱我的亲人——这逐渐缩小的过程
耗尽了我的青春和悲悯


### 神降临的小站
李少君


三五间的小木屋
　　泼溅出一两点灯火
我小如一只蚂蚁
今夜滞留在呼伦贝尔大草原中央
　　的一个无名小站

> 独自承受凛冽孤独但内心安宁
>
> 背后，站着猛虎般严酷的初冬寒夜
> 再背后，横着一条清晰而空旷的马路
> 再背后，是缓慢流淌的额尔古纳河
> 　　　　在黑暗中它亮如一道白光
> 再背后，是一望无际的简洁的白桦林
> 　　　　和枯寂明净的苍茫荒野
> 再背后，是低空静静闪烁的星星
> 　　　　和蓝绒绒的温柔的夜幕
>
> 再背后，是神居住的广大的北方

不同在于，雷平阳抒发的是对故乡、对亲人的"狭隘、偏执"的爱，李少君抒写的是大自然的旷远、神秘；雷平阳用的是"只爱……因为"的因果句的叠加，李少君用的是"背后……再背后"的并列句的叠加。雷平阳的"只爱"的范围不断缩小，情感逐渐向内凝聚到一个点，个我形象步步凸显，几近痴狂；李少君是静立在"无名小站"这个点上，视域和感受不断向外扩展，个我最终融入北方草原"蓝绒绒的温柔的夜幕"中。

　　有些诗的篇章结构，需要把诗题囊括进来。本书《分行与跨行》中所举余笑忠的《凝神》，有评论者认为，婴儿时期的"我"不可能真的"看到"，而且记住年轻的母亲当年的一举一动，因此断定它有超现实的奇幻色彩，称赞诗人有双"灵视"之眼。这是很有见地的解读。不过还是有个疑问：评论者何以如此确定诗中出现的八个"我"，都是同一个"我"？如果把全诗视为一个完整结构，起句"这一刻"指的是诗题所言"凝神"时刻，一种入定状态，在入定中"我"沉入记忆的最深处。因此，诗中接踵而至的"我"并不是同一个"我"，而是处于既分裂又聚合的状态：首节第一行三个"我"，指的是成年的"我"（借用一下叙事学术语，叫"叙述自我"，即当时当刻正在叙述往事的"我"）；首节第二行到第二节中的"我"，则是记忆深处的婴儿时期的"我"（叙事学叫"经验自我"，即回忆中的过去的"我"）。任何一首以第一人称回忆往事的诗，都会出现当下的"我"和过去的"我"，但《凝神》很有意思的地方在于第三节首行"我看到"：

> 我看到
> 我的母亲对着那些兴冲冲地喊她出去的人
> 又是摇头，又是摆手

这个"我"，聚合了成年的和婴儿的"我"的双重视线——这正是诗人要以标题"凝神"强调的特殊时刻中的特异状态，无法以日常逻辑去要求。这就是艺术真实对生活真实的超越。由此可以推测，诗人很可能是在现实生活中目睹了某位年轻的母亲正在照看摇篮里的婴儿，勾起了他对往事的回忆。

说到把诗题纳入诗的篇章结构，我们再来看一首诗，出自"80后"诗人张常美：

### 春风里

> 火葬场后面
> 是片浓蔚的小果园
> 一个父亲
> 爬在高高的梯子上

像为天空修剪多余的白云

一个小男孩，六七岁的样子
用刚刚修剪下的树枝
从蚁群中间挑出一只青虫
像是从送葬的队伍中拿走了逝者

总有突然的变故，令它们慌张
总有风，令它们的衣服落满灰尘

读过标题再进入诗，敏感的读者会发现一个问题："春风里"的下面，为什么紧跟"火葬场"？这太突兀、太令人意外了，但极可能是诗人童年生活场景的写实——来自生活的写实总是可以击碎我们头脑里的刻板印象，以为写春天一定是写生机勃勃——不过诗人的意图，不一定是在以劈头的生与死的强烈反差，来刺激读者，因为诗很快转到火葬场的"后面"，那片"浓蔚的小果园"，返回到"春风里"的和美意境中。然而，新的问题又会涌上来：为什么要用"浓蔚"这一生造词来修饰小果园？诗人本可以选用很多现成词语，来表现小果园的长势旺盛。"浓蔚"与"火葬场"之间有关联吗？年龄大一些的读者，尤其是有乡村生活经历的读者，可能听闻过长辈们这样的传言：火葬场周边的田地特别肥沃，庄稼、植物也长得高大、茂盛。对此我们只能姑妄听之，无法证明其真实性和科学性，但这就是诗人体验到并写入文本的现实。用扎加耶夫斯基的话说，诗人写的是"对现实的反应"，而不是现实本身。在诗人感受到的现实中，生与死是并存、转换而不是隔绝、对峙的。首节的后三句出自童年视角，记忆中的幻象，谈不上新意，其作用是为诗晕染上童话色彩。而童话往往涉及人生最基本、最单纯的伦理主题：生与死、善与恶、美与丑、幸福与悲伤、诚实与虚伪等等。童话色彩，与诗人要传达的意蕴有关联吗？从篇章结构上说，第一节的童年视角，很自然带出第二节果树下的小男孩。小男孩们的游戏似乎亘古不变——如同代代相传的童话的寓意——但是，"从蚁群中间挑出一只青虫/像是从送葬的队伍中拿走了逝者"，却跳出了虚拟的童话，返身凝重的现实；而且，后一句从"送葬的队伍"和"拿走了逝者"两个维度，呼应了标题"火葬场"。同时，"拿走了逝者"的孩子的游戏，让首节"像为天空修剪多余的白云"的父亲的劳作，变得像童话一样意味深长：谁是这世上"多余的"呢？从标题开始，诗的镜头一直在摇晃：春风里——火葬场——小果园——爬在高高梯子上的父亲——高过父亲的白云——果树下的小男孩——地面上无声无息忙碌不已的蚂蚁们……风从火葬场吹来。蚂蚁——也许还有正在忙碌的人——衣服上的灰尘，过早沾染了死亡的细微颗粒。

在篇章结构与语句结构中，抒情诗更讲究语句结构的变化。在早期白话新诗，在后来的新诗现代主义浪潮（如现代派、象征派等），在港台地区现代主义诗歌运动中，在中国大陆朦胧诗、第三代诗歌、"90 年代诗歌"中，都可以找出许多例证。新旧世纪之交，日常生活的审美化或审美的日常生活化，成为世界范围内哲学、美学与艺术的主潮。回过头来，诗人们不仅在古典诗词中"温习"用日常语言表情达意的名篇佳作，而且更清醒地意识到，即便像叶芝、T.S.艾略特这样晦涩难懂的诗人，也从没有忘记俗语、俚语、方言之于诗歌写作的重要意义，更不用说那些立志把他们挑翻马下的诗人。因此，把诗歌语言与日常语言强行对立——像俄国形式主义者所倡导的那样——通过有意制造两者的差异来获取"陌生化"效果，看起来并不是诗人们的旨趣所在。朱光潜曾说：

　　诗是最精炼的情思表现于最精炼的语文，所以比其他种类文学较难了解。有些诗难在情思深微，境界迷离隐约，词藻艰深，典故冷僻，本事隐晦。但是我们一望而知其难，便知道要费一番苦心去摸索，不至于把它轻易放过；费过一番苦心，总可以有豁然贯通的时候。真正"难"的诗倒是表面看来很平淡无奇而实在有微言妙蕴的，我们略不经意，便滑了过去，犹如佛家所说的身怀珠玉，不知其为宝而去行乞一样。最大诗人的最大成就往往就在这种平淡无奇，不易令人经意处。

朱先生虽然谈的是古典诗，也完全适用于新诗的欣赏和解读。当然，要做到这一点，只关注诗的结构还不够。了解、把握诗的语境，在语境中咀嚼其"微言妙蕴"，也是一条重要途径，而且往往更适用于那些"表面看来很平淡无奇"的诗。这种诗最难写，也最不易解读。

# 语　境

　　"如果有天堂，天堂应该是图书馆的模样。"这句被冠以博尔赫斯的名言，广为流传。前几年，笔者所在大学的毕业典礼上，一位中学校长、特级教师作为杰出校友应邀出席致辞，也引述了这句话，勉励学子发奋读书。但这句话的准确出处，却让众人迷惑，知乎、豆瓣上都有话题组。唯一的线索指向博尔赫斯的《关于天赐的诗》。这首诗较长，但为了避免断章取义，照录如下：

> 上帝同时给我书籍和黑夜，
> 这可真是一个绝妙的讽刺，
> 我这样形容他的精心杰作，
> 且莫当成是抱怨或者指斥。

> 他让一双失去光明的眼睛
> 主宰起这卷册浩繁的城池，
> 可是，这双眼睛只能浏览
> 那藏梦阁里面的荒唐篇什，

> 算是曙光对其追寻的赏赐。

白昼徒然奉献的无数典籍，
就像那些毁于亚历山大的
晦涩难懂的手稿一般玄秘。

有位国王（根据希腊的传说）
傍着泉水和花园忍渴受饥；
那盲目的图书馆雄伟幽深，
我在其间奔忙却漫无目的。

百科辞书、地图册、东方和
西方、世纪更迭、朝代兴亡、
经典、宇宙及宇宙起源学说，
尽数陈列，却对我没有用场。

我心里一直都在暗暗设想
天堂应该是图书馆的模样，
我昏昏然缓缓将空幽勘察，
凭借着那迟疑无定的手杖。

某种不能称为巧合的力量
在制约着这种种事态变迁，
早就有人也曾在目盲之夕
接受过这茫茫书海和黑暗。

我在橱间款步徜徉的时候，
心中常有朦胧的至恐之感：

我就是那位死去了的前辈①，
他也曾像我一样踽踽蹒跚。

人虽不同，黑暗却完全一样，
是我还是他在写这篇诗章？
既然是厄运相同没有分别，
对我用甚么称呼又有何妨？

格罗萨克或者是博尔赫斯，
都在对这可爱的世界瞩望，
这世界在变、在似梦如忘般
迷茫惨淡的灰烬之中衰亡。（林之木　译）

第六节前两行，当是名言的原始出处。但首先，四处流传的名言与原译文不符（暂未查到其他中译文）；更有意思的是，原译文表达的情感、含义与引用者的意图，南辕北辙。全诗的情感基调，在起首已奠定："上帝同时给我书籍和黑夜，/这可真是一个绝妙的讽刺"。况且，第六节两行诗语义未尽（句尾是逗号），加上后两句"我昏昏然缓缓将空幽勘察，/凭借着那迟疑无定的手杖"，才表达完整的意思。

　　博尔赫斯的眼疾从三十岁起就不断加重，直到五十多岁时失明。与其他人不一样的是，缘于家族遗传，从懂事之日起，他就知道自己要失明，只是不知道这一刻何时到来。他在电台做访谈时自

_____

① 指下文的保罗·格罗萨克（Paul Groussac），法国历史学家，后移居阿根廷。博尔赫斯是继何塞·马莫尔（José Mármol）和格罗萨克之后，第三任患有失明症的图书馆馆长。

述："我亲眼看着我双目失明的父亲微笑着死去。我的祖母是英国北方人，她来自诺森伯兰。我亲眼看着双目失明的她微笑着死去。我的曾祖父死的时候也是双目失明，但我不知道他当时是否也曾微笑过。……我是第四代。"他自称晚年双眼还能分辨白色和灰色，但对黑色和红色无能为力。朋友们知道他钟爱老虎的黄色、玫瑰的黄色，每年生日时都会为他买上色彩鲜艳的领带。博尔赫斯此时则会引用奥斯卡·王尔德的话来表达自己的感受：只有"聋子才能戴像这样的领带"。

"这世界在变、在似梦如忘般/迷茫惨淡的灰烬之中衰亡"。博尔赫斯对自身的遭际，对这个世界，包括上帝在天堂为他所做的安排，如此沮丧。天堂如果是一座图书馆，对他不啻痛苦难堪的折磨。幸好还有诗歌在记录这一切，还有诗人在叮嘱我们，"尝试赞美这残缺的世界"。要想进入诗的世界，就不能不留意语境，否则就会在不经意间，把自我的"先见"甚或偏见，强加于人。

语境（context，旧译上下文），即语言环境。它不仅是文学理论、文学批评，也是语言学、媒介传播学的重要术语之一。通常把语境分为狭义和广义两大类，前者指言语环境，是书面语的上下文或口语的前言后语；后者指言语表达时的具体环境，既指言说时的具体场合，也指言说者所处的社会环境、时代背景。言语一词，按照索绪尔的说法，指对约定俗成的语言的个人化运用。每一个文本，都可以看作写作者对语言的个人化运用，每一个人的运用又不可能完全一致。这是文学文本有魅力的地方，也给阅读、分析带来不小的麻烦。

语境这个概念，是波兰人类学家布罗尼斯拉夫·马林诺夫斯基1923 年提出的。他区分出了两类语境：情景语境和文化语境。前者相当于语言性语境，即前述的狭义语境；文化语境相当于非语言性语境，即前述的广义语境。读者阅读时，直接面对的是文本的上下文。本书讲细节与准确时，举了张执浩的《蘑菇说木耳听》中的"酱紫"一词。作为网络热词，它谈不上有什么诗意，但在特定的上下文中就有了诗意。一般把语境等同于上下文，那是一个微观的语言性语境。很多时候，为了准确、恰当理解、把握文本的情感、意蕴，还需要考虑促成一个文本诞生，对其言语、风格、内涵等产生错综复杂影响的非语言性环境。

王先需在《文学文本细读讲演录》中，从微观到宏观，将语境分为三个层次：一是语篇语境（词语的上下文），二是情景语境（说话的场合、气氛，说话人的表情、动作等），三是文化环境（语言的发送者和接受者各自所处的更广阔、更深层的背景）。我们着眼于新诗（书面）文本的解读，借鉴王先生的观点，将它分为三重：文本内语境、诗人文本群语境和文化语境。

先说文本内语境，即上下文。它与前一节所讲的结构密不可分，但不是完全重合的。结构说的是文本的组织方式和内部构造，亦即文本是怎么构成的、有什么特点。这些特点需要与常规语法结构、常用表达方式相对比，所以，我们通常对有异于日常用语、科学用语的语句，非常敏感，也能够做出很好的分析。一旦文本内的语句在各方面看起来很"正常"，则会举棋不定。比如前举策兰的那句札记，如果他说的是："那是春天，鸟飞向它们的树木。"还有没有诗意呢？单就这一句来说，只是对春天场景的写实，确实难说有什么诗意；如果为它添加上下文，则很可能会出现诗意。这就是说，语境虽由语句构成，但不是语句的简单叠加，无论它们是否显得"陌生化"。用一个常见公式：

1 个语句+1 个语句+1 个语句……>N 个语句

"陌生化"的表达可能有诗意，常规化的表达借助语境，同样可能有诗意。我们不太注意后者，是因为没有留意语境，或留意了而没有特别关注。倘若要从无字处读出有字来，更需要依赖语境产生的作用力。辛弃疾《青玉案·元夕》，历代论者好评如潮，尤其是词尾"众里寻他千百度。蓦然回首，那人却在、灯火阑珊处"，似有无穷意味。且看顾随（笔名苦水）先生的赏析：

> 一首《青玉案》，题目注明是《元夕》，写鳌山，写烟火，写游人，写歌舞，写月光，写闹蛾儿与雪柳，若是别一个如此写，苦水便直截以热闹许之。但以稼轩之才情、之工力论之，苦水却嫌他热闹不起来。莫道老辛于此江郎才尽好。须知他当此之际，有不能热闹起来的根芽在。要会这根芽，只看他结尾四句便知。夫"众里寻他千百度"，则其此夕之出，只为此事，只为此人，彼鳌山、烟火、游人、歌舞、月光、闹蛾儿与雪柳也者，于其眼中心中也何有？此人而在，此事而成，鳌山等等，有也得，无也得。此事而不成，此人而不在，鳌山等等，只见其刺目伤心而已。热闹云乎哉？鳌山等等，今也亦姑置之，而那人固已明明在灯火阑珊处矣，又将若之何而可？稼轩平时，倾心吐胆与读者相见，此处却戛然而止，留与读者自家会去。吾辈且不可辜负他。夫那人而在灯火阑珊处，是固不入宝马雕车之队，不遂盈盈笑语之群，为复是闹中取静？为复是别有怀抱？为复是孤芳自赏？要之，不同乎流俗，高出乎侪辈，可断言。此亦姑置之。若夫"蓦然回首"，眼光霍地一亮，而于灯火阑珊之处而见那人焉，此时此际，为复是欣慰？为复是酸辛？为复是此心踌躇，几欲冲口而出？不是，不是，再还他一个不是。读者细细体会去好。莫怪苦水不说。倘若体会不出，苍天，苍天！倘若体会得出，不得呵呵大笑，不得点点泪抛，只许于甘苦悲欢之外，酿成心头一点，有同圣胎，须得好

好将养，方不辜负辛老子诗眼文心。

我们这些读者，是否会因体会不到辛词此等妙处，徒唤"苍天，苍天"，还是体会得一点而"呵呵大笑""点点泪抛"。若要体会得出，须入语境，以重构其艺术意境。从解读方法说，顾先生是由辛词的"根芽"处回溯全篇，解释词人何以热闹不起来，何以平素与读者肝胆相照的他，此际却戛然而止。若非全身心投入语境，如鱼在水，并以自己的阅历、学识与之遇合，是无法这般"细细体会"的，自然会辜负"辛老子诗眼文心"。

新诗与古典诗词在语言、诗体等方面差异很大，且不断被厌倦新诗者放大。好在新诗诗人同样身处传统文化长河中，使用的还是汉语。前辈学者、诗人对古典诗词妙悟会心的方法，值得认真学习，尤其是如何紧贴语境，加以融会贯通。本书讲节奏与韵律时，说余笑忠的《凝神》首行"这一刻我想起我的母亲，我想起年轻的她"之所以有后半句，是为了让节奏舒缓下来，以示进入"凝神"的过程。如果读完全诗后回溯，就会意识到，这里"年轻的"与末节"那些兴冲冲地喊她出去的人"中的"兴冲冲"，有结构也有意旨上的呼应：劳作的间隙，母亲的玩伴们——同样可能是"年轻的"——一定是发现了很好玩的事，才来喊母亲。这样，母亲"又是摇头，又是摆手"的动作方更显其决绝的态度。同时，在语境中，"年轻的"一词具有反射作用：反射到之前的"我"身上，暗示"我"不再年轻，已为人父母。这就是我们为什么说，诗中"我看到"之"我"，实际上叠合了成年和婴幼儿的"我"的双重目光。

与张力、复义、反讽等一样，语境是英美新批评派文本解读理论中的重要术语。新批评派认为，在文本中，词义的确定是由纵横两种语境相互作用而确定的：纵的语境，指一个语词在其使用的全部历史中留下的痕迹；横的语境，是语词在当下使用时的具体环境。按照布鲁克斯的说法："当一个词用在一首诗里，它应当是在特殊语境中被具体化了的全部有关历史的总和。"确定一个语词的含义，需要同时考虑该词的所有历史含义（可借助词典）和它在文本中可能的含义（常会超越词典收录的义项）。前举夏承焘先生解说辛弃疾《西江月》，认为"别枝"作离开枝头解，与苏轼诗"明月惊鹊未安枝"同义，不是"蝉曳残声过别枝"中作另外一枝解的"别枝"，即是顾及语词的历史含义和当下的具体含义。余笑忠在《给无名女孩》中也写到蝉声："在羞耻中活着/多么难。鸣蝉过枝/从鸟雀的欢歌中，我辨认出/寒蝉哀鸣"。"过枝"摹写的是蝉受到骚扰而惊恐地在枝条间四处冲撞，伴随一阵杂乱的鸣叫，与鸟雀的欢歌形成对比：有人形似鸟雀，也有人形似寒蝉。他的《春游》的首节是："盲女也会触景生情/我看到她站在油菜花前/被他人引导着，触摸了油菜花"。成语触景生情的含义已约定俗成，"触"指的是触动、感动，即人的心怀、情怀由景物感发，与手的动作毫无关系。诗中触景生情说的是盲女，第三行用了"触摸"一词，那么，成语中的"触"是否一开始指的就是人手的触摸呢？当然，诗人不是要我们去做考据工作，他希望我们在这个字词上停下来；面对盲女，面对她再自然不过的触摸油菜花的举动，诗人希望我们换一双"眼睛"看世界、看他人。盲女是"被他人引导着"，我们这些视力正常者，是否同样需要被"他人"引导？曼德尔施塔姆说，诗歌"在一个词的途中把我们叫醒摇醒"，然后我们才发现，"那个词比我们想象中的更长"，更有意味。诗歌唤醒了我们对语词，也就是对世界、对他人的重新感知。

我们用诗人文本群语境一说，是指把诗人的某个文本，与他同一时期、同一类型或表达相似情感的其他文本，串联成更大的文本语境，目的还是为了帮助我们解读"这一个"文本。比如，徐玉诺

写了许多小诗，仅在后人编选的《徐玉诺诗歌精选》中，直接标以
"小诗"的就有 25 处（组）45 首。这些小诗虽然写于不同年代，
但都反映出诗人的情感状态、创作风格、诗学观念等。如：

　　　失意的影子静沉沉的躺在地上；
　　　生命是宇宙间的顺风船，
　　　——不能作一刻的逗留；
　　　总是向着不可知的地方。(1922 年 2 月)


　　　当我把生活结算一下，发觉了死的门径时；
　　　死的门就嘎的一声开了。
　　　不期然的，就有个小鬼立在门后，默默的向我示意；
　　　我立时也觉得死之美了。(1922 年 4 月)


　　　"一个不稳定的孩子！"我一点也不反对；因为：
　　　当历史用各种圈套来罩我的时候，我脱然的跑了。我到了
　　一个花园里；及你看见我，我已是又跑开了。所以我常是不规
　　则地跑着……(1922 年 5 月)


　　　光明近捷的路，
　　　是无数人一脚一脚踏成的；
　　　但没一个是为着别人。(1925 年 3 月)


魏天真认为，他为数众多的小诗，以及没有以此题名的短小诗歌，
都是一种有全新意味的沉思冥想，非常讲究对当下体验灵机一动式
的疏泄，其深邃空灵是冰心等人难以相比的。白话诗虽说立志于革
除旧体诗的腐旧陈滥，事实上很多用白话写出的新诗，无论从哪个

角度看，都远远达不到古诗已达到的高度，还显得比古诗更加腐旧，但徐玉诺的诗却多有新奇超拔之处。这种解读不仅把诗人的"小诗"作为文本群，而且是在白话新诗的文化语境中，去观照诗人的位置和价值。

顾城的《远和近》中的"你"与"我"是什么关系，一直存在争议。大部分当代文学史教材认为两人是泛指，揭示的是十年动乱之后普遍存在的，人与人之间的陌生、隔阂、冷漠、相互疏离。这是基于文化语境的解读，虽然还是习惯性地追索诗的主题思想，却不能说不合理。然而，这样的解读与"这一个"文本没有太大关系。我们可以找出许多首表达这一主题思想的朦胧诗，包括在顾城自己同时期的诗作中。熊秉明先生有专文《论一首朦胧诗》分析这首诗，说他第一次读时，"毫不怀疑地认为这是情诗"，但问其他读过的人，回答很不一致，这让他很吃惊。熊先生凭的是阅读直觉，后来才觉得有撰文加以讨论的必要。熊先生和他所问的人，包括前面提到的教材编写者，都没有注意到这首诗不是单独发表的；在各种新诗或当代诗或朦胧诗的选集中，乃至顾城父亲、诗人顾工在其身后编选的《顾城的诗》当中，这首诗都是单列的。本书从分行与跨行的角度分析过它，说它是一首表达恋情的诗，与熊先生观点一致。这里再结合文化语境，做进一步的讨论。

《远和近》最初以《小诗六首》为题，刊发在《诗刊》1980 年10 月号（首届"青春诗会"作品专辑。熊先生文中误作 1979 年 10 月号），并附有诗人的诗观（顾城姐姐顾乡编选的《顾城诗全编》，在《在夕光里》一诗题注中，详细说明了六首小诗的发表过程，并附有顾城的诗观，可参阅）。六首小诗都作于 1980 年 6—8 月间，其中五首写到两个孩子："我"和"你"。诗人同一时期的写作，存在一定的关联；以组诗形式出现，关联性则更为紧密。出现了"我"和"你"的五首小诗，都可看作爱情诗，如《在夕光里》：

在夕光里，
你把嘴紧紧抿起：
"只有一刻钟了！"
就是说，现在上演悲剧。

"要相隔十年，百年！"
"要相距千里，万里！"
忽然你顽皮地一笑，
暴露了真实的年纪。

"话忘了一句。"
"嗯，肯定忘了一句。"
我们始终没有想出，
太阳却已悄悄安息。

另一首《雨行》写道："在缓缓飘动的夜里，/有一对双星，/似乎没有定轨，只是时远时近……"在这五首小诗中，两人都被描摹成天真、纯洁、顽皮的孩子形象，互相依偎也互相慰藉。他们对现实保持警觉和距离，执拗于内心向往；或者说，正由于他们执着于幻想，在"灰色"（《感觉》）的现实中才显得异常的醒目和刺目。

本书《声音与调质》中曾举张执浩的《如果根茎能说话》，用诗外材料解释其中为什么说"死去的母亲仍然活着/今年她十一岁了/十一年来我只见过一次她"。七年后，诗人写下另一首《咏春调》，提及这一细节：

我母亲从来没有穿过花衣服

这是不是意味着

她从来就没有快乐过?

春天来了,但是最后一个春天

我背着她从医院回家

在屋后的小路上

她曾附在我耳边幽幽地说道:

"儿啊,我死后一定不让你梦到我

免得你害怕。我很知足,我很幸福。"

十八年来,每当冬去春来

我都会想起那天下午

我背着不幸的母亲走

在开满鲜花的路上

一边走一边哭

恐怕没有人愿意在脑海中浮现这样的场景:边听边哭的儿子,背着病入膏肓的母亲,走在开满鲜花的路上。春天来了,对不同的人的意味却截然不同。有心的读者,还可以在诗人的随笔《为什么我梦不见你》中找到相同的答案。它同时与《咏春调》形成互文关系:

十多年过去了,母亲,我现在要向你供认一件事情,一桩只有在夜深人静的晚上才会悄悄发生、反复上演的事情,一个成年男人羞于启口的行为:十多年来,每次当我想你的时候,都会在入睡前,将双手慢慢从身体两侧移至胸口,以这种扪心自问的姿势进入梦乡。我清楚这样做的目的,无非是想再见你一次,哪怕是你已如鬼魅闪现、午夜魍魉。然而,你从来不肯给我一次机会,因为你生前就有言在先:"我不会让你梦见我的,我怕吓着你。"

说这话的时候，我正背着你那被癌细胞折磨得奄奄一息的身躯，从阴凉的人民医院里出来。记忆中，这是我在人世间第一次这样背着你，如同在我小时候你无次数这样背过我一般。你俯在我的耳边，幽幽地呢喃道："儿啊，你真好……"那也是这样一个春天，街道两旁的梧桐、银杏、香樟树正绽放出嫩绿；那也是个明晃晃的中午，我和你的影子重叠在大地上，我有健步如飞的力气，却故意走得很慢；那也是我在人世间离你最近的一次，我第一次留意你的呼吸，第一次嗅到了你的气味，第一次感觉到"母亲"并不仅仅是一个称谓……我肯定是泪流满面地在街道上踟蹰，但我不会承认我在哭，而事实上，我是在笑着这样安慰你："……没事的，妈，你一定能长命百岁！"

诗人不同的文本，包括不同文体的文本之间，相互映射也相互参证，形成文本群语境。解读一首诗的目的，不一定是为了找到一个确凿无疑的答案，很可能它并不存在；关键在寻找的过程，这个过程实际上就是尽可能扩大阅读视域，不再随意、轻易地下结论；阅诗、阅文如此，阅人、阅物、阅世何尝不是如此。一首好诗带给我们的绝不仅仅是诗。

文化语境，是最常见也是最常用的介入文本的方式。从小学到大学，在语文课堂上，几乎没有哪一篇文学文本没有经过文化语境的观照。对此不再展开细说。解读中要避免习惯性地将它作为"帽子"扣在每一个文本头上，应当更加关注与该文本的创作密切关联、有助于深入解读的材料。舒婷的名作《致橡树》《神女峰》都入选了中学语文教材，解读时既可把两者、把诗人其他的诗，作为文本群语境对照阅读，也需要结合诗人的写作动机、创作意图来思考。两首诗虽然都着眼于女性的处境和命运，一今一古，但无论情感指向、主旨立意，还是语气语调、表达方式等，都有很大的差异。《致橡树》有感于现实中"伟大的爱情"的缺失，以假想方式（"我如果爱你"），宣告一种理想的、近乎标准的两性相爱模式。它充溢着激情的浪漫气息，也因之晕染上虚无色彩。它给深陷情感困惑中的当代女性以精神的鼓舞和心灵的启示，也让她们在现实生活的寻寻觅觅中尝遍了苦涩。《神女峰》则触景生情，戳穿了数千年来笼罩在神话传说、民间故事里的虚幻与欺瞒的假面，让神女走下神坛，让冰冷、坚硬的石头，重新融化为一颗温暖、柔软的心。与之相应，《神女峰》一改《致橡树》中咄咄逼人、不容分辩的气势和语调（"绝不""必须"），不是大声的宣告，更像是低声的劝慰与抚慰。这一切，出自《神女峰》中女性抒情主体与她抒写的女性对象之间的感同身受：那翻飞的衣裙，犹如抒情者内心翻涌的五味杂陈的情绪；那一阵阵"高一声/低一声"的江涛，仿佛心底激起的一声声"沉重的叹息"。这里没有英雄，没有要与英雄比肩而立的豪情壮志，有的是平凡人珍惜世俗生活、居家过日子的心满意足。而且，诗人所叹息的，不只是供人瞻仰、失去生机的石像，也包括轮船上那些挥舞"各色花帕"、欢呼雀跃的同性——更大的悲哀、更深的悲凉在此中生发、蔓延。诗人的写作为什么会有这种改变？时隔二十多年，舒婷在接受采访时说，《致橡树》发表后，不断有年轻女性写信或在她出外讲座、参加活动时当面倾诉，她们在现实生活中遍寻"橡树"而不得，为此苦恼不已。这给了诗人很大的精神压力。1981 年 6 月，诗人来武汉参加笔会，乘游船游览三峡，写下《神女峰》。诗人说，这首诗是出于"对抗""纠偏"的心理而创作的，也暗含以诗来解答众多年轻女性有关爱情、婚姻的困惑。《神女峰》的创作动机来自诗人的自我反思，是在反思中重新诠释新时代女性的形象、身份，由此造成了它与《致橡树》在语调节奏、体式风格上的不同。

　　说到文化语境，还会出现由于民族文化差异导致的误读文本。在新疆伊犁地区，有一首流传很广、深受欢迎的哈萨克民歌《燕子》，原用哈萨克语演唱，后被许多著名歌手翻唱。汉语歌词是：

　　　燕子啊
　　　听我唱个我心爱的燕子歌
　　　亲爱的听我对你说一说　燕子啊
　　　你的性情愉快亲切又活泼
　　　你的微笑好像星星在闪烁
　　　眉毛弯弯眼睛亮
　　　脖子匀匀头发长
　　　是我的姑娘燕子啊
　　　燕子啊
　　　不要忘了你的诺言变了心
　　　我是你的你是我的燕子啊

懂哈萨克语的人说，翻唱成汉语后的"脖子匀匀"有些不伦不类。原文的意思是"苹果脖子"："我"朝思暮想、一往情深的燕子，是位有"苹果脖子"的美丽姑娘，译成汉语"脖子匀匀"后既莫名其妙又缺少韵味。苹果在哈萨克民歌中有多重象征和寓意，很常见的一种是对姑娘的赞美。汉民族常用"苹果脸蛋"赞美姑娘的美丽；在哈萨克人看来，最美的姑娘应该有一个"苹果脖子"。曾长期在新疆工作的诗人、作家沈苇在一篇随笔中说，苹果在哈萨克民歌中也充当爱情信物，如"你给了我一个苹果，我看上了你的身段。""情人啊，我奉献给你的不是苹果，而是整个灵魂。"碧野先生在《天山景物记》中描写，伊犁天山脚下有大片的野苹果林、野苹果沟。野苹果是驯化苹果的祖先，是"苹果之父"，哈萨克人熟悉、喜爱它，赋予其自然、生动又贴切的象征意蕴。当我们大致了解了文化习俗赋予的象征含义后，不妨大胆地发挥一下艺术推想力：用"苹果"来修饰脖子，不仅指心爱的姑娘会散发出苹果的芳香，还可能寓意姑娘身上的"野性"，从内到外散发出的天然之美、自然之美、率性之美。

同一个国家不同民族文化的差异尚且如此，东西方文化的差异就更为复杂。这些文化差异会以各种方式渗透在文本中。缺乏相关文化语境的必要知识，可能会想当然地理解文本，难以与之形成对话。《圣经》是西方文明、文学的源头，不了解它，阅读从西方古典到当代的文学文本时会遇到很多困难，许多文本都会引用其典故、场景、意象、人物、格言等。下面是《旧约·诗篇》二十三中的前两节：

> 耶和华是我的牧者，
> 我必不至缺乏。
> 他使我躺卧在青草地上，
> 领我在可安歇的水边；
> 他使我的灵魂苏醒，
> 为自己的名引导我走义路。
>
> 我虽然行过死荫的幽谷，
> 也不怕遭害，
> 因为你与我同在；
> 你的杖，你的竿，都安慰我。

它运用了《诗篇》中重要的修辞手法：暗喻，即把上帝对人的眷顾比作牧人对羊的看顾。由第一句领起，从不同角度表现上帝的眷顾是无所不及的，也肯定了人对上帝的完全依靠："我必不至缺乏"。

"死荫的幽谷"所展示的，是一个漆黑、幽深、充满凶险的山谷，一条道路穿越其中，是羊群的必经之路。"死荫"英文为 death-shade，这个意象使这节诗形成了张力：山谷越是凶险，道路越是艰难，就越能显示出上帝眷顾人的力量的巨大和不可缺少。诗中提到的杖和竿，显然与幽谷的危险分不开，但如果不了解古代巴勒斯坦牧羊人的生活习俗和方式，很难把两者联系在一起，也就很难进入诗的情境中。美国圣经文学研究专家利兰·莱肯《圣经文学导论》一书，记载了一位巴斯克牧者对这节诗的解读。牧者说，在巴勒斯坦，真的有一个叫"死荫谷"的地方，是一条穿过一座山脉的狭长通道。由于气候与牧羊条件的原因，每年羊群都必须通过这个峡谷，才能找到季节性的牧羊地点。峡谷中间地带有一段路，断开了一个八英尺宽的沟壑，每一只羊都必须跳过去。这时牧羊人就站在沟边，不停地诱哄或强迫羊跳过去。如果有羊滑入沟中，牧羊人的杖就起作用了：它是一种老式的曲柄杖，可以套住大羊的脖子或小羊的胸脯，把羊拉出沟壑。与此同时，有许多豺狼就埋伏在峡谷的阴影下，等待猎物的到来。牧羊人可以用手中的竿为武器，抵挡、驱赶豺狼，保护羊群和自己。

英美新批评派的解读理论，特别是"细读"（close reading）法，主张孤立文本，巨细无遗地研究、诠释语义和结构，反对在一位诗人的文本之间、在不同诗人的文本之间做比较，也不会将一个文本纳入一种文类去研究，更不会去探讨时代背景、创作环境、创作动机等。中国文学欣赏、解读的传统方法，讲求知人论世、以意逆志，注重对意蕴、意境的涵泳玩索，与新批评派差异很大。细读法重视语言的价值和作用，把注意力高度集中在特定文本上，这些都值得我们很好地借鉴，但不必机械地套用，应当根据文本的实际情况，灵活运用不同的解读方法。

# 叙事性

　　叙事或叙事性作为诗学术语被频繁提及、讨论，成为一个时代的诗歌写作现象，是在 20 世纪 90 年代。当时被议论得比较多的诗人有于坚、欧阳江河、张曙光、孙文波、张枣、柏桦等。本节采用叙事性一说，指的是抒情诗的叙事功能；叙事则是叙事诗的基本功能，如冯至先生的《人皮鼓》《韩波砍柴》，是他晚期少数几首被首肯的诗作。叙事性是诗的抒情性的别样体现，并非与抒情性对立。一首抒情诗的抒情方式可分为直接和间接两大方式：直接抒情即直抒胸臆，比较单纯，易于辨识；间接抒情则有很多种途径，叙事性是其中之一。郑敏先生曾说，单纯的抒情已不是 20 世纪诗歌的特质。破除古典主义、浪漫主义式的"单纯的抒情"，是 20 世纪现代诗歌的主潮，方式、手段五花八门，但目的明确：涵纳现代人更为复杂的生活感受和经验。借用 T.S. 艾略特的名言，不是"放纵感情"而是"逃避感情"，成为现代诗人的普遍心声和写作理想。因此，叙事性可视为新诗现代性的一种征候。

　　叙事性凸显在 20 世纪 90 年代的中国新诗中，有诗之内部和外部的双重语境。从内部来说，新诗自五六十年代的颂歌、赞歌，到七八十年代之交的朦胧诗，似乎恢复了"诗"之名，但朦胧诗中普遍存在的、浓到化不开的主观情感，尤其将一己之情感作为众人之情感来抒发，扮演"代言人"角色，令很多年轻诗人和读者感到不适。一个简单的例证是，顾城的诗题是"一代人"，抒情者是"我"而并非"我们"。叙事性诗一开始就把目标对准"纯诗"——"单纯的诗"。从外部来说，八九十年代之交社会的经济转型，下海热、经商热，象牙塔的消失——至少是被鄙弃——以及文学艺术的边缘化，各种复杂因素交错，造成社会和人心的振荡与骚动。不少诗人深感需要某种复杂的诗体，应对更加复杂的人生感受、经验。就像诗人、翻译家西川说的，"语言的大门必须打开，而这打开了语言大门的诗歌是人道的诗歌、容留的诗歌、不洁的诗歌，是偏离诗歌的诗歌"。"不洁"或"不纯"——相对于"纯洁"或"单纯"——成为 90 年代诗歌的标识之一。无论怎样理解叙事性的含义，没有人否认它指向的是诗中情感、经验的多维与发散，是"抒情的放逐"。当然，被年轻诗人放逐了的是老一套的、单调单一的抒情模式。

如果暂时脱离上述双重语境，叙事性不是什么新鲜话题，可用它来解说不少古典诗词。李清照的《如梦令》就是很好的例证，短短二十几个字里有人物、对话、场景描写，也有相对完整的、从"昨夜"到"浓睡"到"今晨"的事件。辛弃疾《西江月》"七八个星天外，两三点雨山前。旧时茅店社林边，路转溪桥忽见"，也是在事件叙说中展示心理活动的变化。新诗中，艾青《大堰河——我的保姆》是"正宗"的抒情诗，然而，倘若不从叙事性角度去讲解诗人对童年生活、大堰河的回忆，那要怎样才能讲清楚，诗人的情感是如何传递又打动我们的呢？是散文化的语言吗？散文化的语言是用来做什么的？或者，出于什么样的目的，诗人采用了他惯常采用的散文化的语言呢？及至新时期，昌耀对祖国大西北苍茫、雄浑、刚健色彩的描摹里，就有美国诗人惠特曼西部诗歌的影响；但昌耀的语言是纯汉语的，古朴稚拙又苍劲硬朗，惠特曼的《草叶集》则很接近散文了。比如集中的《自己之歌》第十节：

> 在西部远处，我见过猎人在露天举行的婚礼，新娘是一个
> 红种女人，
> 她的父亲和她的朋友们在旁边盘腿坐下，无声地吸着烟，
> 他们都穿着鹿皮鞋，肩上披着大而厚的毡条，
> 这个猎人慢悠悠地走在河岸上，差不多全身穿着皮衣，他
> 的丰盛的胡子和鬈发，盖住了他的脖子，他用手牵着他的
> 新娘，
> 她有长睫毛，头上没戴帽子，她的粗而直的头发披拂在她
> 的丰满的四肢上，一直到了她的脚跟。
> 逃亡的黑奴来到我的屋子前面站着，
> 我听见他走过时木堆上枯枝断裂的声音，
> 我从开着的厨房门里看见他又跛又弱，
> 我走到他所坐着的木头旁边把他领了进来，叫他放心，
> 我给他打了一桶水让他洗身上的汗垢和脚上的伤口，
> 我让他住在我屋子的里间，给他几件干净的粗布衣服，
> 我清楚地记得他当时转动着眼珠，露出不自在的神情，
> 记得我把药膏涂在他的颈部和踝骨的伤口上。
> 他在我这里住了一个星期，等到养好了伤才上路去了
> 北方，
> 我让他紧靠我坐在桌旁，我的火枪就靠在墙角。
> （王佐良　译）

节选的前半部，是诗人对遇见的西部红印第安人露天婚礼的白描，带着赞赏的眼神；后半部转而写一位逃亡的黑奴，诗人同情他，细致周到地照顾、守护他，"每个细节都令人难忘。而最后的'火

枪'一笔又反映了他是准备用武力来保护他的客人的。过去的诗人有过这样的场面吗?"译者王佐良如此感叹。过去的诗里没有白人用火枪守护逃亡黑奴的场面,过去的诗人也不会这样去"写"场面,而且只是写出"场面",文字间没有诗人主观感情的表露,只有"场面"里一个接一个的人与物的细节:木堆上枯枝断裂的声音,(黑人)又跛又弱,坐着的木头,身上的汗垢和脚上的伤口,几件干净的粗布衣服,转动着眼珠,药膏涂在他的颈部和踝骨的伤口上,火枪就靠在墙角……诗的叙事性离不开细节,这样的细节是无法虚构和想象的。博尔赫斯曾译过惠特曼诗集,称他为"我的诗人"。博尔赫斯说,"他教给我讲话要直截了当。我从他那里学到这一课。但是'教导'毕竟是次要的。重要的是我曾为一种情绪所动,我铭记着他一页又一页的诗歌,我如今仍在白天黑夜地诵读着它们"。叙事性往往表明诗人要"直截了当"地讲话,而非"直截了当"地抒情。

叙事性在抒情诗中有几种不同的表现方式。

第一种是语言接近散文化,离简洁、凝练,以少胜多、以一当十的古典式抒情诗的语言比较远,给读者的感觉是在叙说或絮叨。我们的关注点不在叙说或絮叨,是这样做的目的或意图何在;尤其是,一种言说方式与其言说对象/题材、意旨的关联度如何。单就一首诗的散文化就否定它是诗,说明否定者对何以为诗的理解过于狭隘;何况对散文化,每个人的感觉或接受度可能有很大差异,并没有一个或若干个精准的衡量标准。下面是诗人、翻译家、学者,英年早逝的张枣的《父亲》:

> ……他在新疆饿得虚胖,
> 逃回到长沙老家。他祖母给他炖了一锅
> 猪肚萝卜汤,里边还漂着几粒红枣儿。

室内烧了香，香里有个向上的迷惘。
这一天，他真的是一筹莫展。
他想出门遛个弯儿，又不太想。

他盯着看不见的东西，哈哈大笑起来。
他祖母递给他一支烟，他抽了，第一次。
他说，烟圈弥散着"咄咄怪事"这几个字。
中午，他想去湘江边的橘子洲头坐一坐，
去练练笛子。
他走着走着又不想去了，
他沿着来路往回走，他突然觉得
总有两个自己，
一个顺着走，
一个反着走，
一个坐到一匹锦绣上唱歌，
而这一个，走在五一路，走在不可泯灭的
真实里。

他想，现在好了，怎么都行啊。
他停下。他转身。他又朝橘子洲头的方向走去。
他这一转身，惊动了天边的一只闹钟。
他这一转身，搞乱了人间所有的节奏。
他这一转身，一路奇妙，也

变成了我的父亲。

张枣的父亲毕业于北京师范大学俄语系，他从小跟着父亲读俄语的普希金。这首诗回忆父亲被打成右派后的真实经历，叙事性非常明显，用了不少口语。诗人早期诗《镜中》，"只要想起一生后悔的事/梅花便落下来/……/望着窗外，只要一想起一生中后悔的事/梅花便落满了南山"，堪称唯美；这一首则反唯美，展示的是父亲特殊时期生活片段的原色，无论语言、句读还是分行、跨行，都"粗糙"到全是凸凹不平的颗粒，像是没有精雕细琢。问题是，诗必须、一定要精雕细琢吗？诗人面临两难抉择：父亲曲折但终归平静的一生，需要与之相适应的素朴语言，但诗歌语言毕竟不同于日常语言，要有"动荡"乃至"奇崛"。另一重两难抉择是，"我"相信只需如实呈现父亲的形象，便可使诗歌产生力量，但"我"不可能从中剥除主观感受；诗里"奇妙"说的是变成父亲的"他"，如此由衷感叹的其实是"我"。为此，诗人选择了与前期诗歌迥异的叙说方式，希望获得平实、客观、冷静的语言效果。他有意保留了日常用语，如"蛮左的""遛个弯儿"，但不会让诗停留在日常生活上；他让诗中的"我"跟随父亲思考的踪迹。是的，思考的踪迹——"他"走过来又走过去，顺着走反着走——而且思考的是人生的路应该怎么走这样至关重要的问题。于是，我们从中看到虚实相生的传统诗歌手法的再现：实者即所叙之事；虚者乃因思考所致，如"香里有个向上的迷惘""烟圈弥散着'咄咄怪事'这几个字""一个人坐到一匹锦绣上唱歌""他这一转身，惊动了天边的一只闹钟"……张枣写的是父亲，也是"我"，也是我们每个人：我们都有分裂的一面，分裂后也都会面临抉择；但"这一转身"，只属于父亲。踪迹——既是实的也是虚的——是在诗中没有现身，却无处不在的喻象；"一转身"是另一个重要喻象。它们令人联想到人生、岁月、历史、时间、命运、天意……一系列"圣词""大词"。美国学者、理论家、批评家哈罗德·布鲁姆说："根据我的判断，诗比其他任何一种想象性的文学更能把它的过去鲜活地带进现在。"张枣把 1962 年的父亲鲜活地带到每一位读者面前。

我们在结构一节中举过吕德安的《父亲和我》，其叙事性并不明显。下面再看一首同样写父亲的、韩东的《梦中他总是活着》：

> 梦中他总是活着
> 但藏了起来。
> 我们得知这个消息，出发去寻父。
> 我们的母亲也活着
> 带领我们去了一家旅馆。
> 我们上楼梯、下楼梯
> 敲开一扇扇写了号码的门
> 看见脸盆架子、窄小的床
> 里面并没有父亲。
> 找到他的时候是我一个人
> 妈妈、哥哥和我已经走散。
> 他藏得那么深，在走廊尽头
> 一个不起眼的房间里
> 似乎连母亲都要回避。
> 他藏得那么深
> 因为开门的是一个年轻人
> 但我知道那就是我父亲。

大家可以从叙事性角度，比较张枣、吕德安、韩东这三首诗的异同。

虽然用译诗来讲语言问题不太合适，不过，叙事性及其相关的克制陈述、戏剧性场景、反讽、张力等概念，来自西方现代诗，新诗诗人一般也是借助译本了解到的。新诗从 20 世纪三四十年代到

90 年代，在抒情上的节制、客观、冷静，以各种方式将情感客观化或对象化，追求语言的雕塑感、立体感等，接受的都是西方现代诗学观念。叙事性是文本获得上述审美效果的方式之一。诺贝尔文学奖得主、爱尔兰诗人谢默斯·希尼，他的第一部诗集的第一首诗是《挖掘》：

> 在我的食指与拇指之间
> 夹着粗短的笔；舒适如一支枪。
>
> 我窗下，传来清脆的锉磨声
> 当铁铲切入含砂砾的地面：
> 父亲在挖掘。我往下看
>
> 直到他绷紧的臀部在花圃间
> 弯下去又挺起来，恍若二十年前
> 他有节奏地弓身于马铃薯垄
> 在那里挖掘。
>
> 粗陋的靴踩着铲头，柄
> 贴着膝盖内侧使劲撬动；
> 他锄掉高高的叶茎，将明亮的铲边深深埋进去，
> 把新马铃薯掀到四下里，我们拾起，
> 喜欢它们在我们手里冷硬的感觉。
>
> 上帝作证，老头还能挥舞铁铲。
> 如同他的老头。

祖父一天里在托纳沼泽地
铲的泥炭比任何人都要多。
有一次我给他送一瓶牛奶，
用纸随便塞住瓶口。他直起身
喝了，又立即开始干活，
利落地又切又割，把草泥
抛到肩后，不断往深处
寻找好泥炭。挖掘。

马铃薯霉的冷味，湿泥炭的嘎扎声
和啪嗒声，切下活根茎的短促刀声
在我头脑里回响。
但我没有像他们那样干活的铁铲。

在我的食指与拇指之间
夹着这支粗短的笔。
我将用它挖掘。（黄灿然　译）

挖掘，是希尼诗的关键性物象，也是喻象——用挖马铃薯、挖泥炭
比喻写作行为和过程，在诗的开头就出现了。希尼的很多诗写到祖
辈、父辈，在爱尔兰的沼泽地里以挖泥炭为生。沼泽地不仅埋藏泥
炭，也掩埋了许多令人惊骇不已的东西，如死尸。这首诗由窗下父
亲挖马铃薯，联想到当年祖父挖泥炭的往事和场景。它的叙事性体
现在对人、动作、物体的细节的精微再现。对人，如"他绷紧的臀
部在花圃间/弯下去又挺起来"；对动作，如"粗陋的靴踩着铲头，
柄/贴着膝盖内侧使劲撬动""他锄掉高高的叶茎，将明亮的铲边深
深埋进去""利落地又切又割，把草泥/抛到肩后"；对动作下的声

音，如"清脆的锉磨声""湿泥炭的嘎扎声/和啪嗒声，切下活根茎的短促刀声"；对物体，细节中兼有触觉和味觉，如"它们在我们手里冷硬的感觉""马铃薯霉的冷味"。诗里出现各类细节的描摹，其叙事性特征就会浮现，并得到读者的感应。这并不是说古典诗词里就没有细节，但其中常见的是景物的细节，这些细节又往往出现在诗眼处，如"绿肥红瘦""春风又绿江南岸""红杏枝头春意闹"等。而且，受到格律严格的限制，古典诗人无法在有限篇章内，细致描写人、事、物、场景。而这正是现代诗的所长，也正是让读者感到不凝练、不简洁、啰里吧嗦的缘由。但在认真、努力、专注、用心上，古今中外优秀的诗人是一样的。这就是希尼为什么要用挖掘，用像祖父、父亲那样有力、有节奏又有技巧的挖掘，作为自己写诗的喻象。

第二种是出现人物（通常不止一个）、对话、场景等，而展示、描摹这一切恰恰是诗人写作的兴奋点和兴趣点。第三代诗歌代表诗人之一的李亚伟1983年写的《中文系》，让当时校园里写诗的中文系、非中文系的青年学子大吃一惊，也大快朵颐。诗很长，以下节选开头部分：

中文系是一条洒满钓饵的大河
浅滩边，一个教授和一群讲师正在撒网
网住的鱼儿
上岸就当助教，然后
当屈原的秘书，当李白的随从
当儿童们的故事大王，然后，再去撒网

有时，一个树桩般的老太婆
来到河埠头——鲁迅的洗手处

搅起些早已沉滞的肥皂泡

让孩子们吃下。一个老头

在讲桌上爆炒野草的时候

放些失效的味精

这些要吃透《野草》的人

把鲁迅存进银行，吃他的利息

诗人、作家、摄影家于坚的名作《尚义街六号》写于 1984 年，开篇和结尾是：

尚义街六号

法国式的黄房子

老吴的裤子晾在二楼

喊一声　胯下就钻出戴眼镜的脑袋

隔壁的大厕所

天天清早排着长队

我们往往在黄昏光临

打开烟盒　打开嘴巴

打开灯

墙上钉着于坚的画

许多人不以为然

他们只认识梵高

老卡的衬衣　揉成一团抹布

我们用它拭手上的果汁

他在翻一本黄书

后来他恋爱了

常常双双来临

在这里吵架在这里调情

有一天他们宣告分手

朋友们一阵轻松　很高兴

次日他又送来结婚请柬

大家也衣冠楚楚　前去赴宴

……

一些人结婚了

一些人成名了

一些人要到西部

老吴也要去西部

大家骂他硬充汉子

心中惶惶不安

吴文光　你走了

今晚我去哪里混饭

恩恩怨怨　吵吵嚷嚷

大家终于走散

剩下一片空地板

像一张旧破的唱片　再也不响

在别的地方

我们常常提到尚义街六号

说是很多年后的一天

孩子们要来参观

两首诗都出现在 80 年代上半叶，前后相隔不过一年，可见叙事性并不是 90 年代诗歌特有的。只不过，当它作为"90 年代诗歌"一大特征被提出后，读者对现代诗的抒情，对"抒"的方式与"情"的感受更为复杂。与古典诗词相比，现代诗人在抒情上走得更远，但也不断返回到李白、杜甫、苏东坡，甚至楚辞与"诗三百"的抒情与叙事兼备的传统上。李亚伟的诗每一节可视为一个场景，场景中有形形色色的人和事，串起来表达诗人对中文系的感受，带着浓浓的戏谑、反讽意味，令人忍俊不禁而又啧啧称奇。于坚的诗没有那么多的"手腕"，看上去只是白描。白描者既厕身其中又置身事外，不能说是"冷眼旁观"，但也称不上热情有加，有点像先锋小说里的"零度叙事"。这两种叙事性诗的方式和格调，影响了同时代和后来的一批年轻诗人。

也有一些诗人，有感于当代诗"抒情的泛滥"，在用叙事性予以矫正的同时，也让自身的情感在诗中沉淀、沉静下去，收获另一种隽永意味。比如诗人、翻译家张曙光写于 1986 年的《给女儿》：

> 我创造你如同上帝创造人类。
> 我给了你生命，同时带给你
> 死亡的恐惧。
> 那一年春天，或是初夏，准确的时间
> 我已经无法记起——我四岁或者五岁
> (如同你现在的年纪)
> 一位远道而来的客人
> 和我的爸爸谈论起西藏的农奴制
> ……
> 那是中午，一个春天或初夏的中午，但
> 我感到悲哀
> 感到黑暗像细沙一样
> 渗入了我的心里。
> 我们的房门通向
> 阳光中一片绿色的草地。更远些

是一座废弃的木场：一些巨大的圆木
堆积在那里，并开始腐烂
我在医院的病理室看见用福尔马林浸泡着的
人体的各个器官，鲜红而布满丝络
我差一点呕吐
仿佛一只无形的手扼止了我的呼吸。
后来我读到了有关奴隶制和中世纪的历史
读了《安妮·弗兰克日记》
后来我目睹了死亡——
母亲平静地躺着，像一段
不会呼吸的圆木。白色的被单
使我想到深秋一片寒冷的矢车菊
乞力马扎罗山顶闪亮的雪
海明威曾经去过那里
而母亲平静而安稳地躺着，展示出
死亡庄重而严肃的意义
或是毫无意义
那时你还没有出世
而且几乎在一次流产的计划中丧失存在的价值。
人死了，亲人们像海狸一样
悲伤，并痛苦地哭泣——
多少年来我一直在想，他们其实是在哭着自己
死亡环绕着每一个人如同空气
如同瓶子里福尔马林溶液
雪飞在一封信中问我：为什么
你的诗中总是出现死亡
我不知该如何回答。现在我已不再想着这些

并飞快地从死亡的风景中逃离

现在我坐在窗子前面

凝望着被雪围困的黑色树干

它们很老了，我祈愿它们

在春天的街道上会再一次展现绿色的生机

我将坐在阴影里

看着你在阳光中嬉戏

"80后"诗人袁永萍回忆说，十几年前偶然在网上读到张曙光早期诗作，深感震撼和惊讶，"一首《给女儿》，令我泪流满面，并在心里确认了文学究竟是什么"。她认为，这首诗"语调低沉、婉转，将浓烈的情感隐藏在娓娓道来的叙事性表层，但令人惊奇的是，克制的叙事不但没有削弱抒情，反而令诗中的情感一再得到加强，并且使得他诗歌中的回忆，区别于所有人诗歌中的回忆变为挽歌。这种挽歌带着一种难以模仿的张氏语调，让他的诗成为一个时代的文学标本"。用"挽歌"概括这首诗是很准确的，它触及毁灭与创造、腐朽与新生、寒冷冰雪与绿色生机。

第三种是因出现人物，有插入语，形成戏剧性场景。戏剧性场景是叙事性诗的重要标志之一，通常认为来自 T.S.艾略特的影响。

第四种是有相对完整的事件，当然就有场景和场景中的人物。这一种是最好辨认的。相对完整是相较于叙事诗而言，可能只是某个事件中的场景，或某个场景中发生的事情。即便是叙事诗，其叙事也不能与小说、散文相比。具有叙事性的抒情诗，由于诗人的情感隐含在人、事、场景之中，文本呈现素描或白描效果，客观、节制、不动声色。有的诗人会在收尾处"转折"，造成情感的起伏变化。如张曙光《给女儿》的收尾"它们很老了，我祈愿它们/在春天的街道上会再一次展现绿色的生机/我将坐在阴影里/看着你在阳光中嬉戏",从对"死亡的恐惧"的叙说中逃离。由于语境的作用,绿色的生机、阴影、阳光、嬉戏这些平常的语词,晕染上一片令人欣慰的辉光。

诗人剑男出生于鄂东南幕阜山区的小村庄,大学毕业后留在城市工作。他有很多诗写到母亲和早逝的父亲,一改他大学时期诗歌的唯美风格,具有较强的叙事性。叙事性与日常性在他的诗里是一体两面:诗人叙说的人、事、场景来自他的日常生活,是亲身体验;因此可以说,具有叙事性的诗,往往能够显现日常生活的质朴、粗粝。以下是剑男的两首写母亲的诗。其一是《乡下母亲的来信》:

> 这么多年来,我只收到过
>
> 乡下母亲的来信
>
> 用方格作文纸写的,一笔一画
>
> 就像村庄小学里那些书写很认真的女生
>
> 她把写信当成生活的一部分
>
> 在那些泛黄的纸页上
>
> 可以看到灰黑的指痕和银白的发丝
>
> 就像她当年在油灯下缝补时溅上衣服的
>
> 汗渍,挑线头时落下的细碎的布屑
>
> 她写那些清凉的时光,写柴门推开的
>
> 早晨,火塘聚拢的漆黑的夜
>
> 写鸡窝、猪圈,挂在树梢的丝瓜
>
> 烂在地里的萝卜,也写那些被时光带走的
>
> 亲人,半夜里怎样和她在梦中相聚
>
> 起风了,像猫爬过屋顶
>
> 下雨了,天怎么也亮不起来

她越来越敏感，越来越细腻
让我想起小时候，雷声滚过天庭
姐姐和我在惊恐中等待黄昏的来临
想起那时候祠堂里年轻的女老师
教我们写信，——"太潦草了，你的母亲
认得清吗？"想起大雨中放学回家
大字不识的母亲接过我的作文簿
笨拙地在上面描上她的名字

其二是《最近一次和母亲谈话》：

我明年七十五，你要考虑一下我的后事
棺木我自己已准备好，刮了三次灰
刷了三遍漆，就放在老家西边的厢房
过年你再去江西请一个先生给我看块地
我说，你看姨妈活了九十一，舅舅
如果不是跟儿子赌气，那个算命瞎子
说他能活到八十七，小区里的一棵枫杨树
去年被雷击，今年长出了那么多新枝
你不过是拿掉了肝上多余的囊肿
腰椎打了颗小钢钉，我的意思是说
寿命是有遗传的，任何遭受重击的生命
都有恢复生机的可能，可母亲说
她身上到处是多余的东西，她已没有力气
还回去，她没有力气把萎缩的胃
还给饥饿的六十年代，把风湿性关节炎
还给七十年代的清水塘水库，把

偏头痛还给倔强的父亲和两个苦命的姐姐

她说这是她的命，她都要——带走

无论还能活多久，我必须先给她找一官土

要离父亲近些，能望到山外的路

能在每年清明远远地就能看到我去看她

母亲说这些话时是在我武汉的家中

不知怎的，它让我忽然想起三十年前

父亲离开人世时的那个昏黄的下午

久阴不晴的天刚亮了一下，又突然暗了下去

第一首中有人物（以母亲为中心，以及"我"和姐姐，年轻的女老师），有乡村人家日常生活场景，有景物，这一切写实的与想象的都由一个事件触发：乡下母亲的来信。其中的各种细节读者看得很清楚，无须再一一列举，甚至比喻中的本体和喻体/喻象都由细节构成：

……灰黑的指痕和银白的发丝

就像她当年在油灯下缝补时溅上衣服的

汗渍，挑线头时落下的细碎的布屑

前已申明，细节是无法虚构和想象的，必然是写作者的亲身体验。不要小看了"灰黑的""银白的"这样的修饰语，它突显的是细节，强化的是真实感——诗歌的真实，说到底，取决于语言文字能否唤起读者的真实感，而不是去质问诗人是否真的见过、经历过。第一首中的细节不由得人不相信，故此读者会感觉非常真实，并为诗中弥散的母子温情所打动。第二首，行数只多出一行，但与第一首在文本视觉外观上就有差异（第二首收入诗人最新诗集《星空和青瓦》时，分行、跨行上有较多改动，行数有增加。此处依据初刊版本），长句增多，诗行相对齐整，节奏比较稳重。第一首的节奏自然也不是欢快的，但全诗共有六处跨行处理，节奏的变换比较明显，尤其是下面部分：

就像她当年在油灯下缝补时溅上衣服的

1　汗渍，挑线头时落下的细碎的布屑

她写那些清凉的时光，写柴门推开的

2　早晨，火塘聚拢的漆黑的夜

写鸡窝、猪圈，挂在树梢的丝瓜

3　烂在地里的萝卜，也写那些被时光带走的

4　亲人，半夜里怎样和她在梦中相聚

共有四处（如序号所示）跨行。第二首有六处跨行，但因长句较多，如果不仔细察看，很难意识到跨行的存在。比如下面的部分：

寿命是有遗传的，任何遭受重击的生命

1　都有恢复生机的可能，可母亲说

她身上到处是多余的东西，她已没有力气

2　还回去，她没有力气把萎缩的胃

3　还给饥饿的六十年代，把风湿性关节炎

4　还给七十年代的清水塘水库，把

5　偏头痛还给倔强的父亲和两个苦命的姐姐

这五处跨行中，只有第二、第五处是很明显的。从叙事性角度说，第一首中，诗人转述母亲信中的话，保留了书信的内容，但表述方式具有诗人的个性色彩，语言上与诗人同类的写乡村的抒情诗很接

近。比如下面这段转述：

> 她写那些清凉的时光，写柴门推开的
> 早晨，火塘聚拢的漆黑的夜
> 写鸡窝、猪圈，挂在树梢的丝瓜
> 烂在地里的萝卜，也写那些被时光带走的
> 亲人，半夜里怎样和她在梦中相聚
> 起风了，像猫爬过屋顶
> 下雨了，天怎么也亮不起来
> 她越来越敏感，越来越细腻
> 让我想起小时候……

这些当然是转述母亲信中所写，但加入了诗人读信时和写诗时的联想和想象，因为母亲写的信不会使用这样的言语方式。也因此，写着写着，诗人不知不觉地进入了自己的回忆——"让我想起小时候……"。第二首则比它要复杂些。诗的开篇四行不是转述，是直接引用母亲的话，只是没加双引号（叙事学称之为自由直接引语）；之所以不加，是为了避免这一部分与后面叙述的"分割"（加上后，双引号部分在叙说中被独立出来，会很打眼）。从第五行"我说"开始，是"我"的直接引语，也未加双引号。要到中间部分"可母亲说"之后，才进入转述。然而，这里的转述又不同于第一首：不仅保留了母亲说话的内容，而且尽量保留母亲的口头语，比如"身上到处是多余的东西""这是她的命，她都要一一带走"等。至于说到第二首为什么诗行相对齐整、多用长句、节奏稳重、直接引语与转述并用，我们看看诗中所叙之事（母亲让儿子为自己准备棺木和官土），再回首诗题"最近一次和母亲谈话"，就会心领神会。第一首以母亲在孩子作业簿上描上名字的动作细节结束，

第二首则在结尾"转折"到"我"想起父亲去世的那个下午的情景，天空久阴——刚亮——突然暗了下去，像是"回光返照"，让我们重新体味母亲的一生、"我"的一生。第一首弥散的是温情，第二首则加深着我们在母子谈话中感受到的人生无常，是心痛和无助。

在叙事性诗中，有没有诗人/抒情者完全以旁观者身份，观察、描写人与事与场景呢？当然有。尽管后来很少写类似风格的诗，但诗人雷平阳的《杀狗的过程》，让很多初读的读者震惊不已，以至于不忍再读、再想：

> 这应该是杀狗的
> 唯一方式。今天早上十点二十五分
> 在金鼎山农贸市场三单元
> 靠南的最后一个铺面前的空地上
> 一条狗依偎在主人的脚边，它抬着头
> 望着繁忙的交易区。偶尔，伸出
> 长长的舌头，舔一下主人的裤管
> 主人也用手抚摸着它的头
> 仿佛在为远行的孩子理顺衣领
> 可是，这温暖的场景并没有持续多久
> 主人将它的头揽进怀里
> 一张长长的刀叶就送进了
> 它的脖子。它叫着，脖子上
> 像系上了一条红领巾，迅速地
> 蹿到了店铺旁的柴堆里……
> 主人向它招了招手，它又爬了回来
> 继续依偎在主人的脚边，身体

有些抖。主人又摸了摸它的头
仿佛为受伤的孩子，清洗疤痕
但是，这也是一瞬而逝的温情
主人的刀，再一次戳进了它的脖子
力道和位置，与前次毫无区别
它叫着，脖子上像插上了
一杆红颜色的小旗子，力不从心地
蹿到了店铺旁的柴堆里
主人向他招了招手，它又爬了回来
——如此重复了五次，它才死在
爬向主人的路上。它的血迹
让它体味到了消亡的魔力
十一点二十分，主人开始叫卖
因为等待，许多围观的人
还在谈论着它一次比一次减少
的抖，和它那痉挛的脊背
说它像一个回家奔丧的游子

诗写一个农贸市场里，主人杀死他的狗并叫卖的全过程，有精准的时间、精确的地点——仿佛要死死地盯住、记住——更有狗被杀死的血淋淋的细节，让人无法直视。把"抒情者"用在这首诗里显然不合适，用"叙事人"的说法可能更令人心安。这个叙事人从头至尾在场，但自始至终没有现身。这种叙事视角类似现代小说中的外聚焦，只写他看到、听到的，无任何情感表露，冷静得让读者无法冷静下去。倘若其中确有冰冷的怒火，这怒火喷射向谁呢？狗主人？忠贞不贰的狗？看客？悠闲等待买狗肉的顾客？他为什么说"这应该是杀狗的/唯一方式"？为什么收尾处围观者"说它像一个回家奔丧的游子", 会令读诗人的脊背痉挛? 这首叙事性诗, 可视为寓言诗, 借此喻彼。"彼"是什么, 写诗者交给了读者。寓言, 按照艾布拉姆斯的看法, 是借助人物、情节、场景的描写, 构成完整的"字面", 表现另一层相关的人物、意念和事件, 因此需要加以解释。但解释权在读者。

从上述有限的例子中, 我们看到当代诗人在抒情诗叙事性上的不同处理方式: 有的尽力还原特定人物和特定事件、场景, 并不排斥"我"的情感的表露, 如张枣、于坚; 有的复述梦境, 不直接写现实, 带来亦真亦幻的效果, 如韩东; 有的采用后现代式的拼贴手法, 消解严肃、崇高, 达到戏谑目的, 如李亚伟; 有的近乎"夹叙夹议", 如张曙光; 有的在特定事件、场景中融入情感, 如剑男; 有的则取旁观姿态, 如雷平阳。不过, 讲到抒情诗的叙事性, 必然有抒情与叙事的分寸、平衡问题, 每一位诗人处理得不一样, 同一位诗人在不同的写作中也会有变化。他们可以凭借自己的经验自由地处理, 不可能事先就有比例的调配。我们只需注意和了解, 叙事性是抒情诗的功能之一, 它将传统意义上单纯的抒情, 带向了人物、事件、场景的再现, 带向了坚实有力的细节表现, 也同时让"情"变得更加复杂, 甚至晦涩。

# 戏剧性场景

现代诗人、学者、翻译家闻一多先生的《红烛》《死水》等诗，大家非常熟悉。诗人不可遏制的激情呐喊和控诉，犹在耳畔回响。他的诗《天安门》读过的人可能就少了很多：

好家伙！今日可吓坏了我！
两条腿到这会儿还哆唆。
瞧着，瞧着，都要追上来了，
要不，我为什么要那么跑？
先生，让我喘口气，那东西，
你没有瞧见那黑漆漆的，
没脑袋的，蹶脚的，多可怕，
还摇晃着白旗儿说着话……

这首诗揭露了北洋军阀屠戮爱国学生的残暴行径，也呈现了北平百姓对此事的反应。但它不像《红烛》《死水》采用的是直抒胸臆，诗中澎湃、激荡的是诗人的炽烈情感。《百年新诗选》编者认为，这首诗"采用'戏剧独白体'，模拟下层劳动者口吻，在新诗戏剧化方面颇具开创性"。有人认为闻先生借鉴的是诺贝尔文学奖历史上最年轻的得主，英国诗人、作家罗德亚德·吉卜林（1907 年获奖时年仅 42 岁）的诗体，也有人说是来自英国维多利亚时代诗人罗伯特·勃朗宁的影响。不过，大家公认戏剧性独白（dramatic monologue。也称内心独白，指诗中人物而非诗人/抒情者的独白）是中国新诗戏剧化的重要表征。这种戏剧化，得益于现代白话的运用，也得益于新诗体与戏剧体的融合，同时就有了叙事性特征。戏剧性独白，出现在诗人为人物设置的戏剧性场景（也称戏剧性处境）中。比如《天安门》中，诗人借助北平一位人力车夫与他人的闲聊，讲述一个事情，也透露出人物的心态。

新诗中戏剧性场景的表现手法，是受到西方现代主义诗歌，尤其是 T.S.艾略特的影响，是新诗现代性的表征之一。按照美国学者马泰·卡林内斯库的看法，"现代性广义而言意味着变得现代（being modern），也就是适应现时及其无可置疑的'新颖性'（new-ness）"。城市尤其是大都市与现代性有必然的联系，是产生和体验现代性变动方式的关键场所。艾略特非常推崇勃朗宁，也为吉卜林的诗选写过序言，认为吉卜林的戏剧性独白源自勃朗宁。艾略特及诸多现代主义诗人的诗作，大都反映的是大都市中现代人的生存状态。他们所创造和运用的"适应现时"的新颖表现手法，深刻影响、推动了中国新诗的现代化进程。不过，各类文学术语词典中并没有专列词条解释戏剧性场景，艾略特的诗学论文中也没有明确提及它。众多研究者、批评家和传记作者，只是在阐释、评价艾略特诗作时，经常使用这一术语。艾略特《阿尔弗瑞德·普鲁弗洛克的情歌》完整的第一节（略去题辞）如下：

> 那么我们走吧，你我两个人，
> 正当朝天空慢慢铺展着黄昏
> 好似病人麻醉在手术台上；

> 我们走吧,穿过一些半冷清的街,
> 那儿休憩的场所正人声喋喋;
> 有夜夜不宁的下等歇夜旅店
> 和满地蚝壳的铺锯末的小饭馆;
> 街连着街,好像一场冗长的争议
> 带着阴险的意图,
> 要把你引向一个重大的问题……
> 唉,不要问,"那是什么?"
> 让我们快点走去做客。(查良铮 译)

暂不论"你"指谁(通常认为是与普鲁弗洛克同行的一个男子),
全诗(不限于这一节)都可看作普鲁弗洛克的内心独白。这一节中
还有插入语"'那是什么?'",类似独白中的独白,深刻表现出主
人公是一个极其敏感、非常胆怯、疑虑重生又十分压抑自我的人。
这一切有赖于诗人为他设置的戏剧性场景:暮色铺展中,他正穿过
大街小巷,去赶赴一场晚会。但由于他是如此个性的人,以至于有
研究者认为,他根本就没有迈出去一步,只是耽于空想。他在空想
中空想,在失落中失落,在幻灭中幻灭——这是诗人眼中的现代人
肖像。艾略特早期诗作《海伦姑姑》,同样有鲜明的戏剧性场景的
建构:

> 海伦·斯林斯比女士是我未嫁过人的姑姑,
> 住在一所小房子里,靠近一块时髦的地段,
> 前前后后地照顾她,仆人足足有四个。
> 现在她与世长辞了,天国里一片安静,
> 她居住的那条街的尽头,同样是阒寂无声。
> 百叶窗已拉下,殡仪员擦了擦他的鞋——

这样的事以前也发生过，他清楚。

那些狗倒是被照看得好好的，食料挺足，

但过了不多久，那鹦鹉也一命呜呼。

德累斯顿出产的钟依然在壁炉上滴答响，

而那个男仆高高坐在那张餐桌上，

膝盖上把那第二号女仆抱得紧紧——

他女主人在世时，他曾一直是那样谨慎小心。

（裘小龙　译）

海伦姑姑生前也许是一位受人爱戴、尊敬的女士，现在她走了，世界依然如故：殡仪员像往常一样擦他的鞋，狗被照看得很好，古老的钟嘀嗒作响。戏剧性的一幕出现在结尾：原本谨慎小心的男仆在主人刚刚去世，就在餐桌上与女仆调情。但诗人只是客观地展示场景，没有任何主观情感的表露。同时我们需注意，戏剧性场景在抒情诗中只是片段，不可能像诗剧或叙事诗那样展开，因此往往刻画的是场景中的戏剧性细节。这首诗的结尾虽然承上启下，表达了这个世界人与人之间的冷漠，是艾略特和其他现代诗人惯有的表现主题，但两人的调情——"餐桌上""膝盖上"是细节也是具象——仍然出乎读者的意料，具有戏剧性的"反转"效果。

艾略特曾区分了诗的三种声音。第一种声音是诗人对自己说话，第二种声音是诗人对数量不等的听众讲话。这两类就是人们在通常意义上理解的抒情诗的声音。不过艾略特认为第一类"诗"实际上不存在，因为它不为交流，也无法交流。第三种声音是"用自己的声音或者用一个假托的声音对旁人说话"，即诗剧中的声音。诗剧声音的特殊性，是通过与"含有戏剧成分——尤其是戏剧的独白——的非诗剧的声音的比较而显露出来的。勃朗宁曾在无意间对自己说：'罗伯特·勃朗宁，你这个写剧的人。'……假如真有一种诗不是为舞台写的，但又值得称为'戏剧的'诗，毫无疑问，那是勃朗宁的诗。"勃朗宁有一首《失去的恋人》写于第一次求婚失败后：

> 那么，一切都过去了。难道实情的滋味
> 　　真有预想的那么难咽？
> 听，麻雀在你家村居的屋檐周围
> 　　叽叽喳喳地道着晚安。
>
> 今天我发现葡萄藤上的芽苞
> 　　毛茸茸地，鼓了起来；
> 再一天时光就会把嫩叶催开，瞧：
> 　　暗红正渐渐转为灰白。
>
> 最亲爱的。明天我们能否照样相遇？
> 　　我能否仍旧握住你的手？
> "仅仅是朋友，"好吧，我失去的许多东西，
> 　　最一般的朋友倒还能保留：
>
> 你乌黑澄澈的眼睛每一次闪烁
> 　　我都永远铭刻在心；
> 我心底也永远保留着你说
> 　　"愿白雪花回来"的声音！
>
> 但是，我将只说一般朋友的语言，
> 　　或许再稍微强烈一丝；
> 我握你的手，将只握礼节允许的时间

或许再稍微长一霎时！（飞白　译）

勃朗宁追求的对象伊丽莎白·巴莱特——后来的勃朗宁夫人——也是一位才华横溢的诗人，她的十四行诗集中译本要早于勃朗宁的译介。巴莱特 15 岁时不幸从马背上坠落而摔伤了脊椎骨，常年卧病在床。她当年曾在诗中赞美勃朗宁的诗才，并将诗名不大的他与桂冠诗人华兹华斯、丁尼生相提并论，这让勃朗宁心生感动。两人通信数月后，勃朗宁登门造访，并于翌日发出求爱信。巴莱特因身体和年龄（比他大六岁）的原因，不敢奢望这份幸福的爱情，退回信件并请求他烧毁。当然，如你所知，她最终为对方的真诚所打动，投入了爱情的怀抱，而且奇迹般地——戏剧性地——恢复了健康，缓步走出了病室和囚笼。我们回到前面那首《失去的恋人》。写失恋的诗无以计数，多半会处理成情感浓烈乃至撕心裂肺的"纯抒情诗"；但在勃朗宁笔下，戏剧性独白的手法，使得最主观的情感获得了客观化的克制、平衡效果，确实难得。这首诗的译者，学者、翻译家飞白先生说：

> 作为一首戏剧独白诗，诗中只能包括男主人公对女主人公的独白或告别辞，难以包括女主人公的话。为了弥补这一不足，作者让独白者引用了两句对方刚才说过的话。这两句话都是不完整的，但是此处并不需要作完整的复述，只要用最简洁的语言点一下也就明白了。一句话是"仅仅是朋友"，就是说拒绝做爱人，今后仅仅作为朋友来往；另一句话是"愿白雪花回来"——白雪花是欧洲的一种小花，与水仙同类，开放在冬末春初地面尚有残雪之际——女主人公的这句话表示她宁愿停留在冷而纯洁的友谊阶段上。

艾略特称赞勃朗宁的诗，是因为他本人最欣赏、最喜欢的是诗剧的声音，他把这种声音移植到非诗剧当中。所谓"戏剧的"诗，就是介于非诗剧（抒情诗）和诗剧之间的诗，也可以理解为具有较多戏剧性成分的诗。而"戏剧的"，在艾略特那里主要指戏剧性独白，也包括人物内心独白。这些都离不开戏剧性场景、氛围的营造。

至此，我们可以概括一下戏剧性场景的含义：抒情诗中，它指的是融合了较多戏剧成分，通常会穿插人物对白或内心独白，也往往会出现戏剧性瞬间或反转。艾略特创作有多部诗剧，如《大教堂凶杀案》《家庭团聚》《老政治家》等，晚期更是致力于此，他的抒情诗中出现戏剧性成分是很自然的。但这并不等于说，有诗剧创作经验的人才能写戏剧性诗。艾略特自己也承认很多评论家的看法，即他的早期诗作中就有戏剧性的成分，"也许从一开始我就无意识地追求写剧了"。不过，我们要把抒情诗中的戏剧性场景，与现代诗歌的美学追求联系起来看待，不能孤立地谈论它，更不能认为只有写过诗剧的诗人，才会在诗中经营戏剧性场景。艾略特曾说："哪一种伟大的诗不是戏剧性的？……谁又比荷马和但丁更富戏剧性？我们是人，还有什么比人的行为和人的态度能使我们更感兴趣呢？"裘小龙先生把"内心独白""戏剧性的表演手法"视为艾略特的两种重要的创作技巧，他认为："艾略特把诗的人物放在戏剧性场景中，这样人物的言行举动就能充分揭示出其性格。而这种场景的选择和人物的反应，或多或少也能表达诗人的思想感情。因此，他的戏剧性诗，不是一般的叙事诗。在戏剧性诗中，笔墨只用于有重要意义的片段，让读者对其命运发生兴趣，身入其境，因此与场景不用有很明显的联系。"作为新时期最早译介艾略特诗集（《四个四重奏》中译本初版于 1985 年）的译者，裘先生提醒我们的，一是戏剧性诗不同于叙事诗，场景只是片段；二是诗人设置场景，是为了揭示人物性格，片段的场景围绕人物而存在、而凸显；

三是戏剧性诗中只有人物的言行举止，诗人的思想情感隐匿其中，因此比较隐晦。人物和场景是诗人塑造、构建的，因此诗的声音是人物的声音（前台）和诗人的声音（后台）的混合。在这个意义上，诗人相当于给自己戴上了"人格面具"（persona）。《艾略特文集》中文版主编，学者、翻译家陆建德先生认为，艾略特早期创作中善于把自己隐匿在诗句背后，不断变换面具和语气，"诗中的'我'大都是戏剧人物，不是直抒胸臆的作者本人。但是总的看来他偏爱一种萎靡不振、无可奈何同时又不失幽默的声音"。诗人的这种偏爱，一方面指的是他塑造的人物的性格特点，一方面显示出诗人对现代人、现代社会状况的认知取向。"人格面具"这个由戏剧性诗引出的、借鉴自卡尔·荣格精神分析学的术语，对于我们理解、阐释现代诗歌也是非常有用的。在精神分析学中，荣格认为它是"个人适应或他认为所该采用的方式以对抗世界的体系"。一位现代诗人在文本中戴上"人格面具"，让人物去说话或独白，就把自己与古典主义、浪漫主义诗人区别开来：后者诗中的声音是诗人本人的声音，其感染力来自诗人或奔放或缠绵的情感；前者是邀请读者"身入其境"，自己去看，去听，去品味其含蕴。古典主义、浪漫主义诗人的形象是狂放、自大、睥睨一切，读者只是他们眼中听话的听众，是他们臆想中的"粉丝"；现代主义诗人的形象是谦逊、客套、彬彬有礼的，他们经常性地退隐"幕后"，邀请读者——尊贵的客人——进入场景，与"虚拟"的各色人等打交道。因此，戏剧性场景或诗的戏剧化手法，与现代主义诗歌在抒情上讲究客观、冷静、节制、张力的美学追求是一致的。这种手法也可以看作艾略特的名言"诗不是放纵感情，而是逃避感情，不是表现个性，而是逃避个性"的诠释："逃避"即隐藏，隐藏在人物背后，让人物说话。我们也可以从这个角度，来理解艾略特的另一段屡屡引发困惑、争议的话，尽管他实际上谈的是诗人个性与文学传统之间的关系：

> ……诗人没有什么个性可以表现，只有一个特殊的工具，
> 只是工具，不是个性，使种种印象和经验在这个工具里用种种
> 特别的意想不到的方式来相互结合。

作为"特殊的工具"，诗人在戏剧性诗里专注于构建戏剧性场景，让人物自己活动、表现；人物有个性，诗人无个性——无直接的个性表现——或者说，诗人的个性就在他能否鲜活地塑造出人物的个性。这需要各种方法、技巧，需要极强的语言控制力和自觉的文体意识。诗人把个人的"印象和经验"完全交付给了人物，也就交付给了读者去领悟。相对于古典主义、浪漫主义诗人，现代主义诗人的个性看似"祛除"了，实际上这种"祛除"需要更强大的美学信念、更丰富的语言技巧来支撑，因此其个性反而戏剧性地得到了强化。

在中国新诗的现代时期，除了闻一多，还有不少诗人尝试运用戏剧性场景，尤其是在20世纪三四十年代的各种现代派、象征派诗人的诗作中。其中，有意识地借鉴艾略特以及其他西方现代主义诗人的戏剧性场景的表现手法，探索、实验新诗诗体的可能性，期望将化古与化洋融为一体的，是身兼诗人、作家、学者、翻译家多重身份的卞之琳先生。特别有意思的是，卞先生将中国传统诗学的意境与西方现代诗学的戏剧性处境相提并论，以体现他化古与化洋同步、并重的诗学理念。他在《雕虫纪历》（增订版）自序中说：

> 我始终只写了一些抒情短诗。但是我总怕出头露面，安于
> 在人群里默默无闻，更怕公开我的私人感情。这时期我更多借
> 景抒情，借物抒情，借人抒情，借事抒情。没有真情实感，我

始终是不会写诗的，但是这时期我更少写真人真事。我总喜欢表达我国旧说的"意境"或者西方所说"戏剧性处境"，也可以说是倾向于小说化，典型化，非个人化，甚至偶尔用出了戏拟（parody）。所以，这时期的极大多数诗里的"我"也可以和"你"或"他"（"她"）互换，当然要随整首诗的局面互换，互换得合乎逻辑。

又说：

在我自己的白话新体诗里所表现的想法和写法上，古今中外颇有不少相通的地方。

例如，我写抒情诗，像我国多数旧诗一样，着重"意境"，就常通过西方的"戏剧性处境"而作"戏剧性台词"。

意境似乎与戏剧性处境有相通之处，尽管两个"境"的语义有差异（一个指艺术或审美境界，一个指具体的场景、处所），美学意涵更是不同，但总归有个"境"。在中国传统诗学中，意境是通过意象生成的，"境生于象而超乎象"；在西方现代诗学中，戏剧性处境靠的是场景勾勒、再现，尤重细节的捕捉。不过我们完全可以明白卞先生的用意和用心，因为他并不是要抛弃意境，而是要用自己的实验，矫正盲目崇古或偏执求洋这两种极端。再说了，就算诗人们明白既要向旧诗学习，也要向西洋取经，如何去做却又很茫然。就此来说，无论怎样评判卞先生的诗，他都是新诗史上的务实者、行动派。这样的诗人在当下尤其令人敬仰，也令人感慨——我们历来不缺少"空头的理论家"和"聒噪的批评家"。前文列举过卞先生《距离的组织》中的插入语引起的误读误解，那就是戏剧性台词（人物的内心独白）。来看《慰劳信集》第十六首《给一位用手指探电网的连长》：

　　　夜摸的时机熟透了，
　　　像苹果快要离枝——
　　　可动手不得，三尺外
　　　就是意外的毛铁丝！

　　　可是后面是全营
　　　将一涌而至的人潮，
　　　要停也无法挡住，
　　　急杀了你这个前导：

　　　早不该疏忽了铁丝网，
　　　网上通不通电流！
　　　冲散了试探的急智，
　　　齐涌上一个指头——

　　　受于同志的信赖，
　　　对于党国的责任，
　　　新的传统的骄傲……
　　　总之，你的全生命。

　　　你就无视了铁丝毛，
　　　直指到死亡的面额。
　　　勇气抹得煞死亡？
　　　"没有电，我还觉得！"——

你又觉得了全生命、
信赖、责任、胜利……
此外，你还该觉得罢
我们都松了一口气？

除了倒数第二节的插入语（人物独白），全诗定格在连长用手指触探电网的一刹那，在戏剧性处境中营造出紧张的戏剧氛围，并预置了悬念。全诗背景、心理、动作、语言描写绵密交织，刻画出一位当机立断、有胆有识的英雄形象。与其早期诗作一样，在《慰劳信集》中，戏剧化处境的营造依然是卞之琳最喜爱也最擅长的创作手段。不一样的是，这本集子是"响应号召"而写，写的都是真人真事，特别是其中写到了几位抗战政要，如《给〈论持久战〉的著者》《给委员长》《给一位集团军总司令》《给一位政治部主任》。因而，书写对象确定后，将他们置于何种处境之中，赋予其何种独具个性、魅力的神态、动作、言辞、心理等，就上升为诗歌创作的核心任务。此时，戏剧化处境就不只是单纯的场景描摹，同时将确定诗的结构框架。了解了戏剧性处境的写法之后，回想一下我们耳熟能详的《断章》：

你站在桥上看风景，
看风景人在楼上看你。

明月装饰了你的窗子，
你装饰了别人的梦。

其实可看作一个戏剧性处境中的"故事"。
被文学史、新诗史长期埋没又被重新"发现"的现代诗人徐玉

诺,有一首不分行的诗《不一定是真实》,写于 1922 年:

> 有些时我觉得我是一架青灰的骨骼,肋骨一根一根的像象牙一般的排列着连在脊柱上,头骨也连在脊柱的上端,只有白线一般的呼吸管连着一片黑铁般的肺;躺在低凳上。
>
> 当母亲燃着了干草,泡一条温水巾,盖在我的脸面骨上而叫道:
>
> "我的孩子呀!"的时候,我那黑洞一般的鼻腔,微微的呼出些痛楚的气息。
>
> 另外什么也没有了。
>
> 但是我仍然很沉默地躺;我骄傲般的自信:
>
> "不一定是真实!"

诗人、作家、翻译家郑振铎先生在为徐玉诺诗集《将来之花园》所作卷头语中说:"玉诺总之是中国新诗人里第一个高唱'他自己的挽歌'的人。"这首诗即是"他自己的挽歌"。诗人想象或是在内心感觉到自己在临终时的状态,也就设定了一个戏剧性场景,其中有母亲用烧热的水泡过的毛巾盖在儿子脸上的细节,有她痛苦而绝望的呼叫,也有诗人在独白中的独白——插入语"'不一定是真实'"可视为"我"的潜意识。因遭受痛苦的折磨而沉默,而又骄傲,这是"我"的个性。"'不一定是真实'"并不完全意味对开篇惨状的反转,很可能表达的是"我"未来生活更加惨痛——比已描述的更其真实——的命运。诗人似乎早已预知自己的未来被湮没、被忽略的结局。而当下越来越多的人把目光聚集到他的身上,"'不一定是真实!'"就像他在同一年《船》中所写:

> 旅客上在船上,是把生命全交给机器了:

在无边无际的波浪上摇摆着，

他们对于他们前途的观察，计划，努力，及希望全归无效。

呵，宇宙间没趣味，再莫过于人生了！

当然，严格意义上的、艾略特式的戏剧性场景中，诗人是不露面的，只有他虚构的人物活动于其间，这个人物就是诗人的"人格面具"。但我们不必如此机械地去理解，诗的表现手法在模仿、借鉴中，总会根据借鉴者的情况发生一些变化。只要有别于传统抒情诗，有较浓厚的戏剧性元素被读者感知到，就可以视为这种手法的运用。比如我们提到，杰克·吉尔伯特在妻子野上美智子离开人间后，写了多首怀念的诗篇。下面这首叫《孤独》，一个很平常的题目，表达的也是这种情境中很常见的情感，但诗的写法却很让人意外：

我从未想到美智子死后还会回来。

但如果回来，我知道

应该是一袭白衣长裙的淑女。

真是奇怪，如今她回来了

是某个人的达马提亚狗。几乎每周

我都遇到那个男人带着她散步，

系着皮带。他说早上好，

我蹲下来安抚她。有一次他说

她碰到别人时从没有这样。

有时她被拴在草坪上，

我从那儿经过。如果周围

没有人，我就坐在草上。当她

终于安静下来，把头放在我膝上，

我们凝视着对方的眼睛，我喃喃私语

在她柔软的耳边。她毫不关心

那个秘密。她最喜欢我抚摸

她的头，给她讲些琐事

关于我的日常生活和我们的朋友。

这让她快乐，像过去一样。（柳向阳　译）

死去的亲人会回到我们身边，这没有什么特别的，老人们会跟我们讲很多这样的事情，他们对此坚信不疑。即便对吉尔伯特来说，他也不会觉得他所写的"如今她回来了／是某个人的达马提亚狗"，有什么不寻常；我们在诗中读到的"我"对此的反应，是极其平静的，这种平静也不是故作的。佛教里有"宿命通"之说，认为人会转世到畜生道。很多宗教都有类似的观念。普鲁斯特的《追忆逝水年华》中，小马塞尔听到街道旁树叶哗哗响，就告诉别人这是逝去的亲人回来了，在跟他们说话。人可以转世托生为动物、植物，乃至一块石头。不过这不是我们要讨论的话题。这首诗的平静叙说，是由"我"与路遇的达马提亚狗互动的一个个场景连缀起来的；确切地说，是在"我们凝视着对方的眼睛"时，"我"的倾诉与"她"的"安静""快乐"之间构建起来的。清人王夫之《姜斋诗话》中说："以乐景写哀，以哀景写乐，一倍增其哀乐。"这番话被当作古典诗词中以景衬情的手法之一。但在吉尔伯特的诗中，也在许多运用戏剧性场景的诗中，"景"并不是传统诗学意义上的景物、景色，而是场景、处所；虽然有景，但它不是用来"衬"的，而是一个客观存在的物理空间，是人的活动场域。

叙事性是 20 世纪 90 年代诗歌的重要特征之一，戏剧性场景是形成叙事性的主要手段。欧阳江河是人们谈及叙事性时经常提到的一位诗人，尤其是他这一时期的写作与 80 年代如《手枪》《玻璃工厂》等相比，发生了很大转变；转变的征象之一便是叙事性的强化。叙事性诗都比较长，我们节选他的《咖啡馆》（1991）的结尾：

> 这时咖啡馆里只剩下几个物质的人。
> 能走的都走了，身边的人越来越少。
> 也许到了给咖啡馆安装引擎和橡皮轮子
> 把整座大街搬到大篷车上的时候。
> 但是，永远不从少数中的少数
> 朝那个围绕空洞组织起来的
> 摸不着的整体迈出哪怕一小步。永远不。
> 即使这意味着无处容身，意味着
> 财富中的小数点在增添了三个零之后
> 往左边移动了三次。其中的两个零
> 架在鼻梁上，成为昂贵的眼镜。
> 镜片中一道突然裂开的口子
> 把人们引向视力的可怕深处，看到
> 生命的每一瞬间都是被无穷小的零
> 放大了一百万倍的
> 朝菌般生生死死的世纪。往日的梦想
> 换了一张新人的面孔。花上一生的时间
> 喝完一杯咖啡，然后走出咖啡馆，
> 倒在随便哪条大街上沉沉睡去。
> （不，不要许诺未来，请给咖啡馆
> 一个过去：不仅仅是灯光，音乐，门牌号码，
> 从火车上搬来的椅子，漂来的泪水

和面孔。"我们都是梦中人。不能醒来。
不能动。不能梦见一个更早的梦。")

现在整座咖啡馆已经空无一人。
"忘掉你无法忍受的事情"。许多年后，
一个人在一杯咖啡里寻找另一杯咖啡。
他注定是责任的牺牲者：这个可怜的人。

咖啡馆作为一个特定空间，是现代大都市的产物，很多时候成为一个人身份、品位的象征；咖啡馆中人与人的关系，是现代社会人与人关系的写照；咖啡馆的变迁及其顾客的变化，折射出时代潮流的演变。就这首诗结尾来说，咖啡馆已设定了戏剧性场景，尽管在诗人的描写中，它似乎不再具有往日更强烈的"戏剧性"，而成为一处冥思的场所。诗中有插入语（括号部分），造成与诗的主体的区隔，形成多重声音；其中双引号中的语言，可以看作"物质的人"的独白，也可以理解为隐藏的抒情者的独白。最后一节"'忘掉你无法忍受的事情'"的独白，可以看作"他"在多年后的内心独白，这个"他"既可理解为咖啡馆里的某个顾客，也可视为抒情者的对象化。诗中的"物质的人""可怜的人"是诗人/抒情者的自我影射，还是他所戴上的"人格面具"，以揭示为"责任"而"牺牲"的现代人的悖谬与无奈，就要看解读者把自己放在哪一个位置上了。

诗人夏宇 80 年代中期所写《腹语术》，也设置了一个戏剧性场景：婚礼现场。之所以说它是戏剧性的，读者一读便知：

我走错房间
错过了自己的婚礼。

在墙壁唯一的隙缝中，我看见

一切行进之完好。他穿白色的外衣

她捧着花，仪式、

许诺、亲吻

背着它：命运，我苦苦练就的腹语术

（舌头是一匹温暖的水兽　驯养地

在小小的水族箱中　蠕动）

那兽说：是的，我愿意。

这是一首典型的具有现代派风格的诗。诗人设定的戏剧性场景，为读者提供的是一个特定语境。在此语境中，那些看似寻常的字眼会发射出新的光彩。比如"错"，让人马上联想到陆游《钗头凤》中的"错错错""莫莫莫"（当然，本诗的结尾是"是的，我愿意"——这可视为对这首词的"反转"或解构），也让人感慨自己的人生，不也是在最关键的时刻"走错"或"错过了"吗？这首诗使用了现代派诗常用的对象化或客观化的手法，即从"我"之中分化出"她"——另一个"我"——将自我当作他者来打量；而且，诗的结尾诗人抛出了一个复合型的形象：舌头—水兽，将他者再次他者化，目的都是为了回避直接抒情。这样的处理带来了语义和情感的复杂。比如，腹语术——舌头——水兽——水族箱，这几个形象是怎么联系在一起的？我们只能尝试解答：腹语发声时，腹部肌肉会如波浪般涌动，形同水族箱里水纹的波动；腹部会说话，是因为诗人想象里面有一个无形的舌头，因是在水族箱里驯养的，故命名为水兽（水族箱里一些鱼的形状，与舌头的形状近似，尤其是从侧面看）。有熟悉诗人创作的批评家认为，这首诗"流露对婚姻作为一种压迫性的制度、一道俗气的仪式的恐惧和抗拒"。这意味着"我"恐惧和抗拒的并不是"他"，所以，"我愿意"表白的是对"他"的真心实意的爱，但却极不情愿受到各种制度、仪式的束缚。用嘴说话变成用腹语术，舌头蜕变为水兽，是在已异化了的婚姻里的异化，显示出"我"的顽皮而又叛逆的性格。

出现戏剧性场景的戏剧性诗，常兼用戏拟、反讽等手法，语调往往诙谐、幽默。古典诗词的意境，要求诗人选择和运用意象时，既要考虑其传承性，又要自出机杼，赋予其个人情意。现代诗歌的戏剧性场景，既有人物形象也有景物或环境，很难再用"意象"来统称。就算诗人赋予了"象"以某种"意"，这些"意"也属于诗中的人物，不能简单地与诗人之"意"画等号。这就是现代诗歌比较复杂的地方。艾略特的许多诗确实具有鲜明的意象派诗的特点，有些堪称意象派诗的经典，但此"意象"并不能简单等同于中国传统诗学所讲的"意象"（参见本书《物象、喻象与心象》的讨论）。习惯性地拿自己熟悉的传统诗学术语，来套自己接触很少的现代诗歌，是导致相当多的读者进入不了现代诗歌的原因之一。前引卞之琳先生用"四借"来说明他的抒情方式，是化古与化洋的融合。大体上说，前两者（借景、借物，也可以包括借事）属于古典诗词的抒情方式，借人抒情——而非写人——则主要是西方现代诗歌的抒情手段，其中的人物基本上是诗人的"人格面具"，是想象、虚拟的。

# 反　讽

反讽（irony）是西方语言学、文艺理论、文学批评中的关键词之一，关于其语源、语义及其演变、运用的研究非常丰富。在现代批评中，由于新批评派理论家 T.S.艾略特、I.A.瑞恰兹的重新阐发，它成为衡量文学/诗歌价值的一般标准。艾布拉姆斯在《文学术语词典》中说，反讽在大多数现代批评中仍保留了原意，即"不为欺骗，而是为了达到特殊的修辞或艺术效果而掩盖或隐藏话语的真实含义"。简单地说，反讽是"所言非所指"或"言在此而意在彼"。

我们谈的是新诗，所以首先，反讽更多指的是"言语反讽"（verbal irony，又译字面反讽、词语反讽），通常是文本局部言辞的反讽，在一些精短的诗里也会出现"通篇性反讽"。其次，人们通常把反讽等同于讽刺、挖苦，不会把它看成现代诗的特殊表现手法，也就不会特别留意。再次，反讽在西方修辞学、诗学中源远流长，意涵丰富，以至有些哲学家，如美国新实用主义哲学家理查德·罗蒂，将它上升为人的生存立场和处事态度。

我们无须在概念里打转，还是结合具体文本来谈。下面是一首笔者认为具有反讽意味的当代诗：

我来到临街的路口，用手中的

木棒画圆圈，我把自己围起来，
一个阴间就这样形成了。
在我的木棒下，在火焰像
雄鹿一样跨出四条腿之前。
我有些感伤。我们都活得过于自我。
一个人奔赴空寂时的得意。
天花板上就是尽头。你在深夜时
望着那庞大的阴影，一动不动。
我点着一张纸，它像蝴蝶一样张开翅膀，
在圆圈内，围绕我跳舞，
转瞬就变得暗红。它在向下落，
像你的骨灰带着火星，扑落在地上，
要隐身进土里去。
我知道它们听见了你的召唤。
余下的蝴蝶还在圆圈里空荡荡
牵着我行走，
接近了你住的地方。（王天武《清明》）

诗题是"清明"（从全诗看，拟题为"中元节"更合适。无法揣测这是否有意为之。可能由于身体状况等原因，诗人在清明节无法到墓上去祭奠），我们很容易明白诗人在祭奠谢世的亲人，但诗的前半部却像是在祭奠自己，至少是把自己和亲人一同祭奠，直到第八行"你"的出现。"我把自己围起来，/一个阴间就这样形成了"，此"阴间"无比虚幻，但对诗人来说却极其真实，是他向往之地。这已有反讽之意。"一个人奔赴空寂时的得意"中的"得意"一词，反讽性很强。此句上一行用了"我们"，下一行首次出现"你"，因此，"一个人"当指逝者：逝者前往阴间时是欣喜的，因为终于脱离苦海，"我"却不得不苟活其中。这首诗的风格是写实的，其中的幻想（"火焰/像雄鹿一样跨出四条腿"）也写得历历在目，却给人以惊悚又感伤的梦幻之感：反讽手法强化了但同时抑制了感伤。这就接近 I.A.瑞恰兹所言，反讽"存在于引起对立而又互为补充的刺激作用"，其效果是获得诗的"内在的平衡"。韦勒克则认为，反讽就是矛盾的形态，"矛盾是反讽的绝对必要条件，是它的灵魂、来源和原则"。在王天武的诗里，生与死是对立、矛盾的，感伤与得意也是如此，但诗的情感最终还是趋向难以摆脱的"空寂"或"空荡荡"。

不妨再读王天武的另一首诗《你的名字》，既可以帮助我们了解《清明》中"你"指谁，也可以比较一下具有反讽和不具反讽的诗，有什么不同：

> 我们知道，只有身份证和残疾证中
>
> 你的名字才被使用
>
> 现在死亡证和墓碑上你的名字又如同新生
>
> 你的照片代替你坐着
>
> 在我对面，类似于安静
>
> 我们知道，这是平常的死亡
>
> 你的名字将不再使用
>
> 但是在悲伤还没有完全消散之前
>
> 我们试图将那名字从死亡中拯救出来
>
> 你的名字，母亲
>
> 这是我们能共享的唯一的永恒

诗写的是诗人到墓前祭奠母亲的情景（也可能是回忆中的情景），他似乎在跟母亲说话，希望母亲再度获得新生。诗的声调、节奏与前一首基本一致，没有大的情感起伏，但多了一点黯然神伤：母亲留下的只是死亡证和墓碑上的名字，"这是我们能共享的唯一的永恒"。在《清明》中，反讽的加入使得诗的情感层次更为丰富；这首诗中，只需向母亲坦陈心中所想、所愿。当然，"平常的死亡"依然带有一丝反讽意味。

　　用王天武的诗来说反讽，也许会让有些读者觉得不够典型，与他们印象中的反讽有很大的差距。反讽手法是舶来品，用得好的新诗并不多见——被当作反讽手法谈论的那些新诗，在我们看来大多用的是讽刺；讽刺是反讽中的一个要素，但不加辨别地混用或换用，既取消了讽刺也取消了反讽的意涵。王天武也不一定认为，甚至会否定《清明》用了反讽。这是个悖论：倘若诗人的意图很明确，反讽意味太明显，诗会失去含蓄蕴藉，算不得好诗；倘若诗人自己没有意识到反讽的存在，解读者就有贴标签的嫌疑。此外，现代诗中，反讽极少单独出现，往往与讽刺、戏仿、戏谑等手法相混杂，这是它不易被澄清的原因。下面来看诗人夏宇写于 1984 年的《鱼罐头——给朋友的婚礼》：

　　　　鱼躺在番茄酱里
　　　　鱼可能不大快乐
　　　　海并不知道

　　　　海太深了
　　　　海岸也不知道

　　　　这个故事是猩红色的
　　　　而且这么通俗
　　　　所以其实是关于番茄酱的

夏宇的诗与王天武的诗，完全是两种类型和风格；把王天武的诗叫现代诗，夏宇的诗就要叫后现代诗，而解构性或后现代性，正是批评家谈论她时经常提到的。乍看上去，《鱼罐头——给朋友的婚礼》像一则童话或寓言，如果删去副标题，读者可能完全摸不着头脑；有了它，我们才能在鱼罐头与婚礼间建立联系。但别忘了，在后现代看来，所有事物间的联系都是即时、脆弱、不可靠的，是人为的权宜之计，是临时的修辞机谋。我们在《戏剧性场景》一节举了夏宇的《腹语术》，那是写"我"的婚礼，写"我"金蝉脱壳，去旁观婚礼进行时的"我"的一举一动。这首写婚礼的诗，既没有"我"或"朋友"，也没有出现任何可暗示婚礼的语词。诗人、摄影师廖伟棠说它"很后现代"，也是一首"高级黑"：

> 假如鱼罐头是比作婚礼的话，这时候你返回去看第一句就会知道：大海是什么？
>
> 本来我们拥有大海一样的爱情，我们的情感和大海一样宽广，然后你为了给爱情保鲜，自己躺到了番茄酱里，躺到了一个罐头里面。
>
> 其实这首诗有点讽刺那种观念：我们想象中的爱情最后该以婚姻来作为完满的结局。
>
> 因为你们相爱可能是为了宽广大海，但你的爱情却变成了番茄酱鱼罐头，那是蛮可悲的。
>
> 你以为番茄酱它永远那么鲜美，但实际上它加了多少防腐剂，加了多少味精在里面？

鱼罐头——婚礼——大海——爱情——防腐剂、味精，这些全然不相干的物质、非物质的东西，是怎么在诗中"搅拌"——像鱼罐头的制作——在一起，又"剑指何方"，廖伟棠已说得很"通俗"也很通透。某种程度上，是他的解读让这首怪里怪气的诗，在我们眼前焕然一新。两个核心物象/喻象即鱼罐头与海，一小一大，一密封一敞开，被诗人"暴力"扭结。我们可以称这种手法为后现代的拼贴，也可以用现代诗学术语称之为奇喻（曲喻）。奇喻在艾布拉姆斯看来，就是要在两个似乎不相似的事物或情景之间，确立一种"惊人的""做作的"类似，具有明显的夸张色彩。新批评派则认为它是比喻的一种，是智性与感性结合的典范。夏宇的这首诗体现了诗人写作的匠心独运，智性色彩更加浓郁，这是不可否认的，因此可能让一部分读者感觉陌生而新奇，另一些读者则可能觉得做作而不自然。

廖伟棠认为《鱼罐头》中有讽刺的观念，我们觉得用反讽的说法也许更恰当，而且属于"通篇性反讽"。从一般意义上说，讽刺是针对他人的、单向的，重点在讥讽他人的荒唐、丑陋，或某种事物、现象的不可理喻。反讽包含讽刺，却是在讽刺他人的同时自我反思，重点在反省自己身上有没有所讽刺者的影子。认为《鱼罐头》只是讽刺朋友将婚姻作为爱情的完美结局，削弱了这首诗的力量。诗人是在这一过程中，反观自己是否也会如此，或者已然如此。诗人超越了所讽刺的对象，也超越了自我（有超越才会有自我反思），指向对当今社会制度化、仪式化的婚姻的反省。结合夏宇的《腹语术》，这一点会看得更清楚。扎加耶夫斯基晚期诗中有一首《成熟的史诗》，就内含对作为诗人的自己的反讽：

> 每一首诗，甚至最简短的诗，
> 也可能生长成一部成熟的史诗，
> 它甚至可能随时爆炸，
> 因为它随处藏着巨大的

奇迹和残酷库存，它们耐心等待着

我们的注视，我们的注视可能释放它们，

打开它们，就像高速公路的弓在夏日展开——

但我们不知道它通向什么，如果我们的想象

能够跟上它丰富的现实，

所以说，每首诗必须说出

世界的整体；唉，我们的

头脑在别处，我们的双唇是

薄的，筛选着意象

仿佛莫里哀的吝啬鬼。（李以亮　译）

简短的诗与成熟的史诗，一首诗与世界的整体，诗人意欲表达的与读者接收到的，两两之间存在尖锐的矛盾与巨大的罅隙。诗人明了"每首诗必须说出/世界的整体"，但一方面写出来的诗只是或总是一些碎片，另一方面，诗人在写作中必须超越具体的现实而朝向更深刻的事物、态度。诗人一方面理解修辞的重要性，但另一方面表现出对传统修辞学的不信任：双唇是"薄的"，像吝啬鬼般"筛选着意象"。在接受《新京报》专访时，扎加耶夫斯基认为诗的修辞是一种常规语言，"不是通过创造产生，而是现成的、温和的、机械的"，但对这种常规语言能否跟得上"丰富的现实"，他心存疑窦。诗人当然不会放弃追求和实验具有某种"内暴力"的诗，因此他必须承受在诗与现实、诗与释放它的读者、诗与自我的矛盾、冲撞之中的痛苦折磨；为此他不得不保持反讽立场，以警醒自己。

如果这样讲还不能够让大家明了，反讽是如何在质疑乃至批判他人（诗的表层描述）的同时，检讨、反省自我（诗的精神指向），可以再举 W.H.奥登的《无名公民》：

统计局发现他是

一个未曾被投诉过的人，

而有关他品行的报告都同意

就一个字的现代意义而言他是个圣人，

他所做的一切都是为了服务广大的社群。

除了参加战争以外他一直

在一个工厂干到退休，从未被解雇，

而是满足他的雇主浮贾汽车公司。

然而他绝非工贼或观点怪异，

因为工会报告说他按时交会费，

（我们听说他的工会很可靠）

而我们的社会心理工作者发现

他跟同事很合得来，还喜欢喝一杯。

报界相信他每天都买一份报纸

并说他对广告的反应从各方面看都很正常。

以他的名义所买的保险单也证明他样样都买，

而他的保健卡显示他进过一次医院但平安离开。

"生产商研究"和"高级生活"两项调查都宣称

他对分期付款的好处有足够的敏感，

拥有"现代人"所需的一切：

色情杂志，收音机，汽车和电冰箱。

我们那些研究舆论的分析家都同意

他对当年的时事有中肯的意见；

和平时期，他爱好和平；战争爆发，他就入伍。

他结婚并给全国人口添加五个孩子，

对此我们的优生学家认为符合他那一代父亲的标准，

而我们的教师报告说他从未干涉过他们的教学。

> 他自由吗？他快乐吗？这个问题很怪诞：
>
> 如果有什么不对，我们早就应该听说。（黄灿然　译）

单看标题"无名公民"未见得是反讽，我们每个人都在其中；但读完全诗你会意识到这不是简单的讽刺，是反讽——你还在其中吗？如果你有了这种反应，说明诗产生了作用：诗人的反讽激发了读者相似的心理活动。精神分析学家罗洛·梅说，未经内心省视的生活是不值得过的。但很多人一直在这样过，所以这首诗才会令人惊悚。最后的两问也是诗人在问自己，他的本意不是去讽刺一位普通公民，那样太高高在上、太有优越感了；他是借此反思自我的生活，同时让读者去反思各自的生活。但他确实写得很轻松也很诙谐。

讲到这里，我们已由言语反讽，进入阐释诗人作为创造性主体的反讽立场和态度。从根本上说，诗人是具有反讽意识的人，他在以个人方式创造一个世界的同时，观察、审视自我。这种观念来自诗人、批评家对浪漫主义诗学观念的解读，被称为"浪漫反讽"（romantic irony）。德国早期浪漫派重要的理论家、哲学家施莱格尔认为，真正的艺术家要在自己创造的作品中表现出超越性的观照，使之成为对自我的怀疑、揶揄、嘲弄，这就是反讽。只有反讽才能够使"超越的自我嘲讽自我的信仰和作为。反讽是终极的自我揶揄"。所以，我们在具有反讽性的诗章中，同时会看到讽刺、调侃、戏谑、幽默等元素，但反讽的核心在"自我嘲讽""自我揶揄"。英国学者 D.C.米克在《论反讽》一书中，解释了艺术家为什么必然是反讽性的人：

> 为了写出优秀的作品，他必然既是创造性的又是批判性的，既是主观的又是客观的，既是热情洋溢的又是讲求实际

的，既是诉诸感情的又是诉诸理智的，既是受下意识的灵感所激发的又是清醒自觉的艺术家；其作品旨在描述世界，然而又具有虚构性；他觉得有责任对现实做出真实或完美的描述，但又知道这是难以完成的……真正的艺术家只有一种选择的可能，那就是站在他的作品之外，同时将他对自己的反讽地位的这种觉悟体现在作品之中……

从这一视角去重新阅读扎加耶夫斯基的《成熟的史诗》，以及夏宇的《鱼罐头》《腹语术》，或许就不会被它们的字面意义所迷惑。浪漫主义思潮及其诗学观念，对西方文学艺术的影响极为深远，包括瓦尔特·本雅明、以赛亚·伯林、艾布拉姆斯在内的学者、理论家，都在这一领域的研究中倾尽心血。本书一开始也提到，中国新诗在初创时期，主要受到西方浪漫主义诗歌的影响，这种影响也从未中断过，并且在某些历史时期成为新诗的主潮。源出于浪漫主义诗人的"浪漫反讽"不是一个静止的历史概念，擅长纵向与横向移植的现代、后现代诗人同样会"为我所用"。诗人柏桦的诗就具有比较明显的反讽意味，比如这首写于 20 世纪 90 年代初的《现实》：

> 这是温和，
> 不是温和的修辞学
> 这是厌烦，厌烦本身
>
> 前途、阅读、转身、走动
> 一切都是慢的……
>
> 长夜里，收割并非出自必要
> 长夜里，速度应该省掉

　　　　而冬天也可能正是春天

　　　　而鲁迅也可能正是林语堂

这与其说是反讽现实，毋宁说是诗人对置身混沌的现实时，左也不是右也不是的自我的反讽；诗人不知道自己想要什么，但很清楚自己不想要什么。同时，这首诗是诗人对作为"修辞学"的诗的反讽。

　　我们小结一下反讽在新诗中大体指什么，如何去判断。

　　首先，最基本的是言语反讽，也就是看言词间有无讽刺的出现。如果讽刺只是针对他人、他事，没有自我指涉，就不属于反讽。冯至先生晚年写过一些讽刺诗，如《戏拟李后主〈虞美人〉》："春花秋月何时了，/开会知多少！/小楼昨夜又秋风，/岁月不堪回首座谈中。//茶杯桌椅应长在，/只是朱颜改。/问君能有几多愁？/恰似一涡潭水不东流。"戏拟的手法诗人点了题，此外有鲜明的戏谑口吻，但只是讥嘲 20 世纪 80 年代初期的不良社会风气，不属于反讽——反讽兼有戏拟、戏谑，但后者并不等于反讽。

　　其次，如果诗中出现矛盾、对立或冲突的因素，就要考虑是否有反讽的存在。诗人如有能力让这些因素在文本中达成"内在的平衡"，就是其反讽能力的体现——这是从客观文本给读者主观感受的角度来说的。在新批评派看来，有矛盾等因素才会有张力，而张力出现在各种矛盾或不协调因素在诗人手里达到的平衡状态。因而，不是说文本里只要出现矛盾等因素，就是反讽；但因为这些因素是否达成"内在的平衡"来自读者的主观判断，因此面对同一个文本，可能有人觉得有反讽，有人则觉得没有。这就需要结合其他各点综合考量。

　　再次，有反讽意味的诗，往往将两个或数个完全不相干的事物

"暴力"扭结在一起，与奇喻相关，也就离不开令人惊悚的夸张。
如夏宇的诗就在鱼罐头与爱情、婚姻之间建立了"惊人的类似"。
诗人洛夫被誉为"诗魔"，自述深受西方超现实主义的影响。读者
即使不了解这一背景，没有读过诗人的相关论文、创作谈或访谈，
也可以在其诗中感受到奇喻带来的震惊。如《剔牙》：

> 中午
> 全世界的人都在剔牙
> 以洁白的牙签
> 安详地在
> 剔他们
> 洁白的牙齿
>
> 依索比亚的一群兀鹰
> 从一堆尸体中
> 飞起
> 排排蹲在
> 疏朗的枯树上
> 也在剔牙
> 以一根根瘦小的
> 肋骨

说诗里有奇喻手法（肋骨——牙签），不会有异议；说它有夸张，
是指诗人"超现实"想象中的依索比亚（台湾地区译法。通译为
埃塞俄比亚）的兀鹰，将被吞食的孩子的肋骨当作牙签。所谓超现
实，是用特殊手法来深化我们对现实的感受。这些修辞手法都包含
在反讽之中：它不仅仅是揭露贫富差距之大、人与人命运的反差，

讽刺酒足饭饱的人对与己无关者的悲惨处境无动于衷，而是超越了现实中具体的场景，要求"全世界的人"反躬自问：诗里的"他们"是"全世界的人"吗？我们呢？

最后值得注意的一点是，由于反讽倾向于自我嘲讽、揶揄，总会有戏谑、幽默的一面，具有喜剧性。扎加耶夫斯基的《自画像》里混合着自嘲与嘲人，是在自嘲中嘲人。以下为诗的节选：

> 我阅读诗人，活着的和死去的，他们教给我
> 固执，忠实，和骄傲。我试图理解
> 那些伟大的哲学家——通常却只是抓住了
> 那些精致思想的碎片。
> 我喜欢在巴黎的街上作漫长的散步
> 看着我的同类生物，为嫉妒，
> 愤怒，欲望而跃跃欲试；追踪一枚银币
> 从一只手传到另一只手，逐渐
> 失去它的圆形（皇帝的侧面像被磨损）。
> 在我身边，众树什么也不表达
> 除了一种绿色，漠不关心的完美。
> 黑色的鸟在田间踱步，
> 耐心等待仿佛西班牙寡妇。
> 我已不再年轻，但总有人比我更老。
> 当我停止存在，我喜欢深深的睡眠，
> 喜欢在乡间，把自行车骑得飞快，看房屋和白杨
> 像积云，在晴天消散。
> 有时候我置身博物馆，那些画开口对我讲话
> 嘲讽，突然间无影无踪。
> 我爱凝视我妻子的脸。

每个星期天我给父亲一次电话，

每隔一个星期我和朋友们见一次，

以此证明我的忠诚。

我的国家从一种邪恶里自新。我盼望

另一次解放接踵而至。

对此，我能有所作为吗？我不知道。（李以亮　译）

诗中"黑色的鸟在田间踱步，/耐心等待仿佛西班牙寡妇"是奇喻，显示了诗人卓越的想象力。美国诗人、编辑托德·萨缪逊说，这首诗具有"曲扭的幽默，尖锐而巧妙"。他问诗人，如何理解诗的严肃内容里出现的幽默。诗人回答：

从某种角度讲，诗应表达同样的——也许不是完全一样的——生活的复杂性。我也认为生活没有幽默感是一件可怕的事情。这并不意味着诗一定要遵循生活的每个方面和所有的样子，诗只是像一幅地图。一幅好的地图给现实提供各种各样的参考，我把诗看作这样一幅好地图。这样，诗的幽默感如同地图上的颜色，标示出森林或沙漠。

我们把反讽里的幽默，看作诗人再现、同时是应对生活的复杂性的必要元素。正因为生活如此复杂，诗人才需要时时反省，而诗是体现这种反省的最佳方式。

美国当代最重要的哲学家之一、新实用主义和后现代主义代表人物理查德·罗蒂，把挑战、抵抗常识，拒绝使用诸如公正、科学、理性、革命、进步之类"终极语汇"（final vocabulary）的人，称为"反讽主义者"。他们始终担心自己是否加入了"错误的部落"，被教给了"错误的语言游戏"。而真正的文学，要求对既存的一切保持怀疑。诗人、作家，就像苏珊·桑塔格所言，"比那个试图做（和支持）正确事情的人，更倾向于怀疑，也更自我怀疑"，包括对自我文学观念的质疑，因为"哪怕是最苛求和开明的文学观念，都有可能变成一种精神自满或自我恭维的形式"。在现实中，我们见到了太多"精神自满或自我恭维"的写诗的人，或者说，见到了太少具有反讽意识的诗人。今天说诗人是一个反对一切、睥睨一切的群体似乎不合时宜，也抹消了这个群体的复杂性，但可以说，诗这种文体，天然地要求诗人具备反讽意识，甚至要有比以往更强的反讽意识，才能维护其中的个人视域，并让读者借助它来观察现实，反思自我。

# 移情与移位

　　朱自清先生的《背影》是现代文学史上的名篇，拨动了无数读者的心弦。学者、翻译家许渊冲先生说自己小学六年级就读过它，但更能打动他幼小心灵的还是《匆匆》："桃花谢了，有再开的时候；燕子去了，有再来的时候；消逝了的日子，却一去不复返了。"令他万万没有想到的是，1938年考上刚刚合并成立的国立西南联大时，居然在大一国文课堂上，亲耳听朱先生讲《古诗十九首》，"这真是乐何如之！"他回忆道：

　　　　记得他讲《行行重行行》一首时说："胡马依北风，越鸟巢南枝"两句，是说物尚有情，何况于人？是哀念游子漂泊天涯，也是希望他不忘故乡。用比喻替代抒叙，诗人要的是暗示的力量；这里似乎是断了，实际是连着。又说"衣带日已缓"与"思君令人老"是一样的用意，是就结果显示原因，也是暗示的手法；"带缓"是结果，"人瘦"是原因。这样回环往复，是歌谣的生命；有些歌谣没有韵，专靠这种反复来表现那强度的情感。最后"弃捐勿复道，努力加餐饭"两句，解释者多半误以为说的是诗中主人自己，其实是思妇含恨的话："反正我是被抛弃，不必再提吧；你只保重自己好了！"朱先生说得非常精彩。后来我把这首诗译成英文，把"依北风"解释为"不忘北国风光"，就是根据朱先生的讲解。

朱先生的讲解涉及诗歌创作，也是诗歌欣赏、解读中的两个重要问题：移情与移位。它们同样存在于新诗中。相对于移情，移位容易被忽略。

移情，是把属于人（创作者）的知觉、感情，移到对象身上去。这在古典诗词中很常见。所谓情景交融，是说景物晕染了人的感情色彩，是人的移情作用所致。比如"感时花溅泪，恨别鸟惊心""泪眼问花花不语，乱红飞过秋千去""无边落木萧萧下，不尽长江滚滚来""红杏枝头春意闹"等，皆属此列。朱光潜先生在《谈美》中说："我们知觉外物，常把自己所得的感觉外射到物的本身上去，把它误认为物所固有的属性，于是本来在我的就变成在物的了。"又说：

> "移情作用"是把自己的情感移到外物身上去，仿佛觉得外物也有同样的情感。这是一个普遍的经验。自己在欢喜时，大地山河都在扬眉带笑；自己在悲伤时，风云花鸟都叹气凝愁。惜别时蜡烛可以垂泪，兴到时青山亦觉点头。柳絮有时"轻狂"，晚峰有时"清苦"。

> 移情作用不一定就是美感经验，而美感经验却常含有移情作用。美感经验中的移情作用不但是由我及物的，同时也是由物及我的；它不仅把我的性格和情感移注于物，同时也是把物的姿态吸收于我。所谓美感经验，其实不过是在聚精会神之中，我的情趣和物的情趣往复回旋而已。

在文本中辨识诗人的移情作用并不难，难的是不仅把它理解为"由我及物"，而且是"由物及我"。按朱光潜先生的说法，前者是移情作用但并不是美感经验，美感经验存在于"我的情趣和物的情趣往复回旋"——关节点在"往复回旋"。"胡马依北风，越鸟巢南枝"两句，一方面是把哀念游子的情感移注于胡马、越鸟身上，另一方面，游子获取了它们的形象特征：在思妇的祈望中，游子空有四蹄、双翅，不能驰骋、振翅返回故乡；"依"与"巢"两字的意涵亦随之深化，我们的头脑里甚至浮现出立体的画面。

顾随先生也认为移情作用即"感情移入"，也是从创作角度说明这种方法的重要性：

> 人演剧有两种态度，一以自身为剧中人，一以冷眼观察。
> 大作家之成功盖取后一种态度，移情作用，用以保持文艺之调整。一个热烈作家很难看到他调整完美之作品。西洋文学之浪漫派即难得调整，乃感情主义，反不如写实主义易得较完美作品。浪漫主义易昏，写实主义明净。

从谈诗，谈移情，到谈浪漫主义（感情主义）与写实主义的区别，顾先生从不掩饰其褒贬。"自身为剧中人"即为"热烈作家"，其作品当然有移情，但缺乏"调整"；"冷眼观察"因在其间保持有距离，易得较完美作品，但若距离过远，也易与所写之物产生隔膜，须移情作用加以调整。换言之，移情作用是用以调整上述两种态度的，目的是获得完美作品。移情作用在孩童身上就很常见，但并非有移情作用的文字，就算是"文艺"。朱先生用"美感经验"，顾先生用"调整"，都意在强调知觉、理智在情感表达上的作用。顾先生认为，动作、感情与理智的关系是："动作←感情←理智"，即以感情推动动作，用理智监视感情。他推崇写实主义，当然也与他的文学观念有关。他评价苏轼名篇《念奴娇·赤壁怀古》时说：

> 坡公以此词得名。世之目坡词为豪放，且以苏与辛并举者，亦未尝不以此词也。吾于论词，虽不甚取豪放一名，然此《念奴娇》，则诚豪放之作。……然谓之豪放即得，遂以之与稼轩并论，却未见其可。辛词所长：曰健，曰实。坡公此词，只"乱石"三句，其健、其实，可齐稼轩。即以其全集而论，如谓亦只有此三句之健、之实，可齐稼轩，亦不为过也。全章除此三句外，只见其飘逸轻举，则仍平日所擅场之出字诀耳。即以飘逸轻举论，亦以前片为当行。若过片则浮浅率易矣，非飘逸轻举之真谛也。……煞尾二句，更显而易见飘逸轻举之流为浮浅率易。

顾先生不取豪放一说，拈出健、实二字，将苏词与辛词对比，这同他讲究写法上的"脚跟点地"，崇尚写实主义的文学观念相关。"乱石"三句，可谓用移情调整两种态度的结果，情感既有附着物，移注的情感又经由"乱""惊""卷"回旋到抒情者身上。说其他各句"浮浅率易"，并非没有移情，而是移情过头，以至于创作者自己充当了"剧中人"。当然，这是顾先生的一家之言。

新诗虽用白话口语，毕竟脱胎于旧诗，用的还是汉语。初创时期的新诗人，无一不有深厚的国学功底和古诗文修养，诗中有移情是很自然的。或许应该说，古人今人同为人，就移情能力来说并无二致。朱光潜先生就是从"以己度人"开始谈移情，谈宇宙的人情化，"我知道旁人旁物的知觉和情感如何，都是拿自己的知觉和情感来比拟的。我只知道自己，我知道旁人旁物时是把旁人旁物看成自己，或是把自己推到旁人旁物的地位"，只不过诗人善用言辞来表达。周作人先生的《小河》，写于1919年，刊发于同年的《新青年》。诗中的小河，缓缓地向前流动，滋润了两旁的土地和其上的植物花草禾苗。农人筑起土堰，又因不稳固而再筑石堰，阻止了小河的流动。田里的稻子因缺水而皱眉叹息，田边的桑树也忧心忡忡。下面节选的是诗的后半部：

　　田边的桑树，也摇头说，——
"我生的高，能望见那小河，——
他是我的好朋友，
他送清水给我喝，
使我能生肥绿的叶，紫红的桑葚。——
他从前清澈的颜色，
现在变了青黑；
又是终年挣扎，脸上添出许多痉挛的皱纹。
他只向下钻，早没有工夫对了我的点头微笑，
堰下的潭，深过了我的根了。
我生在小河旁边，
夏天晒不枯我的枝条，
冬天冻不坏我的根，
如今只怕我的好朋友，
将我带倒在沙滩上，
拌着他卷来的水草。
我可怜我的好朋友，
但实在也为我自己着急。"
　　田里的草和虾蟆，听了两个的话，
也都叹气，各有他们自己的心事。
　　水只在堰前乱转，
坚固的石堰，还是一毫不摇动。

筑堰的人，不知到那里去了。

废名先生极其赞赏，称它是"新诗第一首杰作"，真正革了旧诗的命，并认为周作人有"奠定诗坛"的功劳，其贡献甚或可与胡适比肩。诗人则很谦逊，说自己"不知道中国的新诗应该怎么样才是"，觉得这首只是假借了"诗"名，文句都是散文的，意思也很平凡。若说可珍贵的地方，是它表现出自己"当时的情意，亦即过去的生命"。在我们看来，诗人借助一系列物象——原本流淌的小河正好把所有的物象串联——通过移情来表达情意。至于这情意是什么，读者要返身物象去理解，尤其是核心物象——小河。它受到了它无法控制的束缚，想脱身而不得，想继续自由流淌、润泽万物而无奈。它在堰前的"乱转"，仿佛正是诗人"当时"的生活状态和心境的真实写照。废名的高度赞扬固然出自他个人的诗学观（他认为旧诗用诗的形式表达的是散文的内容，新诗用散文的形式表达的是诗的内容；新诗若只求形式探索，而依然表达散文的内容，则与旧诗无差别。新诗本不该有什么固定的"形式"），但是，《小河》除了用物象（也是喻象）来抒情，移情于其中，而且出现了成熟时期的新诗常用的戏剧性独白。农人隔断小河，是诗人设置的戏剧性场景，由此才"上演"了河水、稻子、桑树，以及田里的草、蛤蟆的动作、反应、话语，具有十足的叙事性特征。

解读诗歌时，我们不能停留在指认一首诗有移情作用上。就像前面说的，人人皆有移情的本能，但说出有移情的话、写出有移情的文字，并不一定是"文艺"。文艺家、诗人通过移情也通过其他方式、手法，传递美感经验，并让读者产生共鸣。移情也不只是情景交融、相生，是创作者在身为"剧中人"和"旁观者"之间达成某种平衡，形成文本的张力。旧诗中的例子不胜枚举，新诗中也有许多范例。且举一位"90后"诗人玉珍的诗《火车》：

当她跑到山顶，裤子上挂满了草籽和伤口。

许多树木的枝节，也挂满了她带来的伤口。

她从山顶眺望这个小镇，看到人们安静地陈列在自己的
盒子里。

她等待的那列火车，也仅仅是盒子的一部分。

车厢们亲密地陈列，人们安睡

日光令他们的雀斑清晰。这列火车即将离去

像它到来那样仓促，如往事的訇然长逝。

她的母亲也是陈列其中的部分，未经过任何仪式的道别。

她错过了那列火车，也仅仅是盒子的一部分。

诗中的移情，最显著的是"许多树木的枝节，也挂满了她带来的伤口"——这不是简单的以景衬情，是把树木当作和"她"一样的人来写，源自我们可以从中揣测到的童年视角。童年时，我们常常不管不顾地疯跑到山顶，回望自家的所在，眺望不可知的、神秘的远方。火车是现代化的标志，是速度与能量的象征，在新诗里往往与追求、渴慕陌生的，也是更遥远、更美好的生活天地的情感相连。年轻诗人把小镇的房子比作盒子，把火车比作盒子的一部分，用"车厢们亲密地陈列"的表述，是移情。但所移者为何情，却不易被读者即刻把握，因为这首诗与旧诗的"一切景语皆情语"有很大的距离，其中的景既有自然景物，也有现代社会的人造物，如小镇与盒子、火车等。如果注意到"人们安静地陈列在自己的盒子里""她的母亲也是陈列其中的部分"中的"陈列"一词，就会觉察诗中的现代性色彩——把人当成物来写，是为异化。这正是"她"期盼乘火车逃离此处的缘由，但却错过了——错过，是现代诗惯常表达的现代人的情感之一。"伤口"连续出现在前两行，既

是写实，也是某种情绪情感的暗喻。故此，这首诗可理解为，诗人在回忆童年时所遭受的伤害，尤其是母亲的逝去并且被草草处理（"未经过任何仪式的道别"）给自己带来的精神创伤。对童年创伤的记忆，是文学也是诗歌创作的重要来源。就移情来说，这首诗初步体现了人与物的情感的往复回旋，不是单纯地将抒情者的情感注入物中。

有学者提出，移情与同情密切关联，亦有区别。同情意指"我对你的感受所产生的一种支持的情感"或"我对你的痛苦表示遗憾"，移情意指"我感受到你感受到的"或"我痛苦着你的痛苦"。倘若如此，移情相当于今日所言共情。但这两者的差异实在太微妙。我们觉得，在移情作用中，创作者/抒情者是主体，他选择与确定移情的对象，也主宰移情的实施，目的是达到物我交融乃至物我同一的理想境界；被移情的人与物虽然不是抒情者的陪衬，但不可能超然于"我"之上。而在许多抒情诗中，抒情者附身在所描写的客观对象上，以它的眼光在观察，以它的感觉去感受；"我"虽然没有完全销声匿迹，但所吟咏的对象占据了诗的中心位置，甚至成为"我"敬畏、膜拜的对象。这类诗中自然有移情，否则对象不可能被抒情者摄入诗中并被仔细观照，但与旧诗、与大部分新诗的移情，已有了很大的区别。我们把这种以客观对象为中心，依附在对象身上观察、感受、体验，致力于凸显其特征与品性的抒情诗手法，称为移位。

下面以几首同样以树木为抒情对象的诗为例，看看从移情到移位的"渐变"。首先是冯至《十四行集》之三《有加利树》：

> 你秋风里萧萧的玉树——
> 是一片音乐在我耳旁
> 筑起一座严肃的殿堂，

让我小心翼翼地走入

又是插入晴空的高塔
在我的面前高高耸起，
有如一个圣者的身体，
升华了全城市的喧哗。

你无时不脱你的躯壳，
凋零里只看着你成长；
在阡陌纵横的田野上

我把你看成我的引导：
祝你永生，我愿一步步
化身为你根下的泥土。

《十四行集》诞生于抗日战争的烽火硝烟中，诗人偏安于昆明附近的一座山里，每星期进城两次，来回都是步行，看的、想的格外多一些。此前，诗人已有将近十年没有提笔作诗。诗人自述："这开端是偶然的，但是自己的内心里渐渐感到一个要求：有些体验，永远在我的脑里再现，有些人物，我不断地从他们那里吸收养分，有些自然现象，它们给我许多启示，我为什么不给他们留下一些感谢的纪念呢？由于这个念头，于是从历史上不朽的人物到无名的村童农妇，从远方的千古的名城到山坡上的飞虫小草，从个人的一小段生活到许多人共同的遭遇，凡是和我的生命发生深切的关联的，对于每件事物我都写出一首诗……"有加利树是南方山间常见的树，是诗人所言"和我的生命发生深切的关联"的事物之一；诗集中其他所写，如鼠曲草、原野的小路、驮马、房间用具、小狗等，也皆是如此。诗人用"玉树"传递它的圣洁，在空间上赋予它严肃、崇高的地位和形象：哗哗作响的叶片声不仅在听觉上引发诗人"严肃的殿堂"的感受（通感），有着向四周铺展的规模，而且"又是插入晴空的高塔""有如一个圣者的身体"，将读者的视线牵引向至高、明净的天空。但它并不是一座冷冰冰的雕塑或纪念碑，而是在不断的凋零中一步步成长（"死和变"是理解《十四行集》的关键词）。如果说这首诗的移情作用，让读者从有加利树身上感受到的是诗人自己的生命状态，到结尾，诗人对树的敬仰臻于极致：他愿化身泥土，为树的生长、壮大提供养分。此时的树不仅是诗人的生命精神和信念的表征，也升华为特定历史时期隐忍、坚强、正义的人民的耀眼形象。

冯至诗中，移情作用是任何一位读者都可以感受到并受到感染的，起笔的"玉树"一词即透露出诗人浓烈的情感，并非"冷眼观察"。不过，无论诗人怎样喜爱、敬仰、膜拜，树始终没有丧失自己的独立性；不仅如此，诗人还以深厚的艺术功力和语言技法（包括十四行诗体的运用），赋予它雕塑般的立体感。即便到了结尾，"我"还是"我"，树还是树，但"引导""化身……泥土"这样的语词，传达的仍然是诗人的情不自禁。它相当完美地体现了朱光潜先生所言"我的情趣和物的情趣往复回旋"。里尔克喜欢把艺术家形容为在寂寞中独自成长的树，把根深深扎进自我的内心。冯至这一时期从诗学观念到诗歌写作，具体到诗中的物象，无疑深受里尔克的影响。

再来看瑞典诗人托马斯·特朗斯特罗姆的《树和天空》：

有棵树在雨中走动。

在倾洒的灰色里匆匆经过我们。

它有急事。它汲取雨中的生命

就像果园里的黑鹂。

雨停歇。树停止走动。
它在晴朗之夜静静闪现。
和我们一样，它在等待
空中雪花绽放的一瞬。（李笠　译）

同样是写树，同样与天空关联，同样有移情作用（诗人选择雨中树
这一物象，本身就是移情的表现），不过这首短诗更像是一首精美
的意象派诗。诗人起笔就把树当作人来写——或可说，树原本是人
类的朋友，无所谓"物我"之分——它"在雨中走动""在倾洒的
灰色里匆匆经过我们"。树需要在雨中走动是因为它需要生命的养
分，犹如黑鹂需要啄食果子来果腹。所以，雨停歇之时它也静止
了，和"我们"一样在等待。诗人将树当作人来写，是移情作用所
致，是另一种意义上的"物我同一"——将物视为"我"——而
不是"交融"中的物我一体。但它与冯至的诗有两个差异：一个是
冯至写的是具体的树（有加利树），不是其他的树；特朗斯特罗姆
写的是"有棵树"，是泛指，并没有像冯至那样去突出特定树的特
性。另一个是后者的情感没有前者那样浓烈：特朗斯特罗姆的心情
是喜悦的也是明净的，冯至的心情中还有敬仰、崇拜。这向我们提
示了冯至诗作的特点：诗人情感浓烈，并不一定意味着要去"俘
获"物象，为自己的抒情服务。此外，特朗斯特罗姆的诗具有意象
派诗的一个特点：注意细微的色彩对比，如"倾洒的灰色""黑
鹂"与"雪花"（不妨回想一下威廉·卡洛斯·威廉斯的著名短诗
《红色手推车》）。这使得这首短诗情趣盎然。
　　美国诗人、翻译家、生态哲学家加里·斯奈德的《松树的树
冠》则呈现另一种面貌：

蓝色的夜
有霜雾，天空中
明月朗照。
松树的树冠
弯成霜一般蓝，淡淡地
没入天空，霜，星光。
靴子的吱嘎声。
兔的足迹，鹿的足迹
我们知道什么。（扬子　译）

这首短诗只是展示大自然的各种物象和现象，颇有中国古典诗人如
王维的风韵，也让人感受到日本俳句的风格。其中的"弯成霜一般
蓝""淡淡"仍然折射出诗人的感觉和情绪，但也可以理解为视觉
效果。诗人热爱中国文化、日本文化以及佛教禅宗，特别是日本禅
宗。他译过白居易的《长恨歌》，喜爱陆游，还译过孟浩然、王维、
王之涣、王昌龄、杜甫、杜牧等人的诗。他曾在京都修习禅宗、日
文、中文和梵文，一待就是十二年。20世纪70年代后，他长期在
美国内华达山脉的山林中生活，从事过伐木、防火哨员、木工等多
种工作。粗略了解了诗人的经历，也许能帮助我们更好地理解，诗
中的各种物象、现象并不是为诗人抒怀服务的，他只是在静静地观
察、聆听。收尾的"我们知道什么"既显示了大自然的神秘，超越
了人的认知，也是一种谦卑的表达：人只是栖居在万物之中。

波兰诗人米沃什的短诗《窗》，写的是窗外的苹果树：

黎明时我向窗外了望，
见棵年轻的苹果树沐着曙光。

> 又一个黎明我望着窗外，
> 苹果树已经是果实累累。
>
> 可能过去了许多岁月，
> 睡梦里出现过什么，我再也记不起。（陈敬容　译）

语境中，苹果树是真实的存在，就是诗人窗外的那一棵"年轻的苹果树"，不是其他的树也不是其他的苹果树。诗人凝神于它，自然是因为它与自己的生命历程相关联，如同昆明山间的有加利树之于冯至。从声调与节奏上说，这首诗与斯奈德的诗比较接近，是平淡、平静的，是回忆之诗也是渐悟之诗：斯奈德悟到的是禅意，米沃什悟到的是岁月风尘中生命的变迁；但现在米沃什已逐渐放下许多的挂念（"睡梦里出现过什么，我再也记不起"），苹果树也从睡梦里消隐，留下的是一片恬淡。

"60后"诗人、批评家、学者臧棣的《落日丛书》，同样写到树：

> 又红又大，它比从前更想做
> 你在树上的邻居。
>
> 凭着这妥协的美，它几乎做到了，
> 就好像这树枝正从宇宙深处伸来。
>
> 它把金色翅膀借给了你，
> 以此表明它不会再对别的凤凰感兴趣。
>
> 它只想熔尽它身上的金子，

赶在黑暗伸出大舌头之前。

凭着这最后的浑圆，这意味深长的禁果，
熔掉全部的金子，然后它融入我们身上的黑暗。

诗中的"你"指谁？是像意大利作家卡尔维诺笔下的、生活在树上的男爵式的人吗？但第三节说"它不会再对别的凤凰感兴趣"，那么，"你"是一只类似凤凰的神鸟吗？暂且放弃刨根问底的习惯，我们看到诗人的兴趣点是在落日上，在落日与"你"、最后是与"我们"的关系上。诗里较多的修辞转换不一定为读者所适应，不过，诗人对于落日这一物象的重重描绘，在重重描绘中的重重腾挪，却是非常准确和精彩的。比如，说它有"妥协的美"——渐次沦落、下沉的太阳之美——"妥协"一词不可更换；落日光线的辐射下，树枝呈现出优美的剪影，所以似乎"正从宇宙深处伸来"；落日有"金色翅膀"，仿佛在下降中正缓缓收拢；逐渐扩展、蔓延的黑暗被比喻为"大舌头"，极尽其"吞噬"一切之状貌。"禁果"这一物象/喻象的出现，最能显示诗人的修辞技巧：用"果"来形容落日十分形象自不必多言，但"禁果"的含义在语境中很是复杂。如果着眼于上文的"翅膀"，"禁果"指的是太阳的禁止接近。这让人想到古希腊神话中，伊卡洛斯和父亲用蜡和羽毛造的翅膀逃离克里特岛，他因飞得太高，接近太阳，双翼上的蜡被熔化而跌落海中丧生。如果着眼于上下文中重复使用的"黑暗"，则可能指的是黑夜降临之后，人间有许多偷吃"禁果"的事情发生。诗人基本上是移位到落日的身上来观察、体味，很难再用移情说来解读落日的含蕴。诗中加入"你"，形成潜在的对话，一方面丰富了书写的层次，另一方面增添了神秘气息。

上述几首诗，无论在移情上有多大差异，是否可视为移位（米

沃什诗中的苹果树，更接近传统抒情诗中物象的意味），都还是有
"我"或"我们"的现身，主客体之间的界线多少还是存在。在更
年轻的诗人那里，传统意义上的移情有时已转换成移位，"我"消
失了，物象、场景被置于读者眼前。比如"80后"诗人袁永萍的
短诗《家庭生活》：

> 晚餐正在进行。
> 母亲分开食物给所有人：
> 这是孩子的，这是父亲的，
> 这是死者的。灯光
> 照亮圆桌和人们的额头，
> 阴影，在木栅栏边儿上，
> 把自己，留在那儿，一整晚。

诗人选取普通人家生活的一隅和一刻，注意力集中在晚餐场景，其
中的人物不具有个性色彩，可以指所有类似家庭的"所有人"。她
使用的口语匹配着这种日常生活。开头的描写并无悬念，但许多诗
人喜欢以这种平淡无奇的开头来预设诗意的到来——"死者"，被
包含在第二行的"所有人"中。这其实也说不上有什么特别的，除
非家人每日晚餐都有这样的仪式。最有意味的是倒数第二行"阴
影"的出现，它因灯光而存在。由于之前提到死者，阴影极可能暗
示死者的在场：灯光可以照亮屋内的一切，却无法照亮死者。在诗
人或者隐形的观察者眼里，灯光只是让死者作为阴影而"现形"。
那么，在语境中，谁最有可能如此关切阴影呢？好奇的孩子。如果
这个想法可以成立，"把自己，留在那儿，一整晚"的"自己"，
在上下文中是指阴影，其实也是指某个把目光留在上面一整晚的孩
子：隐匿的抒情者，就在诗中的孩子当中。

假如诗人完全隐身，目光聚焦在物象而不是人物、事件上，就成为我们在《物象、喻象与心象》一节中说到的里尔克式的"物诗"。下面举一首比较特殊的"物诗"，来说明移位是怎样发生的：

透过玻璃窗，看到一只蜜蜂停在阳台的边沿
那一小块水泥地面，在它看来
与一块石头、一株草或一截树枝别无二致
冬天的阳光照耀着我和它
它的两只后腿相互搓着
太细小了，相互搓着的那两只腿
像借助彼此忍住一阵颤栗，又一阵颤栗
它的尾翼微微伸展
它的背部随之蠕动
它开始抬起身体
似乎从相互搓着的那两只后腿那里
它终于确信力量倍增
它的身体挺立，我在心里说了一声：飞吧
它往高处飞去
好像也借助了我的，我自己不能用到的力气
（余笑忠《祝福》）

这首诗和诗人的《目击道存》（引文见第一节《分行与跨行》）一样，都只涉及"我"—物，也都属于"有我之诗"，这一点与大部分抒情诗没有什么不同。但它不是"以我观物，故物皆著我之色彩"的诗，相反，可以仿照王国维先生的说法，把它称为"以我观物，故我皆著物之色彩"的诗。两首诗中的物都是飞翔的活物，一为飞鸟（《目击道存》），一为蜜蜂。故此，与具有移情作用的抒情诗迥异的是，"我"不仅没有把一己之情投射到物身上，使之成为"俘虏"，而且，"我"在全神贯注的观察中，从对方身上获得了某种自己并不知晓的力量和勇气。这就是我们为什么说它是比较特殊的"物诗"：以物为书写中心但"我"并未完全隐匿。这是经过改造了的物诗，既有西方现代主义诗歌的特征，也有以意象抒情的中国古典诗的传统，更符合读者的阅读和审美习惯。前文讲到余笑忠时已提及，他由凝视而来的写实能力确实令人惊叹，入"物"三分而从不惊扰物的自在。他的另一种特出的能力，是能迅捷而不引人注意地在诗行间，由一位冷静的旁观者，移位到被观察者的位置，与之共情。在这首《祝福》中，第一行的"看到"是出自隐身的"我"，但从第二行开始，"我"已移位到蜜蜂身上；第四行将"我和它"并举，是要提醒读者，"我"是"我"，它是它；直至倒数第三行，"我"再度现身，却是在为蜜蜂鼓与呼，甚或在那一瞬间，"我"想变身为蜜蜂，远走高飞。

在现代诗中，移情作用与移位手法是并存的，其间还有很多特殊情态。如果有人愿意把移位看作移情的一种特殊表现方式，也没有问题，只是要注意现代诗的移情，既有重在继承、发扬古典诗传统的，也有偏向借鉴、吸收西方现代主义诗的。我们并不需要从理论上去精确辨识其中的细微差异，而是在阅读、分析时注意具体问题具体分析。同时，既然移位在现代诗中存在，读者也要学会移位，在阅读时不能仅仅待在自己的位置中，很多时候需要我们"移位"到诗人那里，从他的角度看看为什么这样写，如果不这样写会出现什么情况，哪一种情况更适合语境。熊秉明先生在《说现代诗》一文中说："诗，尤其现代诗，是不容易一读即懂的。不进入情况，有怎样的环境、心情，不知道诗人说的是什么，对着一片零乱与荒谬，只有瞠目哑然。"诗人在不断的移位中，洞察大千世界的种种情态；读者在不断的移位中，才能敞开自己，敞开文本理解上的多种可能性。

# 结语：诗歌将走向何方？

结语中问这个问题，似乎问错了对象：应该去问写诗的人，不应该来问读诗的人。但正是这种普遍存在的意识，让诗歌日益远离了我们，我们也就一次次失去了从诗中获得情感的满足、生活的智慧、经验的增值的机会；同时也让写作者越来越看不清诗与读者的真实关系，以致丧失了对于诗的更睿智、机敏的理解。

什么时代都不缺少号称"为未来写作"的人，尤其是所谓"先锋派"，但名与利的诱惑总是让他们心不甘情不愿。同时，对诗人群体和诗歌现状的不满、咒骂，在今日发达的网络上随时可见，但从不见这些人，对自己作为读者是否应当在其中承担一点责任，做出反思：错误总在对方，真理永远在我。这种缺乏反讽的态度无助于新诗的发展，除了赚取一点文章的点击量，只会固化双方对彼此的成见乃至厌倦。

有人问：为什么中国新诗没有出现伟大的诗人？假设确乎没有出现伟大的诗人（有人肯定不同意），可以这样来回答：因为没有出现伟大的读者。

当然，像海德格尔之于荷尔德林、T.S.艾略特之于约翰·邓恩、W.H.奥登之于约翰·布罗茨基这样的伟大读者与伟大诗人的典范，实在太罕见；惺惺相惜、抱团取暖别说是在诗人与读者之间，就是在诗人之间，也似乎是个神话。然而，毋庸置疑的是，诗人与读者共处于一个"想象的共同体"；单个诗人的写作可以完全不考虑读者，但中国新诗不可能在摒弃读者的情况下，去想象一个未来。如果没有成熟、稳定，具有一定规模的"诗歌读者"的出现，新诗若想再登高峰只能是一种可爱的幻觉。法国哲学家、当代最重要的诠释学家之一的保罗·利科认为，文本所要表达的比作者写作时意欲表达的重要得多，作者的意向只能成为文本意义所投射出的一种维度，"与对话的处境不同——在那里面对面由话语本身处境规定着——文字话语引起了一个读者群体，这个群体潜在地延伸到任何一个会阅读的人"。也就是说，诗人写诗并将之公开，就将面临不确定的读者群体及其七嘴八舌，这是他无从拒绝也无权阻止的；拒绝与阻止只是"表演"而已。而读者若只是盯着那些末流甚或不入流的文本，说三道四，只能说这个人的嗜好有异于常人，惊世哗众。

诗不会灭亡，只要这世上还有一位诗歌读者。诗不会败坏在一个或一群诗人之手，而将毁灭于诗人与读者之间信任的消失。

现代诗人有一万个理由说明现代诗的复杂、艰深、晦涩，不是他存心为之，有意刁难读者。对此，作为伟大读者之一的，美国当代学者、翻译理论家、批评家乔治·斯坦纳也有了解之同情。他说，像兰波、马拉美等诗人要起到作用，"新的私人语言背后必须有天才的压力；仅仅才能，一种太容易得到的东西，是办不到的。……现代诗人利用语词作为私人记号，普通的读者要进入其中变得日益困难"。但即便艰深、晦涩如 T.S.艾略特这样的伟大诗人，也倡导重视口语，注重从日常语言中获取诗的音乐性，更不用说那些把目光投向普通民众日常生活的诗人，他们把日常语言作为诗的语言宝库。从读者一面来说，每个时代伟大、杰出的诗人总是极少数，平庸的诗人遍地皆是；伟大的、理想的或"超级"的读者总是屈指可数，缺少自知之明的读者摩肩接踵——我们要做的，是努力把自己从后者中超拔出去，向前者一步步靠拢。正因为我们这些读诗的人和诗人都是宇宙间孤僻、高傲、有尊严的生灵，声气相通，才需要彼此倾诉与倾听——

> 我曾是宇宙深处的一团孤僻
> 我写诗，是为了更好地保持孤僻
> 我做到了
> 更好地保持厌倦
> 我听着雨声，一滴，一滴，一滴
>
> 我害怕雨点不再飘落
> 潮湿不能使我成为诗人
> 但能使我无助——是你吗
> 我听见它说
> "是我"（王天武《雨》）

孤僻的诗人写下/敲下的每一个字词，都像是一滴一滴的雨点，滋润着自己也飘零到他人干燥焦渴的心田。倘若真诚的诗人从诗中探身来问："是你吗？"他应当听得见一声应允："是我。"

　　本书各节所谈问题，只是笔者认为的、进入新诗需要了解的基本常识。一方面，还有更多、更具体的知识点有待讨论；另一方面，并不是说只要掌握、理解了这些知识，就可以无障碍地走进新诗世界。源自西方浪漫主义文论和美学的"有机整体"观念，仍然是我们阅读、解释文学文本时先验的假设，无须再去证明。从这一观念出发，任何对一首诗的条分缕析的"肢解"，都是不少诗人、也是相当多的读者所不能容忍的。因此，这种做法只是权宜之计，但却是必需的。在中国文化语境中，说到如何读诗，前人留下来的最重要的经验之一，是在会心中会意。陆机《文赋》中说："余每观才士之作，窃有以得其用心。"刘勰《文心雕龙·知音》篇则说："夫缀文者情动而辞发，观文者披文以入情，沿波讨源，虽幽必显。世远莫见其面，觇文辄见其心。"现代学者徐复观认为，文学欣赏乃是"追体验"的过程，"体验是指作者创作时的心灵活动状态。读者对作品要一步一步地追到作者这种心灵活动状态，才算真正说得上欣赏"。顾随谈及阅读体会时说：

> 读诗必须以心眼见……如读老杜之《对雪》："乱云低薄暮，急雪舞回风。"亦须心眼见，虽夏日读之亦觉见雪，始真懂此诗。用心眼见，亦可说用诗眼见。作者不能使人见是作者之责，写得能见而读者不能见是读者对不起作者。

作为读诗者，我们可以做到的是远离"不能使人见"的诗人，尽可能不辜负"写得能见"的诗人。我们可以避免的是意气之争，不去为自己没能在阅读上的增广见闻而找各种理由，以致诗人说："既然你不读我，那我相信是你没有能力读我。"（汉娜·阿伦特引马拉美的话）

古诗虽然与新诗有很多、很大的不同，但不管怎么说，古往今来的诗都是游弋在人类的精神世界里，都是人类心灵、情感的创造物。这就是为什么数千年前的古诗，仍能让今人怦然心动。在初步了解新诗亦古亦新、亦传统亦现代的技法之后，去接近它们，慢慢寻找属于你自己的"经典"。中国新诗发展到今天，不过百年，是诗歌长河中的一瓢水。在诗的面前，今日诗人和读诗人其实都是孩子，都需要像里尔克笔下的孩子那样，去努力学习，获得人生的又一次奖赏——

春天又来了。大地就像
一位背下很多诗篇的
小姑娘……由于长期
艰苦的学习，她获得奖赏。

她的老师很严格。
我们喜欢那老人胡须和眉毛中的白色。
而现在我们也许要问绿色和蓝色叫什么：
她知道，她知道！

大地，狂喜于放假的大地，现在
与孩子们一起游戏。我们要抓住你，
快乐的大地。最幸福的将会成功。

啊，从她的老师教她的万事万物，
到隐藏于长茎和深根之中的
一切，她都歌唱，她都歌唱！
（里尔克《献给俄耳甫斯的十四行诗》之一，黄灿然译）

# 主要参考书目

本书因体例之故，未一一标注引文出处，一般也不做诗歌版本说明。书中所引中国当代诗人诗作，除部分选自下列诗文集，还有选自诗人诗集、期刊、诗人自印诗集、诗人公众号等处，亦不再逐一标注。谨向所有著作者、编选者、译者致谢。

## 一、诗文集

虹影、赵毅衡编：《墓床——顾城、谢烨海外代表作品集》，作家出版社 1993 年版。

张新颖编选：《中国新诗（1916—2020）》，复旦大学出版社 2001 年版。

卞之琳：《卞之琳文集》（三卷），安徽教育出版社 2002 年版。

绿原：《绿原文集》（六卷），武汉出版社 2007 年版。

顾乡编：《顾城诗全编》（上下），江苏文艺出版社 2010 年版。

蔡天新主编：《现代诗 110 首·红卷》《现代诗 110 首·蓝卷》，生活·读书·新知三联书店 2014 年版。

洪子诚、奚密等编选：《百年新诗选》（上下），三联书店 2015

年版。

海因、史大观选编：《徐玉诺诗歌精选》，长江文艺出版社
2015 年版。

冯姚平编：《悲欢的形体：冯至诗集》，新星出版社 2018 年版。

穆旦：《穆旦诗文集》（增订版）（二卷），人民文学出版社
2018 年第 3 版。


袁可嘉、董衡巽、郑克鲁选编：《外国现代派作品选》第一册，
上海文艺出版社 1980 年版。

飞白主编：《世界名诗鉴赏辞典》，漓江出版社 1990 年版。

［美］约瑟夫·布罗茨基：《从彼得堡到斯德哥尔摩》，王希
苏、常晖译，漓江出版社 1991 年版。

［奥］里尔克：《里尔克诗选》，绿原译，人民文学出版社 1996
年版。

陈超：《当代外国诗歌佳作导读》（上下），河北教育出版社
2002 年版。

［德］保罗·策兰：《保罗·策兰诗文选》，王家新、芮虎译，
河北教育出版社 2002 年版。

潞潞主编：《忧郁与荒原：外国著名诗人代表作品选》，戴望舒
等译，北京出版社 2003 年版。

［葡萄牙］费尔南多·佩索阿：《费尔南多·佩索阿诗选》，杨
子译，河北教育出版社 2004 年版。

［英］T.S.艾略特：《荒原》，《艾略特文集·诗歌》，陆建德主
编，汤永宽、裘小龙等译，上海译文出版社 2012 年版。

［波兰］亚当·扎加耶夫斯基：《扎加耶夫斯基诗歌精选》，李
以亮译，《诗歌与人》2014 年第 3 辑。

［巴勒斯坦］马哈茂德·达维什等：《重新注册：西川译诗

集》，作家出版社 2015 年版。

［美］杰克·吉尔伯特：《吉尔伯特诗全集》，柳向阳译，河南大学出版社 2019 年版。

［波兰］亚当·扎加耶夫斯基：《轻描淡写》，杨靖译，北方文艺出版社 2020 年版。

［德］歌德、［德］海涅、［奥地利］里尔克等：《守望者之歌》，《冯至译文全集》卷一，上海人民出版社 2021 年版。

唐小兵编译：《我深爱我们一起相处的这些夜晚》，上海文艺出版社 2021 年版。

［波兰］亚当·扎加耶夫斯基：《不对称：扎加耶夫斯基诗选》，李以亮译，中信出版社 2021 年版。

［美］杰克·吉尔伯特：《大火 拒绝天堂》，柳向阳译，北京联合出版公司 2021 年版。

## 二、诗论与文论

梁宗岱：《诗与真·诗与真二集》，外国文学出版社 1984 年版。

赵毅衡：《新批评——一种独特的形式主义文论》，中国社会科学出版社 1986 年版。

朱光潜：《诗论》，《朱光潜全集》第三卷，安徽教育出版社 1987 年版。

林庚：《唐诗综论》，人民文学出版社 1987 年版。

徐复观：《中国文学精神》，上海书店出版社 2004 年版。

陈太胜：《象征主义与中国现代诗学》，北京大学出版社 2005 年版。

李健吾：《咀华集·咀华二集》，复旦大学出版社 2005 年版。

梁宗岱：《梁宗岱选集》，刘志侠、卢岚编，中央编译出版社 2006 年版。

王先霈：《文学文本细读讲演录》，广西师范大学出版社 2006 年版。

王先霈、王又平主编：《文学理论批评术语汇释》，高等教育出版社 2006 年版。

夏承焘：《唐宋词欣赏》，北京出版社 2016 年版。

王家新：《教我灵魂歌唱的大师》，人民文学出版社 2017 年版。

顾　随：《驼庵诗话》，生活·读书·新知三联书店 2018 年版。

熊秉明：《诗论》，《熊秉明文集》第八卷，安徽教育出版社 2018 年版。

王佐良：《英美现代诗谈》，董伯滔编，北京出版社 2018 年版。

张子清：《20 世纪美国诗歌史》（第一卷），南开大学出版社 2018 年版。

张定浩：《取瑟而歌：如何理解新诗》，华东师范大学出版社 2018 年版。

顾　随：《苏辛词说》，人民文学出版社 2020 年版。

郑　敏：《诗的魅力——郑敏谈外国诗歌》，文津出版社 2020 年版。

郑　敏：《新诗与传统》，文津出版社 2020 年版。


赵毅衡编选：《“新批评”文集》，中国社会科学出版社 1988 年版。

［德］汉斯·埃贡·霍尔特胡森：《里尔克》，魏育青译，生活·读书·新知三联书店 1988 年版。

［英］T.S.艾略特：《艾略特诗学文集》，王恩衷编译，国际文化出版公司 1989 年版。

［英］玛卓丽·布尔顿：《诗歌解剖》，生活·读书·新知三联书店1992年版。

［英］D.C.米克：《论反讽》，周发祥译，昆仑出版社1992年版。

［美］马泰·卡林内斯库：《现代性的五副面孔》，顾爱彬、李瑞华译，商务印书馆2002年版。

潞潞主编：《准则与尺度：外国著名诗人文论》，伯杰等译，北京出版社2003年版。

［法］让—保尔·萨特：《萨特读本》，艾珉选编，桂裕芳等译，人民文学出版社2005年版。

［美］M.H.艾布拉姆斯：《文学术语词典》（中英对照，第7版），吴松江主译，北京大学出版社2009年版。

［法］西蒙娜·薇依：《源于期待：西蒙娜·薇依随笔集》，杜小真、顾嘉琛译，天津人民出版社2009年版。

［美］乔治·斯坦纳：《语言与沉默：论语言、文学与非人道》，李小均译，上海人民出版社2013年版。

［美］威利斯·巴恩斯通编：《博尔赫斯谈话录》，西川译，广西师范大学出版社2014年版。

［美］帕拉·尤格拉：《西蒙娜·薇依评传》，余东译，漓江出版社2014年版。

［阿根廷］豪尔赫·路易斯·博尔赫斯：《诗艺》，陈重仁译，上海译文出版社2015年版。

［美］乔治·莱考夫、马克·约翰逊：《我们赖以生存的隐喻》，何文忠译，浙江大学出版社2015年版。

［英］约翰·沃森：《T.S.艾略特传》，魏晓旭译，江苏人民出版社2017年版。

［奥］莱内·马利亚·里尔克：《谁此时孤独：里尔克晚期书

信选》，林克译，华东师范大学出版社 2018 年版。

［英］特德·休斯：《诗的锻造：休斯写作教学手册》，杨铁军译，广西人民出版社 2019 年版。

美国《巴黎评论》编辑部编：《巴黎评论·诗人访谈》，明迪等译，人民文学出版社 2019 年版。

［加拿大］诺斯罗普·弗莱：《培养想象》，李雪菲译，中国华侨出版社 2019 年版。

［法］西蒙娜·薇依：《伦敦文稿》，吴雅凌译，华夏出版社 2020 年版。

［美］玛丽·奥利弗：《诗歌手册：诗歌阅读与创作指南》，倪志娟译，北京联合出版公司 2020 年版。

［英］林德尔·戈登：《破局者：改变世界的五位女作家》，胡笑然、肖一之、许小凡译，上海文艺出版社 2021 年版。

［美］海伦·文德勒：《花朵与漩涡：细读狄金森诗歌》（上下），广西人民出版社 2021 年版。

# 后 记

　　2019 年中秋节，应朋友之邀去给一群小学生讲新诗。讲课中，以保罗·策兰"那是春天，树木飞向它们的鸟"为例，讲解了诗的语言特点、所体现的诗人惊人的想象力之后，还想提醒一下，无论怎样精彩、超人的想象，都来自诗人现实生活中的观察。于是我问道，小朋友们，你们在现实生活中遇见过类似的情景吗？

　　七八只小手迅速举起来。

　　我点了前排的一位男孩。他是这样说的：

　　"老师，有一次跟父母回老家。我们的车经过一棵停满了鸟儿的大树的时候，所有的鸟儿一起飞起来了（他的双手高高扬起）。那一刻，那棵大树好像也跟着它们一起飞向了天空。"

　　我惊呆了。来之前的怎么跟一群四年级的小学生讲新诗，他们能不能听懂的忐忑心情，一扫而空。后来我写了一首《飞起来的树》描述当时情景，诗的结尾是："那棵飞起来的树/有那么多/小小的翅膀"。

　　眼前的这群孩子，就是一棵棵可以飞起来的树。

　　从未给小学生讲过课的我，完全低估了孩子们的想象力——那是他们的天性。而这种令我这样的成人惊讶不已的想象力，使他们可以很顺利地进入诗歌——并不只是古典诗词。我同样赞赏策兰的这则札记——眼见不如心见，心见才是"我见"。诗激活我们的想象力，鼓励我们用另一双眼睛去看世界，并更加热爱这个世界。

我在一所师范大学长年教授面向大一新生的文学文本解读课，随后是两个学期的文学理论课，常举新诗为例讲解文学问题。相对于小说、散文，学生对新诗比较隔膜，疑惑也更多，常要我推荐阅读书目。我教过的绝大部分本科生和研究生，毕业后都走上了中小学语文教师的岗位，他们也经常通过 QQ、微信和邮件，请教如何解读新诗，请我推荐相关书籍。这让我很是挠头。我阅读过的相关书籍，基本来自欧美学者，比如国内早些年译介的英国学者玛·布尔顿的《诗歌解剖》，美国新批评派理论家克林斯·布鲁克斯的《精致的瓮：诗歌结构研究》，英国诗人、批评家威廉·燕卜荪的《朦胧的七种类型》；最近十年来译介的德国学者胡戈·弗里德里希的《现代诗歌的结构》，美国学者哈罗德·布鲁姆等人的《读诗的艺术》，英国学者、理论家、批评家特里·伊格尔顿的《如何读诗》，美国诗人玛丽·奥利弗的《诗歌手册：诗歌阅读与创作指南》，美国诗人、学者斯蒂芬妮·伯特的《别去读诗》等。这些书并不适合一般读者，需要一定的欧美诗歌阅读量和相关理论知识。而国内关于新诗欣赏、解读的入门书籍，几乎看不到。除了新诗史和其他学术著作，常见的是各种新诗选本，以及选择若干诗人诗作进行解读的合集。

几年前，偶尔与青年诗人、长江诗歌出版中心的谈骁聊起这个话题，也说了有写书的打算，他很感兴趣。但人在高校，杂事缠身，一直没有完整时间进入写作。2021 年赤壁诗会上，我们再次说起此事，初步确定了此书的定位：写给"圈外"的读者看。

所谓"圈外"读者，是指有兴趣、有意愿读新诗而又不得其门的青年读者，包括从事中小学语文教育的青年教师。写作方式为讲稿，不讲究理论的系统性、严密性，可以随时从一个专题开始阅读。这些想法，是在 2021 年 10 月提交选题计划时明确的。现在的书稿结构与当时所附大纲相比，只做了一些微调。

很显然，本书各节并不能、也不可能囊括新诗解读的方方面面，只是根据教学经验和阅读体会，选择了一些我认为需要了解、也值得澄清的基本问题。每一位读者的文学阅读都带着自己的成见，没有成见，我们连眼前的文本是否属于"文学"或"诗歌"都无法判断；但文学阅读是一个不断形成成见，又不断打破成见，以建立新的认知的螺旋式上升过程。相对于小说，散文阅读中的成见已很深（"散文不能虚构"即是其一）。由于绝大部分读者的新诗知识来自学校的语文教育，阅读中的成见比之散文，有过之而无不及。但这无关乎读者掌握了多少新诗理论知识，症结在于读者接触的中外新诗实在有限。就中国新诗来说，我接触的大部分读者的阅读兴趣，停留在现代诗人徐志摩、戴望舒、林徽因，至多延伸到当代诗人舒婷、顾城、海子、席慕蓉等，而且只是读到这些诗人的所谓"代表作"，在何为诗、何为抒情诗等的理解上，相当逼仄。

因此，这本小书的困难还不在确定去讲哪些问题，如何讲，而是如何选诗。写作中，我的案头摆满的是各种新诗的选本、译本。读者可能注意到，本书举例时很少节选诗歌。这倒不是为了凑字数，而是因为诗一节选，就脱离了全诗的结构和语境；节选的部分用来说明某个观点可能是精当的，但作为一首诗，它很可能是糟糕的。这是我常年阅读中的一种感受，不限于各类教材，但以教材为甚。本书既然是讲稿方式，就要小心避免。然而，既占用大量篇幅引用全诗，又要说清楚某一种观点，还要让读者读起来有兴味，这就是一件颇为困难的事。

本书不是新诗选本，不必考虑选诗的覆盖性；也没有必要刻意回避入选教材的"名家名作"，同时希望尽可能扩展读者的接触面；本书不回避用同一首诗或同一位诗人不同的诗去讲解不同的问题，只要它是经得起分析的。一句话，本书只根据论题和观点的需要去选诗。这些诗在某种程度上体现了我的个人趣味，我所能做的，只是不断在诗歌和诗学文本两方面，扩大见识和学识，以便让个人趣味更有包容力一些——但它仍属于我个人。这其中，当然要考虑本书所定位的读者群的接受度和认可度。张新颖先生在《中国新诗（1916—2000）》编选小序中说，"无论如何选本还是得狠点心去'选'，能够选到让读者眼亮心明的程度最好"。又说，"在要求今天的读者尊重文学史因素的同时，也必须尊重读者今天的欣赏趣味和判断标准。也就是说，不能仅仅要求读者走进文学史，我以为，比这更重要的，是让文学史上的优秀作品走进今天的读者中"。本书不是选本，但我非常赞同张先生的意见。而我的教学经验和在诗歌讲座、活动中积累的经验，可以帮助我做出抉择。哪怕读者对本书各种观点不感兴趣，只要觉得其中的诗很有味道，本书的目的也算达到了。

诗要不要解读，甚至像手持解剖刀那样去"细读"，一直有争议，争议的背后其实是不同诗学观念的碰撞。今人提到李白、杜甫，或苏轼、辛弃疾，说飘逸俊朗、"沉郁顿挫"也好，说慷慨激昂也罢，这些印象不大可能是自我顿悟的，事实上来自史上无数选家、注疏者、鉴赏家的品评、点拨。但另一方面，"天下人不懂诗，便因讲诗的人太多了。而且讲诗的人话太多，说话愈详，去诗愈远。人最好由自己参悟"，"读诗、读词，听人说好坏不成，须自己读，'说食不饱'"（顾随先生语）。本书只是希望为读者提供一些进入新诗的途径；进入之后，就全靠自己去"参悟"了。

话太多，就此打住。

写书过程中，每日向魏天真透露进展，也请她帮我阅读了部分书稿，确定了书名。她对我超常规的写作进度并不惊讶，只是淡淡地说，这是你最想写的书嘛。她说的是大实话。这是一本没有任何外在压力的书，全凭喜爱和兴趣。虽然话题是新诗，但在写作中，时常翻阅前辈先贤解说古典诗词的书，如俞陛云先生的《诗境浅说》，夏承焘先生的《唐宋词欣赏》，顾随先生的《苏辛词说》《驼庵诗话》等，以求启迪。顾先生谈到陶渊明时说："要常常反省，自己有多少能力，尽其在我去努力。与外界摩擦渐少，心中矛盾也渐少，但不是不摩擦，也不是苟安偷生，是要集中我们的力量去向理想发展。时常与外界起冲突，那就减少自己努力的力量。孟子说：'人有不为也，而后可以有为。'"今日读先生七十多年前的教诲，颇为感慨。我自然不敢与陶公比，也无法达到孟子的境界，唯求"尽其在我去努力"。效果如何，只待读者诸君的评判。

2021 年 12 月 16 日凌晨初稿

2022 年 1 月 9 日二稿

2 月 5 日大年初五三稿

天天宅